SOPHIE KINSELLA

Âgée d'une trentaine d'années, Sophie Kinsella est devenue écrivain après avoir été journaliste financière. Elle a déjà écrit deux précédentes aventures de Becky, *Confessions d'une accro du shopping* et *Becky à Manhattan* (Belfond, 2002 et 2003). *L'accro du shopping dit oui*, est le dernier volet de sa trilogie. Sophie Kinsella vit à Londres.

CONFESSIONS
D'UNE ACCRO DU SHOPPING

SOPHIE KINSELLA

CONFESSIONS
D'UNE ACCRO
DU SHOPPING

Traduit de l'anglais par Isabelle Vassart

BELFOND

Titre original :
THE SECRET DREAMWORLD OF A SHOPAHOLIC
publié par Black Swan Books,
a division of Transworld Publishers Ltd, Londres.

Tous les personnages de ce livre sont fictifs
et toute ressemblance avec des personnes réelles,
vivantes ou mortes, serait pure coïncidence.

À mon amie et agent, Araminta Whitley.

ENDWICH BANK
1 Stallion Square
Londres W13HW

Mademoiselle Rebecca Bloomwood
Apt 4
63 Jarvis Road
Bristol BS1 0DN

Le 6 juillet 1997

Chère Mademoiselle Bloomwood,

Félicitations ! Vous venez d'obtenir votre diplôme de l'université de Bristol et devez être fière de votre réussite. À la banque Endwich, nous sommes également fiers de la confiance que nous témoignent nos clients, grâce à nos comptes personnalisés qui répondent à toutes les attentes. Nous sommes particulièrement satisfaits de notre politique à long terme, élaborée pour de jeunes diplômés comme vous.

En conséquence, nous vous offrons, Mademoiselle Bloomwood, une autorisation de découvert sans frais de 2 000 livres, valable les deux premières années de votre vie professionnelle. Si vous décidez d'ouvrir un compte chez nous, cette autorisation sera disponible immédiatement[1].

Je souhaite sincèrement que vous profitiez de cette offre exceptionnelle et j'espère avoir le plaisir de vous compter bientôt parmi nos clients. Pour cela, il vous suffit de nous retourner le formulaire ci-joint, dûment complété, dans les plus brefs délais.

Encore une fois, félicitations !

Veuillez agréer, Mademoiselle, l'expression de nos salutations distinguées.

Nigel Fairs
Directeur marketing diplômé

ENDWICH – PARCE QUE NOUS PRENONS SOIN DE VOUS

---

1. Offre soumise à conditions.

ENDWICH BANK
Fulham Branch
3 Fulham Road
Londres SW6 9JH

Mademoiselle Rebecca Bloomwood
Apt 2
4 Burney Rd
Londres SW6 8FD

Le 10 septembre 1999

Chère Mademoiselle Bloomwood,

Suite à mes lettres du 3 mai, du 29 juillet et du 14 août, vous n'êtes pas sans savoir que votre autorisation de découvert sans frais se termine le 19 septembre 1999. Je vous ai également informée que vous aviez considérablement dépassé la limite autorisée de 2 000 livres.

Votre solde est actuellement débiteur de 3 794,56 livres.

Veuillez avoir l'amabilité d'appeler mon assistante Erica Parnell et de fixer un rendez-vous afin que nous discutions de ce problème.

Je vous prie d'agréer, Mademoiselle, l'expression de mes salutations distinguées.

Derek Smeath
Directeur

ENDWICH – PARCE QUE NOUS PRENONS SOIN DE VOUS

ENDWICH BANK
Fulham Branch
3 Fulham Road
Londres SW6 9JH

Mademoiselle Rebecca Bloomwood
Apt 2
4 Burney Rd
Londres SW6 8FD

Le 22 septembre 1999

Chère Mademoiselle Bloomwood,

Je suis désolé d'apprendre que vous vous êtes cassé la jambe.

Quand vous serez rétablie, veuillez avoir l'amabilité de téléphoner à mon assistante Erica Parnell et de prendre rendez-vous pour que nous discutions de votre découvert permanent.

Je vous prie d'agréer, Mademoiselle, l'expression de mes salutations distinguées.

Derek Smeath
Directeur

ENDWICH – PARCE QUE NOUS PRENONS SOIN DE VOUS

ENDWICH BANK
Fulham Branch
3 Fulham Road
Londres SW6 9JH

Mademoiselle Rebecca Bloomwood
Apt 2
4 Burney Rd
London SW6 8FD

Le 17 novembre 1999

Chère Mademoiselle Bloomwood,

Je suis désolé d'apprendre que vous avez une mononucléose.

Quand vous serez rétablie, veuillez avoir l'amabilité de téléphoner à mon assistante Erica Parnell pour prendre rendez-vous afin de discuter de votre situation.

Je vous prie d'agréer, Mademoiselle Bloomwood, l'expression de mes salutations distinguées.

Derek Smeath
Directeur

ENDWICH – PARCE QUE NOUS PRENONS SOIN DE VOUS

1

Tout va bien. Pas de panique. Surtout *pas de panique*. Après tout, ce n'est qu'une facture de carte bancaire. Un bout de papier et quelques chiffres. C'est fou comme quelques chiffres peuvent vous fiche la trouille.

Par la fenêtre, je regarde un bus descendre Oxford Street tout en m'adjurant d'ouvrir cette enveloppe blanche posée sur le fouillis de mon bureau. Ce n'est qu'un bout de papier, me dis-je pour la énième fois. Et je ne suis pas idiote, que je sache. Je connais le montant exact de ce relevé. Enfin presque. Il y en a environ pour... deux cents livres [1]. Trois cents peut-être. Oui, plutôt trois cents. Trois cent cinquante maxi.

Je ferme à demi les yeux et commence à calculer le total. Il y a le tailleur de chez Jigsaw, et le dîner avec Suze chez Quaglino. Et aussi ce somptueux tapis rouge et jaune. Il coûtait deux cents livres. Mais il en valait vraiment la peine. Tout le monde l'a admiré. Enfin,

---

1. 100 livres = 152,45 € environ. *(Toutes les notes sont de la traductrice.)*

Suze l'a admiré. Soit dit en passant, le tailleur était soldé à 30 %, j'ai donc réalisé des *économies*.

J'ouvre les yeux pour prendre l'enveloppe. Au moment de toucher le papier, je me rappelle mes nouveaux verres de contact. Quatre-vingt-quinze livres. Pas donné ! Mais que suis-je censée faire, marcher dans le brouillard ? Et, bien entendu, pour ces nouvelles lentilles, j'ai dû acheter des produits nettoyants, un petit étui sympa et un eye-liner hypoallergénique. On arrive donc à... quatre cents livres ?

Clare Edwards, ma collègue, lève les yeux de son courrier. Comme tous les matins, elle range ses lettres en piles bien nettes, qu'elle entoure d'un élastique avec une étiquette : « Réponse immédiate », « Réponse moins urgente »... C'est bien simple, Clare Edwards me dégoûte.

— Ça va, Becky ?

— Super, dis-je d'un ton dégagé.

Le cœur léger, j'introduis ma main dans l'enveloppe, mais la laisse là. Mes doigts restent crispés autour de la facture tandis que, comme chaque mois, je caresse mon rêve secret.

Voulez-vous connaître mon rêve secret ? Il est apparu à la suite d'un article que j'ai lu dans le journal sur un micmac entre cartes bancaires. Cette histoire m'a tellement plu que j'ai découpé l'article et que je l'ai collé sur la porte de ma penderie. Voici : deux relevés ont été intervertis et, tenez-vous bien, chaque destinataire a payé la facture de l'autre sans s'en rendre compte. Ils ont *payé sans même vérifier*. Depuis, mon vœu le plus cher est qu'il m'arrive la même chose. Qu'on envoie à une mémé de Cornouailles ma facture monstrueuse et qu'elle la règle sans la regarder. De mon côté, je recevrai la sienne – 4,98 livres correspondant à l'achat de trois boîtes de pâtée pour chat – que j'acquitterai rubis sur l'ongle. Ce n'est que justice, après tout.

Un large sourire irradie mon visage. Ce mois-ci, j'en suis persuadée, mon rêve secret va se réaliser. Mais quand je retire enfin le relevé de son enveloppe sous le regard inquisiteur de Clare, mon sourire faiblit puis disparaît complètement. Ma gorge se noue. La panique, sans doute.

La feuille est noire d'écritures. Une série de noms familiers se bousculent sous mes yeux, j'ai l'impression de traverser un centre commercial en miniature. J'essaie de saisir ces noms, mais ils bougent trop vite. J'arrive à lire : Thorntons. Les chocolats Thorntons ? Qu'est-ce que je pouvais bien fabriquer là ? Je suis censée suivre un régime. Ce relevé est *faux*. Ce n'est pas le mien. Je ne peux pas avoir dépensé tout cet argent.

Pas de panique ! hurle une voix intérieure. Le tout est de ne pas s'affoler. Il me suffit de lire chaque ligne, lentement, une par une. J'inspire à fond et m'oblige à me concentrer en commençant par le début.

WH Smith (c'est bon. Tout le monde a besoin de papier à lettres).
Bottes (idem).
Verres de contact (indispensables).
Oddbins (vin. Indispensable).
Our Price (*Our Price* ? Ah ! oui. Le nouvel album des Charlatans. Bon, il me le fallait absolument).
Restaurant Bella Pasta (dîner avec Caitlin).
Oddbins (vin. Indispensable).
Esso (essence. Ça ne compte pas).

Restaurant Quaglino (cher, mais ça ne se reproduira pas).

Prêt-à-manger (cette fois, je n'avais plus de liquide).

Oddbins (vin. Indispensable).

Rugs to Riches (qu'est-ce que c'est ? Ah ! oui, le tapis. Ce tapis à la noix).

La Senza (lingerie sexy pour le rendez-vous avec James).

Agent provocateur (lingerie encore plus sexy pour le rendez-vous avec James. Pfft ! Comme si j'en avais besoin).

Body Shop (cette brosse spéciale pour la peau dont *je ne peux* me passer).

Next (ce chemisier blanc plutôt nul, mais il était en solde).

Millets…

Je suis coupée dans mon élan. Millets ? Je ne vais jamais chez Millets. Le front plissé par la perplexité, je fixe le relevé en réfléchissant. Et soudain, la vérité éclate. C'est évident : quelqu'un a subtilisé ma carte.

Oh ! mon Dieu ! Moi, Rebecca Bloomwood, j'ai été victime d'un vol. Maintenant, tout est clair. On a fauché ma carte de crédit et imité ma signature. Qui sait combien de fois elle a été utilisée ? Pas étonnant que mon relevé soit couvert de chiffres ! Quelqu'un a fait des folies dans tout Londres avec ma carte en pensant pouvoir s'en tirer comme ça.

Mais comment est-ce possible ? Je fouille dans mon sac à la recherche de mon portefeuille, l'ouvre et tombe sur ma carte de crédit qui me crève les yeux. Je la prends et la regarde intensément. On doit l'avoir piquée, utilisée *et remise en place*. Il s'agit sans doute d'une personne de ma connaissance. Mon Dieu ! Qui ?

Je jette un coup d'œil soupçonneux autour de moi. En tout cas, ce n'est pas très malin. Se servir de ma carte dans ce magasin ! C'est presque risible.

Je m'exclame à haute voix : « Je n'ai jamais mis les pieds chez Millets ! »

— Bien sûr que si, me répond Clare.

— Quoi ?

Je me retourne vers elle, agacée d'avoir été interrompue.

— Non, je n'y vais jamais.

— C'est bien là que tu as acheté le cadeau de départ de Michael, non ?

Je la regarde et mon sourire s'efface. Zut alors ! Bien sûr. L'anorak bleu pour Michael. Ce foutu anorak.

Quand Michael, notre rédacteur en chef adjoint, est parti il y a trois semaines, j'ai proposé d'aller acheter son cadeau. J'ai emporté l'enveloppe kraft bourrée de billets et de pièces et j'ai choisi un anorak (vous pouvez me faire confiance, c'est son genre). À la dernière minute, je m'en souviens maintenant, j'ai décidé de payer avec ma carte de crédit et de garder pour moi tout ce liquide bien pratique.

Je me revoyais, comme si c'était hier, ranger les quatre billets de cinq livres avec soin dans mon portefeuille, puis mettre à part les grosses pièces et enfin verser la menue monnaie au fond de mon sac. Parfait, avais-je pensé. Je n'aurai pas à retirer du liquide. J'avais cru que ces soixante livres dureraient une éternité.

17

Qu'en avais-je fait ? Je ne pouvais pas avoir dépensé soixante livres comme ça, sans m'en rendre compte !

— Un problème ? demande Clare en se penchant.

Ses yeux de fouine me passent aux rayons X à travers ses lunettes. Elle sait fort bien que je suis en train de détailler ma facture de carte Visa.

— Non, rien, dis-je en tournant la première page de mon relevé.

Mais elle m'a déstabilisée. Au lieu de me comporter comme d'habitude – regarder ce qui est à payer immédiatement et ignorer le total –, je lis le montant final.

Neuf cent quarante-trois livres soixante-trois. C'est marqué noir sur blanc. Je contemple cette somme en silence pendant trente secondes, puis fourre le relevé dans son enveloppe. Vous savez quoi ? Je ne me sens pas du tout concernée par ce bout de papier. Peut-être que si je le laissais tomber négligemment derrière mon ordinateur, il disparaîtrait. Les femmes de ménage le balaieraient et je prétendrais ne l'avoir jamais reçu. On ne peut pas me faire régler une facture que je n'ai jamais reçue, tout de même !

Je compose déjà une lettre dans ma tête. « Monsieur le Directeur général de Visa, votre lettre m'a désorientée. De quelle facture parlez-vous ? Je n'en ai jamais reçu de votre société. Votre ton ne m'impressionne pas et, je vous avertis, je vais écrire à Anne Robinson de *L'Union nationale des consommateurs*. »

Ou alors, je partirai à l'étranger.

— Becky ?

Je redresse la tête et constate que Clare m'observe, intriguée.

— As-tu terminé l'article sur la Lloyd ?

— Presque.

C'est faux, bien sûr. Comme elle me surveille, je me sens obligée d'ouvrir le fichier à l'écran, juste pour prouver ma bonne volonté. Mais cette demeurée continue à m'épier.

« Les épargnants peuvent bénéficier d'un accès immédiat », je recopie mot à mot un communiqué de presse placé devant moi. « Le compte offre aussi différents taux d'intérêt pour ceux qui investissent plus de 5 000 livres. »

Je tape un point final, j'avale une gorgée de café et je tourne la première page du communiqué de presse.

Au fait, c'est mon travail. Je suis journaliste dans un magazine financier. Je suis payée pour expliquer aux lecteurs comment gérer leur budget.

Évidemment, ce n'est pas la carrière de mes rêves. On ne me fera jamais croire que l'on est conseiller financier par vocation. Les gens vous raconteront qu'ils ont « atterri » dans le conseil financier. Ils mentent. Ce qu'ils veulent dire, c'est qu'ils n'ont pas trouvé de boulot de journaliste plus intéressant. En clair, cela signifie qu'ils ont posé leur candidature au *Times*, à *L'Express*, à *Marie-Claire*, à *Vogue*, à *QG* et à *Loaded*, et que chaque fois, on leur a répondu d'aller se faire voir ailleurs.

Alors, ils ont commencé à solliciter un emploi au *Mensuel de la métallurgie*, à la *Gazette des fromagers* et à *Comment placer votre argent ?* Ils ont fini par être embauchés comme assistant de rédaction au niveau le plus nul, sur une base de salaire inexistante, et ils en ont été reconnaissants. Depuis, ils écrivent sur le métal, le fromage ou l'épargne parce qu'ils ne connaissent rien d'autre. J'ai moi-même débuté dans un magazine au titre accrocheur de *Périodique des placements privés*. J'ai appris à recopier un dossier de presse, à hocher la tête d'un air inspiré pendant les conférences et à poser des questions destinées à convaincre tout le monde que je maîtrise mon sujet à fond. Un an et demi plus tard, tenez-vous bien, j'ai été recrutée par des chasseurs de tête pour *Réussir votre épargne*.

Bien entendu, je ne connais toujours rien à la finance. Les gens qui attendent à l'arrêt de bus en savent plus que moi sur le sujet. Les enfants en âge scolaire aussi. J'effectue ce travail depuis trois ans maintenant et je m'attends toujours à être démasquée.

Quand Philip, le directeur, m'appelle en début d'après-midi, je sursaute de frayeur.

— Rebecca ? J'ai à vous parler.

Il me fait signe d'approcher. Sa voix me semble tout d'un coup plus basse, une voix de conspirateur, et il me sourit comme s'il était sur le point de m'annoncer une bonne nouvelle.

Mon Dieu ! Ça y est ! Il doit s'agir de ma promotion. Il sait fort bien que mon salaire est injustement inférieur à celui de Clare et il a décidé de me promouvoir au même échelon. Ou même de me faire grimper plus haut. Et il va m'en informer de manière discrète afin qu'elle ne soit pas jalouse.

Le visage illuminé d'un large sourire, je me lève et traverse les quelques mètres qui me séparent de son bureau. J'essaie de rester calme, mais je planifie déjà tout ce que je vais m'acheter avec mon nouveau salaire. D'abord le manteau redingote de chez Whistles, puis des bottes noires à hauts talons de chez Pied-à-Terre. Ensuite, je partirai peut-être en vacances. Et je réglerai cette fichue facture de carte Visa d'un seul coup. Soulagée, je me sens légère. J'étais sûre que tout s'arrangerait.

— Rebecca ?

Il me fourre une carte sous le nez.

— Je suis dans l'incapacité d'assister à cette conférence de presse, mais elle sera certainement intéressante. Pouvez-vous y aller ? Elle se déroule à Brandon Communications.

Mon visage se décompose. Il n'y a ni promotion ni augmentation. Quelle trahison ! *Pourquoi* m'a-t-il souri de cette façon ? Il devait bien savoir qu'il encourageait mes plus folles espérances ! Pauvre type !

— Ça ne va pas ?

— Si, si, tout va bien, dis-je entre mes dents.

Devant moi, mon nouveau manteau et mes bottes à talons hauts disparaissent comme par enchantement. Pas de promotion, mais une conférence de presse sur… Je jette un coup d'œil à la carte : un nouveau fonds commun de placement. Comment peut-on en toute honnêteté trouver ça intéressant ?

— Vous l'inclurez dans la rubrique des *news*, ajoute Philip.

— Parfait, dis-je, en haussant les épaules.

Et je tourne les talons.

2

Je n'ai qu'un achat indispensable à faire sur le
chemin de la conférence de presse : il s'agit du *Financial Times*. Le *FT* est de loin le meilleur accessoire
pour une fille. Il possède les avantages majeurs
suivants :

1° Il a une belle couleur.

2° Il coûte seulement 85 pences.

3° Si vous entrez dans une pièce avec ce journal
sous le bras, les gens vous prennent au sérieux. Munie
du *FT*, vous pouvez parler des choses les plus super-
ficielles et au lieu de vous considérer comme une
idiote, vos interlocuteurs pensent que vous êtes une
intellectuelle de poids, aux centres d'intérêts variés.

Lors de mon entretien d'embauche à *Réussir votre
épargne*, je suis arrivée avec le *Financial Times* et
l'*Investor's Chronicle*, et pas une seule fois on ne m'a
interrogée sur la finance. Si ma mémoire est bonne,
nous avons passé notre temps à discuter de villas de
vacances et à dire des horreurs sur les autres rédacteurs
en chef.

Je m'arrête donc au kiosque à journaux et j'achète
un numéro du *FT* que je glisse soigneusement sous

mon bras tout en contemplant mon reflet dans la vitrine de Denny and George.

Pas mal. Je porte ma jupe noire de chez French Connection, un T-shirt blanc uni Knickerbox, un petit cardigan angora de chez M&S, qui a l'air de sortir de chez agnès b., ainsi que mes nouvelles chaussures à bout carré Hobbs. Et encore mieux, bien que personne ne la voie, j'étrenne ma superbe nouvelle petite culotte brodée de boutons de rose jaunes, assortie au soutien-gorge. De toute ma tenue, ces dessous sont ce que j'ai de plus beau. Pour être franche, je souhaiterais presque me faire renverser par une voiture afin que tout le monde puisse les admirer.

Cette habitude de détailler tous les vêtements que je porte, comme pour une page de mode, remonte à mon adolescence, lorsque je lisais *Just Seventeen*. Dans chaque numéro, ils arrêtaient une fille dans la rue, la photographiaient et dressaient la liste de ses vêtements. « T-shirt Chelsea Girl, Jeans Top Shop, Chaussures empruntées à une amie. » Je dévorais ces pages avec avidité, et, même maintenant, j'enlève l'étiquette d'un vêtement s'il ne sort pas d'un magasin branché. Comme ça, si on m'arrêtait dans la rue, je pourrais toujours faire comme si j'ignorais d'où il vient.

Bref, je suis là à m'extasier sur mon image, en espérant presque qu'un journaliste de *Just Seventeen* surgisse avec un appareil photo, quand soudain mon regard se fige. Mon cœur cesse de battre. Dans la vitrine de Denny and George, un panneau discret vert foncé indique en caractères crème : « SOLDES ».

Je le fixe et mon cœur s'emballe. C'est impossible ! Denny and George ne peuvent pas faire des soldes. Ça ne s'est jamais vu. Leurs écharpes et pashminas sont si convoités qu'ils les vendraient le double sans problème. Tous les gens que je connais rêvent de posséder une écharpe de chez eux. (Excepté mon père et ma mère, évidemment. Ma mère estime que si vous n'en trouvez pas à Prisunic, c'est que vous n'en avez pas réellement besoin.)

J'avale ma salive, fais deux pas en avant et pousse la porte de la boutique. La sonnette retentit et la blonde sympa qui tient le magasin lève les yeux. J'ignore son nom, mais je l'ai toujours bien aimée. Contrairement aux autres vendeuses snobinardes, elle se fiche que vous regardiez pendant des heures des vêtements dont le prix est au-dessus de vos moyens. En général, je passe une demi-heure à baver devant les écharpes de Denny and George, puis je file chez Accessorize acheter une bricole pour me remonter le moral. J'ai un plein tiroir de succédanés de Denny and George.

— Salut, dis-je en essayant de rester calme. Vous… vous faites des soldes ?

— Oui.

La fille blonde sourit.

— C'est plutôt inhabituel pour nous.

Je parcours la pièce des yeux et aperçois des rangées d'écharpes soigneusement pliées. Au-dessus de chacune d'elles, une petite étiquette vert foncé indique : « – 50 % ». En velours imprimé, soie ornée de perles ou cachemire brodé, toutes arborent la signature discrète « Denny and George ». Il y en a partout. Par où commencer ? La panique me gagne.

— Je crois que vous avez toujours aimé celle-ci, dit la vendeuse sympa en retirant de la pile placée devant elle une écharpe gris-bleu chatoyante.

Mais oui ! Je m'en souviens. Son velours soyeux est imprimé d'un bleu plus pâle, parsemé de perles irisées. En la regardant, je sens d'invisibles fils m'attirer vers elle. Je dois la toucher. Je dois la porter. Je n'ai jamais vu une étoffe aussi belle. La fille retourne l'étiquette. « 340 livres soldé 170. » Elle s'approche, drape l'écharpe autour de mon cou et je contemple mon reflet dans la glace.

Aucun doute. Il me faut cette écharpe. Il me la faut. Elle rend mes yeux plus grands, ma coupe de cheveux plus chic, je suis transformée. Elle ira avec tout. Les gens parleront de moi comme de la fille à l'écharpe Denny and George.

— Si j'étais vous, je sauterais sur l'occasion, déclare la vendeuse en souriant. C'est la dernière.

Je l'agrippe involontairement.

— Je la prends, dis-je dans un souffle, je la prends.

Tandis qu'elle la dispose sur du papier de soie, j'ouvre mon portefeuille d'un geste automatique pour sortir ma carte Visa. Mes doigts ne rencontrent que le cuir nu. Étonnée, je marque un temps d'arrêt et commence à fouiller toutes les poches en me demandant si je l'ai rangée avec un ticket de caisse ou si elle est cachée derrière une carte de visite… Et là, dans un éclair, je me souviens. Elle est sur mon bureau.

Comment puis-je être aussi stupide ? Laisser ma carte Visa sur mon bureau ! Où avais-je la tête ?

La blonde sympa glisse l'écharpe dans une boîte vert foncé Denny and George. Mon cœur bat à tout rompre. Que faire ?

— Comment désirez-vous payer ? demande-t-elle aimablement.

Le visage en feu, je bégaie :

— Je viens de me rendre compte que j'ai oublié ma carte de crédit au bureau.

— Oh ! dit la vendeuse, et ses mains s'immobilisent.

— Pouvez-vous la mettre de côté ?

Elle prend un air dubitatif.

— Combien de temps ?

— Jusqu'à demain ?

Mon Dieu ! Elle fait la moue. Ne comprend-elle donc pas ? Je suis désespérée.

— Je crains que ce ne soit impossible. Nous ne réservons pas les articles soldés.

— Alors, jusqu'à ce soir, dis-je rapidement. À quelle heure fermez-vous ?

— Six heures.

— Six heures !

Un mélange de soulagement et d'excitation s'empare de moi.

Tu peux y arriver, Rebecca ! Je vais à la conférence de presse dont je me sauve au plus vite, puis saute dans un taxi pour retourner au bureau, récupère ma carte Visa en racontant à Philip que j'ai oublié mon carnet et reviens ici acheter l'écharpe.

— Pouvez-vous la réserver jusque-là ?

Mon ton est suppliant.

— S'il vous plaît, *s'il vous plaît ?*

Elle se laisse fléchir.

— D'accord. Je la mets derrière le comptoir.

— Merci, dis-je dans un souffle.

Je me précipite hors du magasin et descends la rue à toute vitesse en direction de Brandon Communications. Je prie intérieurement pour que la conférence de presse soit courte et que les questions ne s'éternisent pas. S'il vous plaît, mon Dieu, faites que j'aie cette écharpe.

En arrivant à Brandon Communications, je commence à me détendre. Après tout, j'ai trois bonnes heures devant moi et mon écharpe est en sécurité derrière le comptoir. Personne ne va me la voler.

Un panneau dans le hall d'entrée indique que la conférence sur les Investissements Foreland en Extrême-Orient a lieu dans la suite Artémis et un homme en uniforme dirige tout le monde au bout du couloir. C'est du sérieux ! Évidemment, il n'y aura pas l'atmosphère électrique d'un plateau de télévision, style journalistes de CNN sur des charbons ardents. Mais il s'agit tout de même d'un événement assez important dans notre petit monde ennuyeux.

Quand je pénètre dans la pièce, une foule de gens se presse déjà et des serveuses se faufilent en présentant des petits fours. Les journalistes se jettent sur le champagne comme s'ils n'en avaient jamais bu auparavant ; quant aux attachées de presse, elles affichent leur air méprisant habituel en buvant de l'eau à petites gorgées. Un serveur m'offre une coupe de champagne : j'en prends deux. La première, je la bois tout de suite, et la seconde, je la garderai sous ma chaise pour les moments barbants.

J'aperçois au loin Elly Granger, de *L'Investisseur Hebdo*. Coincée par deux hommes en costume, elle hoche la tête, les yeux perdus dans le vague. Elly est géniale. Embauchée par *L'Investisseur Hebdo* depuis seulement six mois, elle a déjà postulé quarante-trois autres emplois. Son rêve, c'est de diriger la rubrique beauté d'un magazine ; le mien, c'est de prendre la place de Fiona Phillips sur GMTV. Parfois, quand nous sommes ivres mortes, nous décidons que si dans trois mois nous n'avons pas trouvé un travail plus excitant, nous quittons nos boulots. Mais la pensée de manquer d'argent, ne serait-ce que quelques semaines, est presque plus terrifiante que celle d'écrire sur les plans de retraite pour le restant de mes jours.

— Rebecca, je suis ravi que vous ayez pu venir.

Je lève les yeux et m'étrangle presque en avalant mon champagne de travers. C'est Luke Brandon, le grand patron de Brandon Communications, qui me regarde intensément ; il semble lire en moi comme dans un livre ouvert.

Je ne l'ai rencontré qu'à de rares occasions et ne me suis jamais sentie très à l'aise avec lui. Pour commencer, il a une réputation effrayante. Tout le monde le considère comme un génie, même Philip, mon patron. Il est parti de rien et Brandon Communications est devenue l'agence de relations publiques la plus importante du secteur bancaire à Londres. Récemment, un magazine le classait parmi les chefs d'entreprise les plus doués de sa génération. Cet article mentionnait aussi son QI phénoménal et sa mémoire visuelle. (J'ai toujours détesté les gens possédant une mémoire visuelle.)

Mais ce n'est pas tout. Quand il me parle, ses sourcils sont toujours froncés, comme s'il savait que je jouais un rôle. À mon avis, il m'a percée à jour. Obligé. Le célèbre Luke Brandon ne se contente pas d'être un génie, il a également le pouvoir de lire dans les pensées. Lorsque je hoche la tête d'un air intelligent devant un graphique ennuyeux, il sait qu'en réalité mon esprit est absorbé par un superbe haut noir de chez Joseph et que je calcule si je peux m'acheter le pantalon assorti.

— Vous connaissez Alicia, n'est-ce pas ? s'enquiert Luke en m'indiquant la blonde impeccable qui l'accompagne.

Il se trouve que je ne connais pas Alicia. Mais c'est inutile. Les filles de Brandon C. – comme on les appelle – sont toutes les mêmes : leur élocution est parfaite, elles sont très élégantes, mariées à des banquiers et n'ont aucun sens de l'humour.

— Rebecca, demande Alicia froidement en saisissant ma main, vous travaillez à *Réussir votre épargne*, n'est-ce pas ?

— Tout à fait, dis-je sur le même ton.

— C'est très gentil de votre part d'être venue aujourd'hui, je sais que vous autres journalistes êtes terriblement occupés.

— Pas de problème. Nous aimons assister au maximum de conférences de presse pour suivre de près l'actualité de l'industrie.

Ma réponse m'enchante. J'arrive presque à y croire. Alicia acquiesce gravement comme si tous mes propos s'avéraient d'une importance capitale.

— Dites-moi, Rebecca, que pensez-vous des nouvelles d'aujourd'hui ?

Elle désigne le *FT* coincé sous mon bras.

— C'est une sacrée surprise, vous ne trouvez pas ?

Mon Dieu, de quoi parle-t-elle ?

— C'est intéressant, sans aucun doute, dis-je en souriant.

Il faut que je gagne du temps. Je jette un coup d'œil circulaire à la recherche d'un indice, mais n'en décèle aucun. Qu'est-il arrivé ? Les taux d'intérêt ont-ils grimpé ?

— Je trouve que ce sont de mauvaises nouvelles pour l'industrie, déclare Alicia, imperturbable. Mais, bien sûr, vous devez avoir votre propre opinion.

Elle me regarde dans l'attente d'une réponse. Je sens mes joues s'empourprer. Comment vais-je m'en sortir ? Je me promets de lire dorénavant les journaux tous les matins. Il n'est pas question de me faire piéger de cette façon une autre fois.

— Je suis d'accord avec vous. Ce sont de très mauvaises nouvelles.

Ma voix s'étrangle. J'avale une rapide gorgée de champagne et prie pour qu'il y ait un tremblement de terre.

— L'aviez-vous prévu ? demande Alicia. Je sais que les journalistes ont toujours une longueur d'avance.

— Je… je l'ai certainement vu arriver.

Je suis sûre d'avoir l'air convaincant.

— Et cette rumeur au sujet de Scottish Prime et Flagstaff Life.

Elle me dévisage avec intensité.

— Pensez-vous qu'il y ait vraiment des chances que cela se concrétise ?

— C'est… c'est difficile à dire.

Je reprends une gorgée de champagne. Quelle rumeur ? Bon sang ! Va-t-elle enfin me laisser tranquille ?

Je commets alors l'erreur de lever les yeux sur Luke Brandon. Il me considère, le visage empreint d'une expression bizarre. Oh ! merde ! Il *sait* que je n'ai aucune idée de ce dont on parle.

— Alicia, Maggie Stevens viens d'arriver, pouvez-vous…

— J'y vais.

Entraînée comme un cheval de course, elle commence à se diriger vers la porte.

— Alicia ! ajoute Luke.

Elle se retourne aussitôt.

— Je veux savoir qui s'est planté sur ces chiffres.

— Oui, répond-elle d'une petite voix avant de tourner les talons.

Nous voilà seuls. Il me donne la chair de poule. Je ferais mieux de partir en courant.

— Bien. Il faut que je…

Mais Luke Brandon se penche vers moi et déclare tranquillement :

— SBG a annoncé qu'il rachetait la banque Rutland.

Bien sûr ! Je me rappelle maintenant avoir entendu quelque chose à ce sujet aux nouvelles du matin.

— Vous ne m'apprenez rien, dis-je avec arrogance. Je l'ai lu dans le *FT*.

Et avant qu'il ait le temps d'ajouter quoi que ce soit, je me sauve pour aller parler à Elly.

La conférence de presse ne va pas tarder à commencer. Elly et moi nous faufilons vers les derniers rangs pour prendre deux sièges côte à côte. J'ouvre mon bloc-notes, écris « Brandon Communications » en haut de la page et griffonne des fleurs sur le côté. Quant à Elly, elle compose le numéro de téléphone de son horoscope sur son portable.

Je bois une gorgée de champagne et m'installe confortablement dans mon fauteuil, prête à me détendre. Écouter des conférences de presse ne sert à rien. Toutes les informations se trouvent dans le dossier de presse et vous pouvez toujours broder plus tard sur ce qui s'est dit. Au moment où j'envisage de sortir mon vernis Hard Candy, certaine que personne ne le remarquera, la tête de l'affreuse Alicia surgit devant moi.

— Rebecca, téléphone pour vous. Votre rédacteur.

— Philip ? dis-je stupidement.

Comme si j'avais le choix entre plusieurs rédacteurs.

Alicia me dévisage, dédaigneuse, et m'indique un téléphone sur une table. Elly me lance un regard interrogateur auquel je réponds par un haussement d'épaules. C'est la première fois que Philip m'appelle pendant une conférence de presse.

Excitée et fière de mon importance, je me dirige vers le fond de la pièce. Il y a peut-être une urgence au bureau : Philip a flairé un scoop et m'envoie suivre une piste à New York.

— Allô, Philip ?

Je regrette aussitôt d'avoir prononcé ces mots banals. Un simple « ouais » aurait eu un effet beaucoup plus impressionnant et dynamique.

— Rebecca, écoutez, je suis désolé de vous importuner, mais je souffre d'une migraine et je vais rentrer chez moi.

— Oh ! dis-je, perplexe.

— Je me demandais si vous pouviez me faire une petite course.

Une course ? À qui pense-t-il avoir affaire ? S'il veut du paracétamol, une secrétaire ira le lui acheter.

Je tente de le décourager.

— Je crains que ce soit impossible. Je suis coincée ici.

— Une fois que vous aurez terminé, bien sûr. La commission d'enquête parlementaire sur la sécurité sociale publie son rapport à cinq heures. Pouvez-vous aller le chercher ? Vous rendre directement de votre conférence de presse à Westminster n'est pas difficile.

32

Quoi ? Je fixe le téléphone, horrifiée. Non, je ne peux pas aller chercher ce fichu rapport. Je dois récupérer ma carte Visa et prendre mon écharpe.

— Clare n'est pas disponible ? Je pensais rentrer au bureau et finir ma recherche sur – sur quoi suis-je censée écrire ce mois-ci ? – les plans d'épargne logement.

— Clare assiste à un briefing à la City. Et Westminster se trouve bien sur le chemin de votre quartier branché ? (Philip ne rate jamais l'occasion de plaisanter sur Fulham. Tout ça parce qu'il habite à Harpenden.) Vous n'avez qu'à sauter du métro pour chercher le rapport, puis le reprendre pour rentrer chez vous.

Mon Dieu. Comment m'en sortir ? Je ferme les yeux et calcule rapidement. Encore une heure ici. Puis je file au bureau récupérer ma carte Visa, fonce chez Denny and George acheter mon écharpe et me précipite à Westminster pour le rapport. Je devrais y arriver.

— D'accord, je m'en occupe.

Je reviens m'asseoir au moment où les lumières baissent. Les mots « Perspectives d'avenir en Extrême-Orient » apparaissent sur l'écran. Une série colorée de photos de Hong Kong, de Thaïlande et d'autres endroits exotiques se succèdent. En temps normal, ces clichés me feraient penser aux vacances. Mais aujourd'hui, je n'arrive pas à me détendre, ni même à me moquer de la nouvelle fille de *Portfolio Week*, qui essaie désespérément de tout noter et posera sans doute cinq questions à la fin, persuadée que c'est indispensable. Mon écharpe m'accapare trop l'esprit. Et si je n'arrivais pas à temps ? Et si quelqu'un offrait une somme plus élevée ? La vendeuse reviendrait-elle sur sa promesse ? Cette seule pensée me donne des sueurs froides.

Lorsque les photos de Thaïlande disparaissent pour céder la place à d'ennuyeux graphiques, une inspiration subite me traverse l'esprit. Bien sûr ! Je paierai l'écharpe en liquide. Personne ne refuse des espèces. Ma carte de retrait automatique m'autorise à tirer cent livres, je n'ai donc plus besoin que de vingt livres et l'écharpe est à moi.

Je déchire un morceau de papier de mon bloc, j'écris : « Peux-tu me prêter vingt livres ? » et le remets à Elly qui écoute toujours son portable en cachette. Je me demande ce qui la passionne autant. Pas encore son horoscope, tout de même ! Elle lit mon mot, hoche la tête et répond : « Je peux pas. La foutue machine a avalé ma carte. Vis actuellement de Chèque-Restaurant. »

Bon sang ! J'hésite puis griffonne : « Et ta carte de crédit ? Je te rembourse, parole d'honneur. Au fait, qu'est-ce que tu écoutes ? »

Je lui passe la page et soudain la lumière se rallume : la présentation est achevée. Je n'en ai pas écouté un seul mot. Les gens remuent sur leur siège et une attachée de presse commence à distribuer une brochure luxueuse. Elly termine son appel et me sourit.

— Les prédictions amoureuses, répond-elle en tapant un autre numéro. Elles sont vraiment très précises.

— Un tas d'imbécillités, oui ! Je ne comprends pas comment tu peux croire à ces bêtises. Et tu te dis journaliste financière ?

— Non, et toi ?

Nous nous mettons à pouffer de rire, mais une vieille teigne d'un quotidien national se retourne, furieux.

— Mesdames et messieurs.

Une voix perçante nous interrompt et je lève les yeux. C'est Alicia debout au premier rang. Je ne peux m'empêcher de remarquer qu'elle a de très belles jambes.

— Comme vous pouvez le constater, les plans d'épargne exotiques Foreland représentent une approche tout à fait nouvelle de l'investissement.

Elle parcourt la pièce des yeux, rencontre mon regard et sourit froidement.

Je chuchote à l'oreille d'Elly avec mépris :

— Tu parles de plans d'épargne exotiques ! Ce sont plutôt les prix qui sont exotiques, dis-je en indiquant le prospectus. Tu as vu combien ça coûte ?

(Je commence toujours par consulter les prix. Comme je regarde toujours l'étiquette en premier.)

L'oreille collée à son portable, Elly roule des yeux pour montrer son assentiment.

— Investir avec Foreland, c'est la plus-value assurée, continue Alicia de sa voix snob. Les Investissements Foreland vous offrent davantage.

— Davantage de frais, davantage de pertes, dis-je à voix haute sans m'en rendre compte et l'assistance éclate de rire.

C'est gênant ! Et maintenant Luke Brandon me regarde, lui aussi. Je baisse les yeux et fais semblant de me plonger dans mes notes.

Pour être franche, je me demande pourquoi je feins de prendre des notes. Dans notre magazine, nous ne publions que le boniment du dossier de presse. Les Investissements Foreland réservent chaque mois une énorme double page de publicité, et l'année dernière ils ont emmené Philip en voyage d'étude (ha ! ha ! ha !) en Thaïlande, de sorte que nous ne pouvons rien dire sur eux, excepté qu'ils sont merveilleux.

Tandis qu'Alicia poursuit son discours, je me penche vers Elly.

— Écoute, dis-je à voix basse, peux-tu me prêter ta carte de crédit ?

— Totalement épuisée, répond-elle d'un air contrit. J'ai atteint ma limite. Pourquoi penses-tu que je vis de Ticket-Restaurant ?

— Mais j'ai besoin d'argent ! Je suis désespérée ! J'ai besoin de vingt livres !

J'ai parlé trop fort et Alicia interrompt son speech pour déclarer :

— Peut-être auriez-vous dû investir dans les Placements Foreland, Rebecca.

Tout le monde pouffe de rire.

Certains se tournent vers moi pour me regarder bouche bée, et je les dévisage en retour, blême de colère. Ce sont tous des confrères, après tout. Ils devraient me soutenir. Que font-ils de la solidarité syndicale ?

Je n'ai jamais vraiment pris la peine d'adhérer au NUJ, le syndicat des journalistes. Mais ce n'est pas une raison !

— Pourquoi avez-vous besoin de vingt livres ? me demande Luke Brandon.

— Je... Ma tante, dis-je d'un ton de défi. Elle est à l'hôpital et je voudrais lui acheter un cadeau.

Le silence règne dans la pièce. Puis, à mon grand étonnement, Luke Brandon met la main dans sa poche, en retire un billet de vingt livres et le donne à un type du premier rang qui hésite, puis le fait passer derrière lui. La chaîne continue, le billet circule de main en main et se dirige vers moi comme un fan au concert se fraie un chemin dans la foule. Au moment où je le prends, les applaudissements crépitent dans toute la salle. Je vire à l'écarlate.

— Merci, finis-je par articuler, gênée. Je vous rembourserai, bien sûr.

— Mes meilleurs vœux de rétablissement à votre tante, répond Luke Brandon.

— Merci.

Je jette un coup d'œil à Alicia et ressens une petite pointe de triomphe. Elle a l'air complètement découragée.

Pendant la séance des questions-réponses, les gens s'esquivent discrètement pour rentrer à leur bureau. D'habitude, je choisis ce moment-là pour aller prendre un café et faire du lèche-vitrine. Mais pas aujourd'hui. Aujourd'hui, je décide de tenir le coup jusqu'à la dernière question assommante sur les montages fiscaux. Puis je remercierai Luke Brandon en personne pour son geste adorable, bien qu'embarrassant. Ensuite, j'irai chercher mon écharpe. Hourra !

Mais à mon grand étonnement, peu après les premières questions, Luke Brandon se lève, glisse à voix basse quelques mots à Alicia et se dirige vers la porte.

Quand il passe devant moi, je marmonne un « merci », mais je ne suis pas sûre qu'il entende.

De toute façon, qu'importe ! J'ai les vingt livres et c'est tout ce qui compte.

Sur le trajet du retour, le métro s'arrête sans raison apparente dans un tunnel. Cinq minutes passent, puis dix. C'est bien ma veine ! En général, je ne rêve que de ça, car j'ai une excuse pour rester plus longtemps loin du bureau. Mais aujourd'hui, je me conduis comme un homme d'affaires stressé souffrant d'un ulcère. Je tapote des doigts, soupire et scrute anxieusement l'obscurité.

Pourtant je sais bien que j'ai le temps d'arriver chez Denny and George avant la fermeture et que dans le cas contraire, il est improbable que la fille blonde vende mon écharpe à une autre cliente. Mais cette possibilité existe. Tant que je n'aurai pas cette écharpe entre les mains, je serai incapable de me détendre.

Lorsque le métro se remet enfin en marche, je m'enfonce dans mon siège et pousse un grand soupir en regardant l'homme blême et silencieux assis à ma gauche.

— Dieu merci ! Je n'en pouvais plus.

— C'est contrariant, admet-il, impassible.

— Ils ne se rendent vraiment pas compte ! C'est vrai, certaines personnes ont des choses très importantes à faire. Je suis très pressée.

— Je suis moi-même assez pressé, répond-il.

— Si ce métro n'avait pas redémarré, je ne sais pas ce que j'aurais fait.

Je hoche la tête.

— On se sent si… impuissant !

— Je suis tout à fait d'accord avec vous, réplique-t-il avec véhémence, ils ne réalisent pas un seul instant que certaines personnes – il me désigne d'un geste de la main – ne se déplacent pas pour le plaisir. Il est essentiel que nous arrivions à temps.

— Absolument ! Où allez-vous ?

— Ma femme est en train d'accoucher. C'est notre quatrième.

— Oh ! fais-je, interloquée. Eh bien... Dites donc. Félicitations. J'espère que vous...

— La dernière fois, elle a mis une heure et demie, explique-t-il en épongeant son front moite. Et je suis dans ce métro depuis déjà quarante minutes. Enfin, on avance maintenant.

Il hausse légèrement les épaules, puis me sourit.

— Et vous ? Qu'avez-vous d'urgent à faire ?

Nom d'un chien !

— Je... je... vais à...

Je m'arrête sans grande conviction et éclaircis ma voix. Mon visage s'empourpre. Impossible d'avouer à cet homme que mon urgence consiste à aller chercher une écharpe chez Denny and George.

Je dis bien, une écharpe. Il ne s'agit même pas d'un tailleur, d'un manteau ou d'un autre article de valeur.

— Ce n'est pas si important que ça.

— Je ne vous crois pas, rétorque-t-il gentiment.

J'ai l'impression d'être une affreuse gamine. Dieu merci, c'est mon arrêt. Je me lève d'un bond.

— Bonne chance ! J'espère de tout cœur que vous arriverez à temps.

Dans la rue, je suis prise d'une bouffée de honte. Peut-être aurais-je dû donner mes cent vingt livres à cet homme pour son bébé au lieu d'acheter cette écharpe inutile. À la réflexion, qu'y a-t-il de plus important ? Des vêtements ou le miracle d'une nouvelle vie ?

En méditant sur cette question, je me trouve très profonde et philosophe. Je suis même si absorbée que je manque rater l'embranchement. Mais je relève la tête à temps, tourne le coin de la rue et ressens un choc : une fille s'avance dans ma direction, un sac Denny and George à la main. Mon esprit se vide.

Ciel !

Si c'était mon écharpe ?

Et si elle avait exigé ce modèle et que la vendeuse le lui eût vendu, persuadée que je ne reviendrais pas ?

Je me dirige vers le magasin à grandes enjambées. Au moment où j'ouvre la porte, l'angoisse m'empêche presque de respirer. Que ferai-je si mon écharpe a disparu ?

Mais la fille blonde sourit en m'apercevant.

— Bonsoir ! Votre écharpe vous attend.

— Oh ! merci ! dis-je soulagée en m'écroulant mollement contre le comptoir.

J'ai l'impression d'avoir effectué le parcours du combattant. Je pense que le shopping devrait figurer dans les risques cardio-vasculaires. Mon cœur ne bat jamais aussi fort que lorsque je vois un panneau « soldé à 50 % ».

Je répartis l'argent en billets de dix et vingt livres et j'attends, fébrile, tandis que la vendeuse se baisse derrière le comptoir pour prendre la boîte. Elle la glisse dans un épais sac de luxe à poignées en corde vert foncé et me le tend. J'ai envie de fermer les yeux.

Ah ! cet instant ! L'instant où vos doigts se replient autour des poignées d'un sac lisse et brillant et que toutes les choses splendides se trouvant à l'intérieur vous appartiennent. À quoi le comparer ? C'est comme ne pas manger à sa faim plusieurs jours de suite puis se bourrer de toasts chauds au beurre. C'est comme se réveiller et réaliser que c'est le week-end. Ou comme un orgasme. Tout le reste est expulsé de votre esprit. C'est du plaisir à l'état pur.

Je sors du magasin, sur un petit nuage. J'ai une écharpe Denny and George ! J'ai une écharpe Denny and George ! J'ai…

— Rebecca !

Une voix masculine interrompt mes pensées. Je lève les yeux et j'ai un haut-le-cœur. C'est Luke Brandon.

Il est là, planté devant moi, les yeux rivés sur mon sac. Je sens l'énervement me gagner. Ma parole, que fait-il ici sur le trottoir ? Les gens comme lui ont un chauffeur ! Ne devrait-il pas foncer vers une réunion financière ultra-importante ou un autre truc de ce genre ?

— Vous avez pu l'avoir ? demande-t-il en fronçant légèrement les sourcils.

— Quoi ?

— Le cadeau de votre tante.

— Ah ! oui. Oui, je… je l'ai.

— C'est ça ?

Il désigne mon sac du doigt.

J'ai les joues en feu.

— Oui, finis-je par dire. J'ai pensé qu'une… une écharpe serait une bonne idée.

— C'est très généreux de votre part. Denny and George.

Il lève les sourcils.

— Votre tante doit être une personne élégante.

— C'est vrai.

Je m'éclaircis la voix.

— Elle est aussi très créative et originale.

— Je n'en doute pas, réplique-t-il, puis il marque un temps d'arrêt. Comment s'appelle-t-elle ?

41

Mon Dieu. J'aurais dû m'enfuir en le voyant, quand j'avais encore une chance. À présent, je suis tétanisée. Aucun prénom féminin ne me vient à l'esprit.

— Erm… Ermintrude.

— Tante Ermintrude, répète Luke pensivement. Eh bien, faites-lui mes amitiés.

Il prend congé d'un signe de tête et s'éloigne. Je le suis des yeux, perplexe. Ai-je été crédible ? Je n'en mettrais pas ma main au feu.

3

Quand je pénètre dans l'appartement, Suzanne s'exclame :

— Denny and George ! Becky, tu n'es pas raisonnable.

— Oui, je me suis acheté une écharpe, dis-je, un sourire fendu jusqu'aux oreilles.

— Montre-moi, montre-moi ! s'écrie Suze en s'extirpant du sofa.

Elle s'approche et commence à tirer sur les poignées du sac.

— Je veux la voir, viiite !

Voilà pourquoi j'adore partager un appartement avec Suze. Julia, mon ancienne colocataire, m'aurait dit, le front plissé : « Denny et qui ? » Ou : « C'est cher pour une écharpe. »

Suze, elle, me comprend. Si c'est possible, elle est pire que moi.

Mais elle peut se le permettre. À vingt-cinq ans (nous avons le même âge), elle reçoit toujours de l'argent de poche de ses parents. Ils appellent ça une « allocation » qui semble provenir d'une rente familiale, mais si vous voulez mon avis, c'est purement et simplement de l'argent de poche. Pour ses vingt et un ans, ses parents lui ont offert un appartement à Fulham et elle y habite depuis, travaillant parfois, se la coulant douce le reste du temps.

Elle a (très) brièvement occupé un emploi dans les relations publiques. C'est à cette occasion que je l'ai rencontrée, lors d'un voyage de presse à Guernesey. En fait, elle bossait pour Brandon Communications. Sans être mauvaise langue, Suze le reconnaît d'ailleurs elle-même, elle était nulle. Elle avait complètement oublié quelle banque elle était censée promouvoir et parlait de façon enthousiaste d'un des concurrents. Le banquier concerné était de plus en plus en colère tandis que tous les journalistes se tordaient de rire. Cette histoire lui a valu quelques ennuis et c'est alors qu'elle a décrété n'être pas faite pour ce métier. (Formulé différemment : Luke Brandon l'a virée dès qu'ils sont arrivés à Londres. Une autre raison de ne pas l'aimer.)

En tout cas, nous nous étions drôlement bien amusées à boire comme des trous jusqu'aux premières lueurs de l'aube et nous sommes restées en contact après. Aussi, quand Julia est partie avec son directeur de thèse (elle cachait bien son jeu, celle-là), Suze m'a suggéré d'emménager avec elle. Je sais qu'elle me demande un loyer beaucoup trop bas, mais je n'ai jamais insisté pour payer plein pot, car je ne pourrais pas me le permettre. Vu les prix de l'immobilier, mon salaire me rapproche plus d'Elephant and Castle que de Fulham. Comment des gens normaux peuvent-ils vivre dans des endroits aussi horriblement chers ? C'est un mystère.

— Bex, ne me fais pas languir ! supplie Suze.

Elle plonge ses longs doigts avides dans le sac. Je le lui retire rapidement avant qu'elle ne le déchire : il va aller rejoindre derrière ma porte les autres sacs griffés dont je me sers quand j'ai besoin de frimer. (Dieu merci, Denny and George n'ont pas imprimé de sacs spéciaux indiquant « Soldes ». Je hais les magasins qui font ça. À quoi ça sert d'avoir un sac chic avec « Soldes » écrit en gros dessus ? Et pourquoi pas « radin » tant qu'on y est ?)

Avec une lenteur étudiée, je retire la boîte vert foncé, enlève le couvercle et déplie le papier de soie. Ensuite, presque religieusement, j'élève l'écharpe dans les airs. Elle est magnifique. Plus belle encore que dans le magasin. Je la drape autour de mon cou et souris d'un air stupide.

— Oh ! Bex, elle est splendide ! murmure Suze.

Pendant un instant, nous restons silencieuses. Nous communions avec un être supérieur : le Dieu du shopping.

C'est alors que Suze gâche tout en déclarant :

— Tu peux la porter ce week-end, pour sortir avec James.

— Non, dis-je irritée, en enlevant l'écharpe. Je ne le vois pas.

— Pourquoi ?

— C'est fini.

Je tente un haussement d'épaules désinvolte.

— Vraiment ? demande Suze en écarquillant les yeux. Je n'étais pas au courant !

— Je sais, dis-je en fuyant son regard dévoré de curiosité. C'est un peu… gênant.

— Tu l'as plaqué ? mais tu n'avais même pas encore couché avec lui !

Dans l'excitation, sa voix devient plus aiguë. Elle meurt d'envie de connaître la suite. Ai-je vraiment

45

envie de la lui raconter ? J'envisage un instant de tout garder pour moi mais à quoi bon ?

— C'est bien ça le problème.

Suze se penche vers moi.

— Bex, de quoi parles-tu ?

Je prends une inspiration profonde.

— Il ne voulait pas.

— Il n'avait pas envie de toi ?

— Si. Il…

Je ferme les yeux tant j'ai du mal à y croire.

— Il ne veut pas faire l'amour avant le mariage.

— Tu plaisantes !

En ouvrant les yeux, je découvre l'expression horrifiée de Suze. On dirait qu'elle vient d'entendre la pire des insanités. Elle répète d'un ton suppliant :

— Tu plaisantes !

J'arrive à sourire faiblement.

— Pas du tout. C'était assez embarrassant. En fait, je… je lui ai sauté dessus et il m'a repoussée.

Les souvenirs horribles et humiliants que j'avais réussis à refouler jusque-là ressurgissent. J'ai rencontré James à une soirée il y a quelques semaines et nous abordions le cap crucial du troisième rendez-vous. Après un délicieux dîner au restaurant – il avait insisté pour payer – nous étions revenus à son appartement et nous nous étions retrouvés sur le canapé à nous embrasser.

Bon. Que *devais-je* penser ? Nous étions là, et (qu'on ne s'y trompe pas) si son esprit disait non, son corps disait sans aucun doute possible oui, oui, oui. Donc, en jeune fille moderne, j'ai tendu la main vers la fermeture Éclair de son pantalon et commencé à la baisser. Quand il m'a rejetée, j'ai cru que c'était un jeu, et j'ai continué, de façon encore plus enthousiaste.

À la réflexion, j'ai mis du temps à comprendre qu'il ne jouait pas. En fait, il a dû me gifler pour se débarrasser de moi, même si, après, il était très embêté.

Suze me dévisage, incrédule. Puis elle éclate de rire.

— Il a dû te repousser ? Bex, tu es une dévoreuse d'hommes !

— Ne dis pas ça ! Il s'est montré très compréhensif. Il m'a demandé si j'étais prête à l'attendre.

— Et tu as répondu : « Tu te fous de moi ! »

— Ouais, un truc de ce genre.

Je détourne les yeux.

Emportée par mon élan, je me rappelle avoir défié James : « Je parie que tu n'arriveras pas à me résister. » Les yeux débordant de désir, je me souviens lui avoir déclaré d'une voix rauque : « Avant la fin de la semaine, tu viendras frapper à ma porte. »

Eh bien, la semaine est passée, et il ne s'est toujours pas manifesté. Ce qui, quand on y pense, n'est pas très flatteur.

— Mais c'est affreux ! s'exclame Suze. Que fait-il de la compatibilité sexuelle ?

— Sais pas. Je suppose qu'il est prêt à prendre le risque.

Suze se met à pouffer de rire.

— Et tu as vu son...

— Non ! Il ne m'a pas laissée approcher !

— Mais tu as pu le sentir. Comment était-il ?

Les yeux de Suze brillent malicieusement.

— Il doit être minuscule. En se mariant, il espère piéger une pauvre fille qui se retrouvera coincée toute sa vie avec un petit zizi. Tu l'as échappé belle, Bex !

Elle prend son paquet de Silk Cut et allume une cigarette.

— Éloigne-toi ! Je ne veux pas que mon écharpe pue la cigarette !

— Alors, que fais-tu ce week-end ? demande-t-elle en tirant une bouffée. Veux-tu venir dans ma campagne ?

C'est de cette façon que Suze désigne la résidence secondaire de sa famille dans le Hampshire. Ma campagne. Comme si ses parents possédaient un petit État indépendant ignoré du reste du monde.

— Non, ça ira, dis-je d'un ton morose en prenant le programme télé. Je vais voir mes parents.

— Ah ! bon. Tu diras bien des choses de ma part à ta mère.

— Je n'y manquerai pas. Et embrasse Pepper pour moi.

Pepper est le cheval de Suze. Elle le monte à peu près trois fois par an, et encore, mais chaque fois que ses parents suggèrent de le vendre, elle devient hystérique. Apparemment son entretien coûte quinze mille livres par an. Quinze mille livres. Et que fait-il pour mériter ça ? Il reste dans une écurie à manger des pommes. Cela ne me dérangerait pas d'être un cheval.

— Au fait, on a reçu les impôts locaux. C'est trois cents livres chacune.

— Trois cents livres ? Là, tout de suite ?

— Ouais. Et on est en retard. Si tu peux me faire un chèque.

— Bien, dis-je avec désinvolture, ça marche !

Je prends mon sac et remplis un chèque sur-le-champ. Suze se montre si généreuse pour le loyer que je paye toujours ma quote-part des factures, en ajoutant parfois un petit plus. Quoi qu'il en soit, j'ai des sueurs froides en lui tendant le chèque. Trois cents livres envolées, comme ça. Et il y a encore cette foutue facture de carte Visa. Quel mois !

— Ah ! oui, et quelqu'un a appelé, ajoute Suze en jetant un coup d'œil à un morceau de papier. Erica Charnelle. C'est ça ?

— Erica *Charnelle* ?

Il m'arrive parfois de penser que Suze abuse de certaines drogues.

— Parnell. Erica Parnell de la banque Endwich. Il faut que tu la rappelles.

Je dévisage Suze, horrifiée.

— Elle a appelé ici ? À ce numéro ?

— Oui. Cet après-midi.

Oh ! merde ! Mon cœur cesse de battre.

— As-tu dit que j'avais une mononucléose ?

— Quoi ?

C'est au tour de Suze de me dévisager.

— Bien sûr que non. Pourquoi aurais-je raconté que tu avais une mononucléose ?

— A-t-elle posé des questions sur ma jambe ou pris des nouvelles de ma santé ?

— Mais non ! Elle a juste demandé où tu étais et j'ai répondu : « Au travail ».

— Suze !

Je suis consternée.

— Eh bien, qu'est-ce que tu voulais que je dise ?

— Tu devais dire que j'étais au lit avec une mononucléose et une jambe cassée !

— Merci de m'avoir prévenue.

Elle me regarde en plissant les yeux et se met en position du lotus. Suze a les jambes les plus longues et les plus fines que je connaisse. Quand elle porte un caleçon noir, elle a tout de l'araignée.

— Bon. Quel est le problème ? Tu es à découvert ?

Suis-je à découvert ?

— Juste un chouïa.

Il y a un silence et quand je lève les yeux, je la vois déchirer mon chèque.

— Suze, ne sois pas stupide !

— Tu me paieras quand tu auras de l'argent, déclare-t-elle d'un ton ferme.

— Merci, dis-je en la serrant fort dans mes bras.

Suze est vraiment la meilleure amie que j'aie jamais eue.

Mais un sentiment désagréable me tourmente toute la soirée et, à mon réveil, le lendemain matin, il est toujours là. Un sentiment que je n'arrive même pas à éliminer en pensant à mon écharpe Denny and George. Étendue sur mon lit, je regarde le plafond et, pour la première fois depuis des mois, je calcule combien je dois à tout le monde : la banque, Visa, ma carte Harvey Nichols, ma carte Debenhams, ma carte Fenwicks... Et maintenant, Suze.

Cela fait environ... Voyons voir... Autour de six mille livres.

Un froid glacial m'envahit tandis que je concentre toute mon attention sur cette somme. Comment vais-je trouver six mille livres ? En économisant six livres par semaine pendant mille semaines. Ou douze livres pendant cinq cents semaines. Ou bien encore soixante livres pendant cent semaines. Voilà qui est mieux ! Mais comment diable épargner soixante livres par semaine ?

Je pourrais potasser des bouquins de culture générale et me présenter à un jeu télévisé, inventer quelque chose de vraiment ingénieux, ou... gagner à la loterie. À cette idée, une douce et agréable chaleur s'empare de moi. Je ferme les yeux et me pelotonne dans mon lit. La loterie est de loin la meilleure solution.

Je ne vise pas le jackpot, bien sûr, qui est totalement improbable. Mais l'un de ces lots mineurs comme il en existe des tas. Cent mille livres feraient l'affaire. Je réglerais toutes mes dettes, achèterais une voiture, un appartement…

En fait, deux cent mille livres conviendraient mieux. Ou un quart de million.

Et pourquoi pas un de ces gros lots à partager à plusieurs. « Les cinq gagnants recevront chacun 1,3 million de livres. » (J'adore la façon dont ils disent : « Un virgule trois. » Comme si les trois cent mille livres supplémentaires représentaient une quantité insignifiante et négligeable.)

Un virgule trois million devrait me remettre à flot. Et vouloir partager le gros lot témoigne de votre générosité, n'est-ce pas ? Mon Dieu, faites-moi gagner à la loterie et je promets de partager bien gentiment.

En me rendant chez mes parents, je m'arrête donc à une station-service pour acheter deux billets de loterie. Le choix des nombres m'occupe une bonne demi-heure. Je sais que le 44 marche toujours bien, tout comme le 42. Mais ensuite ? J'écris plusieurs séries de chiffres sur un morceau de papier en essayant de les imaginer à la télé.

1 6 9 16 23 44

Oh ! non ! C'est affreux ! Où ai-je la tête ? Pour commencer, le 1 ne sort jamais. Et 6 et 9 ne sont pas géniaux, non plus.

3 14 21 25 36 44

Je préfère ça. J'inscris les nombres sur le billet.

$$5 \quad 11 \quad 18 \quad 27 \quad 28 \quad 42$$

Cette série m'impressionne assez. Elle *a l'air* d'un numéro gagnant. J'imagine tout à fait Moira Stewart annonçant aux nouvelles : « La détentrice du billet, qui vit vraisemblablement dans le sud-ouest de Londres, a gagné le gros lot d'un montant de dix millions. »

Je me sens au bord de l'évanouissement. Que ferai-je avec dix millions ? Par où commencer ?

D'abord, je donnerai une immense fête, dans un endroit chic, mais décontracté, avec champagne à volonté, musique, danse et un service de taxis pour reconduire les invités. Il y aura aussi des cadeaux à emporter chez soi comme un bain moussant de qualité. (Est-ce que Calvin Klein a une ligne de bain moussant ? Il faudra que je vérifie la prochaine fois que je passe chez Boots.)

Ensuite, bien sûr, j'offrirai des maisons à toute ma famille et à mes amis. Je m'appuie contre le stand de loterie et ferme les yeux afin de me concentrer. Supposons que j'achète vingt maisons à deux cent cinquante mille livres. Il me restera… cinq millions. Moins environ cinquante mille livres pour la fête. Ensuite, j'emmènerai tout le monde en vacances, à la Barbade ou dans un endroit équivalent. Cela coûtera autour de… cent mille livres si on voyage tous en classe club.

Nous arrivons donc à quatre millions huit cent cinquante mille livres. Ah ! oui, j'ai besoin aussi de six mille livres pour régler toutes mes factures de cartes de crédit et combler mon découvert. Plus trois cents pour

Suze. Arrondissons à sept mille. Il reste donc… quatre millions huit cent quarante-trois mille livres.

Il est évident que j'aiderai sans compter les œuvres de bienfaisance. Je créerai probablement une fondation. J'apporterai mon soutien à toutes ces institutions démodées et dont tout le monde se fiche qui se consacrent aux maladies de peau et aux aides ménagères pour les personnes âgées. J'adresserai aussi un gros chèque à mon ancienne professeur d'anglais, Mme James, afin qu'elle réapprovisionne la bibliothèque de l'école. Peut-être la rebaptiseront-ils de mon nom : la bibliothèque Bloomwood.

J'allais oublier ! Trois cents livres pour le manteau redingote de chez Whistles que je *dois* acheter avant qu'on se les arrache tous. Il reste donc combien ? Quatre millions huit cent quarante-trois mille, moins…

— Excusez-moi.

Je lève les yeux, hébétée. C'est une femme qui voudrait utiliser le stylo à bille.

— Désolée, dis-je en m'écartant pour la laisser passer.

À cause de cette interruption, j'ai perdu le fil. Où en étais-je ? À quatre ou cinq millions ?

Puis, comme je la vois jeter un œil sur mon bout de papier griffonné de chiffres, une pensée horrible me traverse l'esprit. Et si l'une des séries que j'ai écartées sortait ? Si : 1 6 9 16 23 44 gagnait ce soir ? Je me détesterais et ne me le pardonnerais jamais. Je serais comme ce type qui s'est suicidé parce qu'il avait oublié de faire valider sa grille de loto.

Je remplis rapidement des billets correspondant aux combinaisons inscrites sur mon papier. Cela fait neuf en tout. Neuf livres, ce n'est pas donné et j'hésite presque à les dépenser. Mais cela représente aussi neuf fois plus de chances de gagner, n'est-ce pas ?

Et maintenant j'ai un bon pressentiment pour : 1 6 9 16 23 44. Pourquoi cette série particulière de chiffres a-t-elle surgi dans mon esprit pour y rester ? Peut-être que quelqu'un, quelque part, essaie de me dire quelque chose.

BROMPTON'S STORE
Comptes Clients
1 Brompton Street
Londres SW4 7TH

Mademoiselle Rebecca Bloomwood
Apt 2
4 Burney Rd
Londres SW6 8FD

Le 2 mars 2000

Chère Mademoiselle Bloomwood,

Nos dossiers indiquent que nous n'avons pas reçu le paiement de vos derniers achats effectués avec la carte Brompton Gilt. Si vous venez de les régler, nous vous prions de ne pas tenir compte de ce courrier.

Votre facture s'élève à 236,76 £. Le paiement minimum est de 43 £. Vous pouvez régler en liquide, par chèque ou en utilisant le bordereau de virement bancaire ci-joint.

Dans l'attente de votre prompt règlement, nous vous prions d'agréer, Mademoiselle Bloomwood, l'assurance de nos sentiments les meilleurs.

John Hunter
Directeur des Comptes Clients

Mademoiselle Rebecca Bloomwood
Apt 2
4 Burney Rd
Londres SW6 8FD

Le 2 mars 2000

Chère Mademoiselle Bloomwood,

C'est le moment d'acheter !

Pendant une période limitée, nous offrons des POINTS SUPPLÉMENTAIRES pour tout achat d'un montant supérieur à 50 £ effectué avec la carte Brompton Gilt [1]. Alors, saisissez l'occasion d'augmenter votre total de points et profitez de nos cadeaux.

Ces quelques articles vous donneront un avant-goût des cadeaux fantastiques qui vous attendent :

Un sac en cuir italien....................................	**1 000 points**
Une caisse de champagne rosé....................	**2 000 points**
Un week-end à Paris pour deux personnes [2]	**5 000 points**

Votre décompte actuel s'élève à : .... 35 points

Et n'oubliez pas que durant cette période spéciale, vous gagnez deux points chaque fois que vous dépensez 5 £. Nous espérons vous accueillir bientôt afin de vous faire bénéficier de cette offre exceptionnelle.

Nous vous prions d'agréer, Mademoiselle Bloomwood, l'expression de nos sentiments les meilleurs.

Adrian Smith
Directeur des Services Clients

---

1. Excepté au restaurant, à la pharmacie, au kiosque à journaux et chez le coiffeur.

2. Offre soumise à conditions, veuillez consulter le prospectus ci-joint.

4

Lorsque j'arrive chez mes parents, ils sont en pleine dispute. Papa, à mi-hauteur d'un escabeau, farfouille dans la gouttière tandis que maman, assise à la table de jardin en fer forgé, feuillette le catalogue de vente par correspondance *Past Times*. Aucun des deux ne lève les yeux quand je franchis la porte du patio.

— Je veux simplement dire qu'ils devraient montrer l'exemple, déclare ma mère.

— Et tu penses que se mettre en danger, c'est donner l'exemple ? Tu crois que cela résoudrait le problème ?

— En danger ! réplique ma mère d'un ton moqueur. Ne sois pas si mélodramatique, Graham. Est-ce le jugement que tu portes sur la société britannique ?

— Salut, maman. Salut, papa.

— Je suis sûre que Becky est d'accord avec moi. N'est-ce pas, chérie ? assure ma mère en me montrant du doigt une page de *Past Times*. Ravissant, ce cardigan. Regarde un peu cette broderie ! ajoute-t-elle à mi-voix.

— Comment veux-tu qu'elle soit d'accord avec toi ? rétorque mon père. C'est l'idée la plus ridicule que j'aie jamais entendue.

— Absolument pas ! s'écrie ma mère, indignée. Becky, toi aussi, tu penses que la famille royale devrait emprunter les transports en commun, n'est-ce pas ?

— Eh bien…, dis-je prudemment. Je n'ai pas…

— Tu penses que la reine devrait se rendre à ses obligations officielles en prenant le bus 93 ? ironise mon père.

— Et pourquoi pas ? Du coup la ligne 93 deviendrait peut-être plus efficace !

— Alors, dis-je en m'asseyant à côté de ma mère. Comment ça va ?

— Est-ce que tu réalises que ce pays est au bord de l'asphyxie ? poursuit-elle en m'ignorant totalement. Si les gens n'utilisent pas les transports publics, le trafic sur nos routes sera paralysé.

Mon père hoche la tête.

— Et tu crois que la reine en utilisant le 93 résoudra le problème ? Que fais-tu de sa sécurité ? Et comment parviendra-t-elle à remplir toutes les fonctions…

— Je ne pensais pas forcément à la reine, l'interrompt ma mère, puis elle marque un temps d'arrêt, mais à d'autres membres de la famille. La princesse Michael de Kent, par exemple. Elle pourrait se déplacer en métro de temps en temps. Ces gens ont besoin d'apprendre ce qu'est la réalité.

Ma mère a dû circuler en métro pour la dernière fois en 1983.

— Vous voulez un café ? dis-je d'un ton enjoué.

— Si tu veux mon avis, cette histoire d'asphyxie est complètement absurde, continue mon père. (Il saute de l'escabeau et enlève la terre de ses mains.) Tout ça, c'est de la propagande.

— De la propagande ! s'exclame ma mère, scandalisée.

— Bon. Je vais faire chauffer de l'eau.

Je rentre dans la maison, allume la bouilloire et m'assois à la table de la cuisine dans un doux rayon de soleil. J'ai déjà oublié la raison de leur dispute. La discussion va s'enliser, et à la fin ils concluront d'un commun accord que tout est la faute de Tony Blair. Des sujets plus importants me préoccupent. J'essaie de calculer avec précision combien je devrai donner à Philip, mon patron, quand j'aurai gagné à la loterie. Pas question de l'oublier, bien sûr. Mais de l'argent liquide risque d'être déplacé. Un cadeau serait plus approprié, de très beaux boutons de manchette, par exemple. Ou un panier à pique-nique avec toutes les assiettes à l'intérieur. (Clare Edwards n'aura rien, évidemment.)

Assise seule, dans la cuisine ensoleillée, je me sens détentrice d'un précieux secret. Je suis sur le point de décrocher le jackpot. Ce soir, ma vie va changer. Mon Dieu, je meurs d'impatience ! Dix millions de livres. Quand je pense que demain je pourrai m'acheter tout ce que je veux. Tout !

Le journal est ouvert devant moi, à la rubrique de l'immobilier, et je le prends négligemment pour lire les annonces de propriétés de luxe. Où vivrai-je ? Chelsea ? Notting Hill ? Mayfair ? *Belgravia.* « *Superbe maison de sept chambres avec dépendances pour le personnel et jardin paysagé.* » Voilà qui est parfait. Sept chambres à Belgravia me suffiraient. Satisfaite, je consulte le prix et mes yeux s'agrandissent de stupéfaction. Six millions de livres virgule cinq. C'est le prix demandé. Six millions et demi.

Je suis à la fois abasourdie et irritée. Sont-ils sérieux ? Je ne dispose pas de six millions et demi, mais d'environ… quatre millions. Peut-être cinq ? En tout cas, ce n'est pas assez. Je fixe la page et je me sens flouée. Les gagnants de la loterie sont censés s'offrir tout ce qu'ils désirent et j'ai déjà le sentiment d'être pauvre et à côté de la plaque.

Je repousse le journal avec humeur et prends une brochure remplie de splendides housses de couette blanches à cent livres. Voilà qui est mieux ! Une fois le gros lot décroché, je n'aurai que des housses de couette blanches impeccables, avec un lit en fonte blanc, des volets de bois peint, un peignoir blanc moelleux…

— Alors, comment va le monde de la finance ?

La voix de ma mère interrompt mes pensées. Elle entre dans la cuisine d'un air affairé, tenant toujours à la main son catalogue *Past Times*.

— Le café est prêt, chérie ? Allez hop, hop, hop !

— J'allais le faire, dis-je en esquissant un geste vers la cuisinière.

Mais, comme d'habitude, ma mère me devance. Elle prend un pot en céramique que je n'ai jamais vu auparavant et verse du café dans une cafetière dorée toute neuve.

Maman est terrible. Elle n'arrête pas d'acheter de nouvelles choses pour la cuisine et elle donne les anciennes à une association caritative. Nouvelles bouilloires, nouveaux grille-pain… Nous avons déjà eu trois poubelles différentes cette année : une vert foncé, une chromée et la dernière en plastique jaune translucide. Quel gaspillage !

— Ta jupe est ravissante, dit-elle en me regardant comme si je venais d'arriver. Où l'as-tu achetée ?

— Chez DKNY.

— Elle est très seyante. Tu l'as payée cher ?

— Pas vraiment. Environ cinquante livres.

Ce n'est pas tout à fait vrai. Le montant exact se rapproche plus de cent cinquante. Mais il est inutile de le dévoiler à ma mère, car elle aurait un infarctus. En fait, elle annoncerait d'abord le prix à mon père, de sorte qu'ils auraient tous les deux un infarctus et que je me retrouverais orpheline.

En général, j'utilise simultanément deux systèmes : les prix réels et les prix pour maman. C'est comme dans un magasin, quand tout est de 20 % moins cher et que vous vous promenez en comptant la réduction. Au bout d'un moment, vous devenez très bonne en calcul mental.

Seule différence : j'applique un système flexible, un peu semblable à celui des impôts. Je commence à – 20 % (si le prix est de vingt livres, j'annonce seize livres) et je vais jusqu'à... – 90 % si c'est nécessaire. Une fois, j'ai acheté des bottes à deux cents livres et j'ai dit à ma mère qu'elles étaient soldées vingt livres. Le plus fort, c'est qu'elle m'a crue !

— Tu cherches un appartement ? demande-t-elle en regardant par-dessus mon épaule la page des annonces immobilières.

— Non, dis-je d'un ton boudeur en feuilletant ma brochure.

Mes parents me poussent à acheter. Est-ce qu'ils savent combien coûte un appartement ? Je ne parle pas d'un logement à Croydon.

— Apparemment, Thomas a trouvé, à Reigate, la maison de ses rêves, déclare ma mère en indiquant d'un signe de tête le pavillon de nos voisins. Il fait la navette.

Elle annonce cela d'un air satisfait comme si Thomas avait gagné le prix Nobel de la paix.

— De toute façon, je ne peux pas m'acheter un appartement, *encore moins* une maison.

Pas encore. Pas jusqu'à vingt heures. Hé ! hé ! hé !

— Des problèmes d'argent ? demande mon père en entrant dans la cuisine. Tu sais, il n'y a que deux solutions pour les résoudre.

Oh ! là, là ! Il ne va pas recommencer. Papa et ses aphorismes !

— Le système D.M. ou G.P., révèle-t-il, les yeux pétillants.

Il marque une pause pour produire son petit effet et je tourne la page de ma brochure, en feignant de l'ignorer.

— Dépenser Moins ou Gagner Plus. L'un ou l'autre. Lequel des deux choisirais-tu, Becky ?

— Les deux, je crois, dis-je avec désinvolture en tournant une autre page.

Il me fait presque pitié. Ce sera un sacré choc pour lui quand sa fille unique deviendra multimillionnaire du jour au lendemain.

Après le déjeuner, ma mère et moi nous rendons à une exposition-vente d'artisanat qui se tient à l'école primaire du quartier. J'y vais pour lui tenir compagnie sans aucune intention d'acheter, mais une fois là-bas je tombe sur un stand de cartes étonnantes, faites à la main, qui coûtent seulement une livre cinquante. J'en choisis dix. Après tout, on a toujours besoin de cartes. Il y a aussi une splendide jardinière en céramique bleue, ornée d'une frise de petits éléphants, et ça fait une éternité que j'ai envie d'avoir plus de plantes dans l'appartement. Elle n'est qu'à quinze livres. Une misère ! Dans les foires artisanales, on fait tellement d'affaires ! On pense que ce sera nul, mais on déniche toujours *quelque chose*.

Maman est aussi très heureuse car elle a trouvé deux bougeoirs pour sa collection. Elle collectionne les bougeoirs, les porte-toasts, les pots en céramique, les animaux en verre, les échantillons de broderie et les dés à coudre. (Personnellement, j'estime que les dés ne comptent pas car elle a reçu le tout, les dés et la vitrine de rangement, en répondant à une publicité au dos du magazine *Mail on Sunday*. Mais elle n'en a jamais soufflé mot à personne. Je ne devrais pas en parler.)

Ravies de nos achats, nous décidons d'aller prendre une tasse de thé. En sortant, nous tombons sur un de ces stands sinistres auxquels on jette un bref coup d'œil avant de les dépasser rapidement. Le pauvre type qui s'en occupe est si pitoyable que je m'arrête pour regarder. Pas étonnant qu'il n'y ait personne ! Il vend des coupes en bois de forme bizarre, avec les couverts assortis. À quoi servent des couverts en bois ?

— C'est beau, dis-je enthousiaste, en prenant une des coupes.

— Bois de pommier fait à la main. Ça représente une semaine de travail.

Eh bien, si vous voulez mon avis, c'est une semaine gaspillée. Le résultat est informe, hideux et le bois a une désagréable couleur « marronnasse ». Je suis sur le point de reposer la coupe mais l'air découragé du vendeur me fait pitié. Je la retourne pour voir l'étiquette. Si elle est à cinq livres, je l'achète. Elle coûte quatre-vingts livres ! Je montre le prix à ma mère qui lève les yeux au ciel.

— Le mois dernier, ce modèle figurait dans *Elle Décoration*, déclare le type mélancolique, en produisant un article découpé.

En entendant ça, je me fige. *Elle Décoration* ? Il plaisante ?

Il ne plaisante pas. L'article en question montre la photo d'une pièce vide à l'exception d'un fauteuil en cuir Sacco, d'une table basse et d'une coupe en bois. Je fixe la page, incrédule.

— Est-ce cette coupe-là ? dis-je en essayant de maîtriser mon excitation. Exactement la même ?

Il acquiesce et mes doigts se resserrent sur la coupe. Je n'arrive pas à y croire. J'ai dans la main un objet de *Elle Décoration*. N'est-ce pas génial ? Je me sens terriblement chic et branchée et regrette de ne pas porter un pantalon de lin blanc, avec mes cheveux tirés en arrière, comme Yasmin Le Bon, pour être dans la note.

Cela prouve que j'ai bon goût. N'ai-je pas choisi cette coupe, excusez-moi, cette *pièce unique*, toute seule ? N'ai-je pas repéré sa singularité ? J'imagine déjà notre salon réaménagé autour de cette coupe, dans un style clair et minimaliste. Quatre-vingts livres, ce n'est rien pour le style intemporel de cet objet.

— Je la prends, dis-je d'un ton résolu en cherchant mon chéquier dans mon sac.

Tout bien considéré, choisir des articles bon marché s'avère un mauvais calcul. Il vaut mieux dépenser un peu plus et effectuer un achat sérieux qui durera toute la vie. Cette coupe est un classique, c'est clair. Suze va être *vraiment* épatée.

En arrivant à la maison, ma mère rentre directement tandis que je reste dans l'allée pour transférer avec soin mes achats de sa voiture à la mienne.

— Becky, quelle surprise !

Il ne manquait plus que ça ! C'est Martin Webster, le voisin, appuyé contre la barrière, un râteau à la main. Un large sourire éclaire son visage. Je ne sais pas pourquoi, mais Martin a le chic pour me culpabiliser.

En fait, si, je sais pourquoi : il a toujours espéré qu'en grandissant j'épouserais son fils, Tom. Et cela ne s'est pas fait. Ma relation avec Tom se résume ainsi : quand nous avions seize ans environ, il m'a demandé de sortir avec lui et j'ai refusé car j'étais avec Adam Moore. C'est tout, Dieu merci ! Pour être franche, je préférerais encore épouser le père. (Cela ne signifie pas que j'aie envie d'épouser Martin. Ou que les hommes mûrs m'attirent. C'est juste une façon de parler. De toute manière, Martin est heureux en ménage.)

— Salut ! fais-je en forçant mon enthousiasme. Comment ça va ?

— Nous allons tous bien, répond Martin. Sais-tu que Tom a acheté une maison ?

— Oui, à Reigate. C'est génial !

— Il a deux chambres, une salle de bains avec douche, un salon et une cuisine à l'américaine, énumère-t-il. Les éléments de la cuisine sont en chêne cérusé.

— Dites donc ! C'est super !

— Tom est aux anges. Janice ! crie-t-il. Viens voir qui est là !

Un instant plus tard, Janice apparaît sur le perron, vêtue de son tablier à fleurs.

— Becky ! Ça fait une éternité qu'on ne t'a pas vue.

Je me sens aussitôt coupable de ne pas rendre visite à mes parents plus souvent.

— Vous savez ce que c'est. Je suis très prise par mon travail et tout le reste, dis-je en souriant d'un air dégagé.

— Oh ! oui. Ton travail, répète Janice en hochant la tête respectueusement.

Je ne sais pas pourquoi Janice et Martin se sont mis dans la tête que j'étais une surdouée, évoluant dans les hautes sphères de la finance. J'ai essayé de les détromper, mais, plus je nie, plus ils sont convaincus que j'occupe un poste très élevé. C'est une situation inextricable. Du coup, ils sont persuadés que je suis quelqu'un d'important *et* de modeste.

Finalement, je m'en fiche. C'est plutôt amusant de passer pour un génie de la finance. J'annonce avec aplomb :

— Nous avons été très occupés par la fusion de SBG et Rutland.

— Bien sûr, murmure Janice.

— Au fait, ça me rappelle quelque chose, dit Martin. Becky, ne bouge pas, j'en ai pour une seconde.

Il disparaît avant que j'aie eu le temps d'ouvrir la bouche, et je reste en plan avec Janice.

— Alors comme ça, dis-je bêtement, Tom a des éléments de cuisine en chêne cérusé ?

C'est la seule chose qui me vienne à l'esprit. Je souris et j'attends sa réponse. Mais elle se contente de me regarder avec ravissement. Son visage rayonne de joie et soudain je réalise que je viens de commettre une erreur fatidique. Je n'aurais jamais dû parler de cette fichue maison et mentionner les meubles en chêne cérusé. Janice va penser que je rêve de cette cuisine et que je me suis soudain entichée de Tom depuis qu'il est devenu propriétaire.

— C'est du chêne cérusé et un carrelage provençal, annonce-t-elle avec fierté. Il avait le choix entre le style provençal et le style campagnard et il a préféré le provençal.

J'ai envie de dire qu'à sa place j'aurais pris le campagnard. Mais ce serait un peu méchant.

— Formidable ! Et il a deux chambres ?

Pourquoi je n'arrive pas à changer de sujet ?

— Il voulait deux chambres. Après tout, on ne sait jamais.

Elle m'adresse un sourire plein de sous-entendus et je me mets à rougir de façon ridicule. C'est stupide ! Maintenant elle doit vraiment croire que j'en pince pour son fils. Elle nous imagine ensemble dans la maison, préparant le dîner dans la cuisine en chêne cérusé.

Je devrais déclarer quelque chose, comme : « Janice, Tom ne m'attire pas du tout. Il est trop grand et il a mauvaise haleine. » Mais c'est impossible. À la place, je sors :

— Dites-lui bien des choses de ma part.

— Je n'y manquerai pas. A-t-il ton numéro de téléphone à Londres ?

Aarrgh !

— Je crois. Et il peut toujours me joindre ici, s'il le désire.

Tous mes propos semblent chargés de sous-entendus grivois. J'imagine tout à fait comment cette conversation sera rapportée à Tom. « Elle a *tout* voulu savoir sur ta maison. Et elle a demandé que tu l'appelles ! »

La vie serait plus facile si l'on pouvait rembobiner les conversations et les effacer comme les vidéos. Ou si l'on apprenait aux gens à ne tenir aucun compte de ce qu'on vient de dire, comme au tribunal. *Veuillez rayer du procès-verbal toutes les allusions aux maisons et aux cuisines en chêne cérusé.*

Heureusement, Martin réapparaît à ce moment-là, un morceau de papier à la main.

— Pourrais-tu jeter un œil là-dessus ? Depuis quinze ans, nous avons un fonds commun de placement à faible revenu avec la compagnie d'assurance vie Flagstaff Life. Nous envisageons maintenant de le transférer vers leur nouveau fonds à croissance rapide. Qu'en penses-tu ?

Je n'en sais rien. De quoi parle-t-il au juste ? D'une sorte de plan d'épargne ? Je parcours le papier des yeux d'un air expert en hochant la tête à plusieurs reprises.

— Oui, je crois que c'est une bonne idée.

— La compagnie nous a écrit en expliquant qu'une fois à la retraite nous souhaiterions certainement réaliser des bénéfices plus élevés, explique Martin. Et le capital est garanti.

— Ils nous enverront aussi une pendulette, ajoute Janice. Fabriquée en Suisse.

— Mmm, dis-je en fixant l'en-tête de la lettre.

Flagstaff Life. Je suis sûre d'avoir entendu quelque chose à leur sujet. Qui sont-ils ? Ah ! oui ! Ce sont eux qui ont donné cette réception au champagne à Soho. Elly était ivre morte et elle a dit à David Salisbury du *Times* qu'elle l'aimait. C'était une super soirée. L'une des meilleures.

— Est-ce une compagnie sérieuse ? demande Martin.

— Tout à fait. Elle est très réputée dans la profession.

— Bien. Alors, nous allons suivre leur conseil. Tentons le coup !

— Plus on réalise de bénéfices, mieux c'est, dis-je de mon ton le plus professionnel. Mais ce n'est qu'un point de vue.

— Si Becky estime que c'est une bonne idée…, déclare Martin en jetant un coup d'œil à sa femme.

— Je peux me tromper. À votre place…

— Regardez-la ! s'exclame Martin en riant, la vraie spécialiste financière !

— Tu sais, Tom achète parfois ton magazine, remarque Janice. Non qu'il dispose de beaucoup d'argent avec le remboursement de son crédit et les autres frais… Mais il trouve tes articles très bons…

— C'est trop gentil ! Écoutez, il faut que je me sauve. J'ai été ravie de vous voir et toutes mes amitiés à Tom !

Je rentre chez mes parents si précipitamment que je me cogne le genou contre le chambranle de la porte. Ensuite, je m'en veux et regrette de n'avoir pas pris congé avec plus de gentillesse. Mais si j'entends un mot de plus sur ce satané Tom et sa fichue cuisine, je vais devenir folle.

Lorsque je m'installe devant la télé pour assister au tirage de la loterie nationale, j'ai déjà tout oublié. Nous avons fait un agréable dîner : poulet provençal de chez Marks & Spencer arrosé d'une bonne bouteille de pinot Grigio apportée par mes soins. Je sais que le poulet vient de chez Marks & Spencer car j'en ai acheté plusieurs fois. Je reconnais les tomates séchées au soleil, les olives et tout le reste. Néanmoins, maman prétend l'avoir préparé de A à Z, selon une recette à elle.

Je ne sais pas pourquoi elle y accorde autant d'importance, surtout quand il n'y a que mon père et moi. À vrai dire, je n'ai jamais vu d'ingrédients frais dans la cuisine. Elle ne regorge que de boîtes en carton vides et de plats préparés. Rien d'autre. Et pourtant maman n'admettra jamais avoir acheté un repas tout prêt même quand il s'agit d'une quiche dans une barquette en aluminium. Mon père mangera la quiche couverte de champignons synthétiques et de sauce gluante et affirmera avec la plus grande conviction : « C'est délicieux, ma chérie. » Et ma mère lui sourira, satisfaite.

Ce soir, nous n'avons pas eu droit à la barquette en alu, mais au poulet provençal. (Cela ressemble presque à un plat maison, sauf que personne ne couperait un poivron rouge en aussi petits morceaux. Les gens ont des choses beaucoup plus importantes à faire.) Enfin, nous l'avons mangé et nous avons pratiquement terminé la bouteille de pinot. Dans le four il y a un crumble aux pommes et je viens de suggérer, l'air de rien, que nous regardions la télé. En jetant un coup d'œil à l'horloge, j'ai en effet réalisé que le programme de la loterie nationale avait déjà commencé. Je ne tiens plus en place. Dans quelques minutes, ma vie va basculer.

Heureusement, mes parents ne sont pas du genre à discuter politique ou à parler bouquins. Nous avons échangé toutes les nouvelles familiales, je leur ai parlé de mon travail et ils m'ont raconté leurs vacances en Corse. Si bien que maintenant la conversation s'enlise. La télé offrira un bruit de fond bienvenu.

Une fois au salon, mon père met en route le pseudo-feu de cheminée au gaz, puis allume la télé. Nous y voilà ! La loterie nationale en Technicolor. Les lumières brillent et Dale Winton blague avec Tiffany de *EastEnders* [1]. De temps à autre, le public pousse des cris enthousiastes. Mon estomac se noue et mon cœur bat sourdement : boum-boum-boum. Dans quelques minutes, ces boules tomberont et je deviendrai millionnaire.

Je m'enfonce dans le sofa. Quelle sera ma réaction à l'instant même où je gagnerai ? Vais-je crier ? Rester calme ? Peut-être devrais-je me taire pendant vingt-quatre heures ou, mieux encore, ne rien dire *du tout* à personne.

Cette pensée me pétrifie. Pourquoi ne pas garder le secret ? Avoir l'argent et ne subir aucune pression. Si les gens me demandent comment j'arrive à me payer des vêtements de stylistes, je leur répondrai que je prends plein de travail en free-lance. Je transformerai la vie de tous mes amis de façon anonyme comme une bonne fée. Personne ne découvrira jamais la vérité. C'est parfait !

Je suis en train d'imaginer la maison que je pourrai acheter sans éveiller les soupçons quand une voix à l'écran attire mon attention.

— Une question à la candidate numéro 3.

Quoi ?

— Mon animal préféré est le flamant rose à cause de sa couleur, de sa légèreté et de ses longues pattes.

Assise sur un tabouret, la fille, tout excitée, décroise ses jambes lisses et interminables sous les hurlements

---

1. Série télévisée anglaise très populaire.

de joie du public. Je la regarde, médusée. Que se passe-t-il ? Pourquoi regardons-nous *Blind Date*[1] ?

— Au début, cette émission était drôle, mais ça devient de pire en pire, déclare ma mère.

— Tu trouves ces inepties amusantes ? demande mon père, incrédule.

— Écoute, papa, on ne peut pas retourner sur...

— Je n'ai pas dit que c'était drôle, *maintenant*. J'ai dit...

— Papa !

J'essaie de ne pas avoir l'air affolée.

— Tu veux bien remettre BBC 1 ?

Blind Date disparaît et je pousse un soupir de soulagement. L'instant d'après, un homme grave, vêtu d'un costume, occupe tout l'écran.

— La police ne s'est pas rendu compte, dit-il d'une voix nasillarde, que les témoins n'étaient pas assez...

— Papa !

— Où est le programme télé ? demande-t-il impatiemment.

— C'est le tirage de la loterie ! dis-je en hurlant presque. Je veux la regarder !

— Pourquoi ? Tu as joué ?

Je reste silencieuse un instant. Si je veux garder le secret, je ne peux révéler à personne que j'ai acheté un billet, pas même à mes parents.

— Mais non ! dis-je en riant. Je veux juste voir Martine McCutcheon.

À mon grand soulagement, mon père repasse sur BBC 1. Tiffany est en train de chanter. Je me détends et jette un coup d'œil à ma montre.

---

1. Émission du style *Tournez manèges*.

Regarder l'émission n'influera pas sur mes chances de gagner mais il est naturel que je ne veuille pas rater le grand moment. Vous allez penser que je suis folle, toutefois je sens que si j'assiste au tirage, je pourrai d'une certaine façon communiquer avec les boules à travers l'écran. Je ne les quitte pas des yeux tandis qu'elles s'entrechoquent et j'invoque en silence mes numéros gagnants. C'est comme encourager une équipe. L'équipe 1 6 9 16 23 44.

Sauf qu'en général, les chiffres ne sortent jamais en ordre.

Équipe 44 1 23 6 9 16. Ou 23 6 1...

Martine McCutcheon termine sa chanson et les applaudissements fusent. Mon Dieu ! Le moment où ma vie va basculer est arrivé.

— La loterie est devenue extrêmement commerciale, tu ne trouves pas ? déclare ma mère alors que Dale Winton conduit Martine devant le bouton rouge. C'est vraiment dommage.

— Que veux-tu dire par *est devenue* ? demande mon père.

— Dans le temps, les gens jouaient à la loterie pour soutenir les œuvres de bienfaisance.

— Qu'est-ce que tu racontes ? Ne sois pas ridicule ! Tout le monde se fiche des œuvres de charité. Tout tourne autour du culte de l'ego, l'ego, l'ego !

Papa gesticule avec la télécommande en direction de l'écran qui s'éteint subitement.

— Papa !

— Alors, comme ça, tu penses que personne n'accorde d'importance aux institutions caritatives ? demande ma mère pendant le silence qui s'est établi.

— Ce n'est pas ce que j'ai dit.

— Papa, rallume la télé !

Je suis sur le point de lui arracher la télécommande quand il rappuie sur le bouton.

Je fixe l'écran avec incrédulité. La première boule est déjà tombée. Il s'agit du 44. Mon chiffre 44.

— ... est sorti la dernière fois, il y a trois semaines. Et voilà la deuxième boule... C'est le 1.

Je suis tétanisée. Mon rêve se réalise sous mes yeux. Je gagne à la loterie. Je gagne à cette fichue loterie !

Je me sens étrangement calme. Comme si je l'avais toujours su. Assise là, sur le canapé, j'ai l'impression d'être le sujet d'un documentaire pris sur le vif, commenté par Joanna Lumley : « En son for intérieur, Becky Bloomwood a toujours su qu'elle gagnerait un jour à la loterie. Mais, le jour où cela s'est produit, elle n'avait pas prévu... »

— Et un autre petit chiffre : le numéro 3.

Quoi ? Mes pensées se brisent net. C'est impossible. Ils veulent dire 23.

— Et le 2, le numéro complémentaire de la semaine dernière.

Mon sang se glace. Que se passe-t-il ? D'où *sortent* ces chiffres ?

— Encore un petit chiffre ! le 4. Un numéro familier, car il sort cette année pour la douzième fois. Et enfin... le 5 ! Eh bien, c'est une grande première ! Les voici maintenant dans l'ordre...

Non. Je rêve. Il y a une erreur. Les numéros gagnants de la loterie ne peuvent pas être 1 2 3 4 5 44. Cette combinaison ne ressemble en rien à une série de loterie, il s'agit d'une... d'une blague de mauvais goût.

Je gagnais. Je *gagnais*.

— Regarde ça ! s'exclame ma mère. Incroyable ! 1 2 3 4 5 44.

— Et pourquoi pas ? rétorque mon père. C'est comme n'importe quelle autre série.

— Non !

— Jane, qu'est-ce que tu connais aux lois de la probabilité ?

Je me lève et quitte la pièce sans un mot, tandis que l'air du générique de la loterie nationale retentit. Je vais dans la cuisine, m'assois à la table et enfouis mon visage dans mes mains, bouleversée. J'étais si sûre de gagner. Je vivais dans une grande maison, partais en vacances à la Barbade avec mes amis et j'achetais tout ce que je voulais chez agnès b. Cela paraissait si vrai.

À la place, je suis assise dans la cuisine de mes parents, il n'est pas question de me payer des vacances et je viens de dépenser quatre-vingts livres pour une coupe en bois que je n'aime même pas.

Dépitée, je mets la bouilloire en route, prends un numéro de *Woman's Journal* sur le plan de travail et commence à le feuilleter. Mais cela ne me remonte pas le moral. Tout semble me ramener à l'argent. J'en arrive à penser que mon père a raison. Dépenser Moins est peut-être la solution. Imaginons… imaginons que je réussisse à économiser soixante livres par semaine. En cent semaines, j'aurai amassé six mille livres.

Et soudain mon cerveau s'active. Six mille livres. C'est une somme ! Tout bien réfléchi, ce ne doit pas être si difficile. Soixante livres ne représentent que deux repas au restaurant. On doit à peine s'en rendre compte.

Voilà ! C'est ce que je vais faire. Soixante livres par semaine, chaque semaine. Peut-être devrais-je les verser sur un compte spécial. Ce sera fantastique. Je contrôlerai ma situation financière et, une fois toutes mes factures réglées, je continuerai à épargner. Être économe deviendra une habitude. À la fin de chaque année, je m'offrirai une folie en investissant dans un classique comme un tailleur Armani, par exemple. Ou peut-être Christian Dior. En tout cas, dans un vêtement de très grande classe.

Je commencerai lundi me dis-je enthousiaste, en me versant du chocolat Ovomaltine dans une tasse. Je ne dépenserai plus *rien*. L'argent mis de côté s'accumulera et je deviendrai riche. Ce sera vraiment génial.

BROMPTON'S STORE
Comptes Clients
1 Brompton Street
Londres SW4 7TH

Mademoiselle Rebecca Bloomwood
Apt 2
4 Burney Rd
Londres SW6 8FD

Le 6 mars 2000

Chère Mademoiselle Bloomwood,

Nous vous remercions pour votre chèque de 43,00 £ que nous avons reçu aujourd'hui.

Malheureusement, ce chèque n'est pas signé. Il s'agit, sans aucun doute, d'un oubli de votre part. En conséquence, nous vous le renvoyons pour que vous le signiez et nous le retourniez.

Comme vous ne manquez pas de le savoir, ce règlement nous est dû depuis déjà huit jours.

Dans l'attente de recevoir votre chèque signé, nous vous prions d'agréer, chère Mademoiselle, l'expression de nos sentiments les meilleurs.

John Hunter
Directeur des Comptes Clients

5

Austérité. Simplicité. Voilà mes mots d'ordre pour une nouvelle vie zen et ordonnée dans laquelle je ne dépense rien. *Rien*. Quand on y songe, combien d'argent gaspillons-nous chaque jour ? Pas étonnant que je sois un peu endettée. Et vraiment, ce n'est pas ma faute. Je n'ai fait que succomber à la poussée matérialiste occidentale contre laquelle il faut opposer une résistance herculéenne. Du moins, c'est l'explication donnée par mon nouveau livre.

Hier, quand maman et moi sommes allées chez Waterstones acheter ses livres de poche pour la semaine, j'ai furtivement consulté la section des ouvrages consacrés aux conseils pratiques et j'ai trouvé le plus merveilleux des livres. Je l'ai là, avec moi, dans mon sac à main. Il s'intitule *Contrôlez vos dépenses* par David E. Barton et il est fantastique. L'auteur affirme qu'il nous arrive à tous de gaspiller de l'argent sans nous en rendre compte et que nous pourrions facilement réduire nos dépenses de moitié, en une semaine seulement.

En une semaine !

Il suffit par exemple de faire vos propres sandwichs au lieu de manger au restaurant et de circuler à bicyclette au lieu de prendre le métro. Quand vous commencez à vous pencher sur la question, vous réalisez qu'il est possible d'économiser de l'argent dans tous les domaines. Et comme le dit David E. Barton, il existe des tas de plaisirs gratuits que nous oublions – occupés que nous sommes à dépenser de l'argent – comme les jardins publics, les musées ou une promenade à la campagne.

Tout est pourtant si simple et facile. Et le mieux, c'est que vous commencez la méthode en faisant du shopping ! Il faut ensuite détailler tous vos achats de la journée et les porter sur un graphique. David E. Barton souligne que vous devez être honnête et ne pas vous restreindre ou modifier votre façon de dépenser, ce qui tombe bien car je dois trouver un cadeau pour Suze dont on fête l'anniversaire jeudi.

Lundi matin, donc, en allant au travail, je m'arrête chez Lucio et commande, comme d'habitude, un cappuccino avec un muffin au chocolat. Je reconnais qu'en tendant la monnaie, je suis un peu triste, car il s'agit là de mon dernier cappuccino et de mon dernier muffin au chocolat. Je commence ma nouvelle vie d'austérité demain et les cappuccinos ne sont pas autorisés. Selon David E. Barton, si vous buvez du café, vous n'avez qu'à le préparer chez vous et l'emmener au bureau dans une Thermos, et si vous aimez grignoter, vous devez acheter des gâteaux bon marché en grande surface. « Les cafés sont bien cher payés pour ce qui n'est finalement qu'un peu d'eau chaude dans du polystyrène », fait-il remarquer, et je pense qu'il a raison. Mais mon cappuccino du matin va me manquer. Enfin. Je me suis promis de suivre les règles du livre et je m'y tiendrai.

En sortant de la boutique, ma dernière tasse de café serrée dans mes mains, je réalise que je n'ai pas de Thermos. Mais bon, j'en achèterai une. Il y a chez Habitat un modèle en chrome très épuré. Ces temps-ci, les Thermos sont plutôt branchées. Je pense même qu'Alessi en a fait une. Ce sera cool de boire du café dans une Thermos Alessi. Beaucoup plus cool qu'un cappuccino à emporter.

Je me sens donc d'humeur joyeuse en marchant dans la rue. Quand je parviens à la hauteur de Smith, j'y entre rapidement et m'approvisionne en magazines afin de me soutenir. J'achète aussi un joli petit carnet argenté et un stylo pour inscrire toutes mes dépenses. Je vais être très stricte là-dessus, car David E. Barton souligne que le fait même de noter vos achats doit provoquer une réduction de vos dépenses. Aussi, à peine arrivée au bureau, je commence ma liste.

Cappuccino.............	1,50 £
Muffin.....................	1,00 £
Carnet.....................	3,99 £
Stylo.......................	1,20 £
Magazines...............	6,40 £

Soit un total de… 14,09 £

Mince alors ! J'imagine que c'est beaucoup si l'on songe qu'il n'est que 9 h 40 du matin.

Mais le carnet et le stylo ne comptent pas. Ils sont indispensables à la méthode. Comment diable êtes-vous censée noter tous vos achats, sans carnet ni stylo ? Je soustrais donc les deux et j'arrive à un total de... 8,90 £. Ce qui est beaucoup mieux.

De toute façon, je suis au bureau maintenant. Je ne dépenserai probablement rien d'autre de toute la journée.

Mais... d'une certaine façon, ne rien dépenser est impossible. Pour commencer, Guy, de la comptabilité, passe dans les bureaux afin de récolter de l'argent pour un cadeau de départ. Ensuite, je dois sortir déjeuner. J'économise au maximum sur mon sandwich en le choisissant aux œufs et au cresson, le moins cher de chez Boots, bien que je déteste ça.

David E. Barton écrit qu'après un réel effort, en particulier au début, vous devez vous accorder une récompense. J'opte donc pour une huile de bain à la noix de coco de la gamme Natural comme petit plaisir. Puis je remarque des points cadeaux comptant double sur la crème hydratante que j'utilise.

J'*adore* les points cadeaux. N'est-ce pas une merveilleuse invention ? Si vous dépensez suffisamment, vous gagnez de super prix du genre une journée de soins de beauté dans un hôtel. À Noël dernier, j'ai été très maligne. J'ai laissé mes points s'accumuler pour acheter le cadeau de ma grand-mère. Voilà ce qui est arrivé : j'avais déjà mille six cent cinquante-trois points et il en fallait mille huit cents pour un coffret de bigoudis chauffants. Je me suis donc offert une grande bouteille de parfum Samsara, ce qui m'a donné cent cinquante points supplémentaires sur ma carte et j'ai eu le coffret gratuitement ! Le problème, c'est que je n'aime pas trop Samsara, mais je ne m'en suis aperçue qu'une fois rentrée à la maison. Enfin, qu'importe !

La meilleure façon de profiter des points cadeaux, ou de toutes les offres spéciales, est de sauter sur l'occasion car elle risque de ne plus se représenter. Je prends donc trois pots de crème hydratante. Points comptant double ! C'est de l'argent gratuit.

Ensuite, il me faut trouver le cadeau d'anniversaire pour Suze. Je lui ai déjà acheté un assortiment d'huiles essentielles, mais l'autre jour, j'ai vu chez Benetton un superbe cardigan angora rose qu'elle va adorer. Je rapporterai les huiles au magasin ou je les offrirai à une autre personne pour Noël.

Je vais donc chez Benetton prendre ce cardigan et m'apprête à payer quand… je remarque qu'ils l'ont aussi en gris. Le plus parfait, le plus doux des cardigans angora gris perle qui soit, avec de petits boutons de nacre.

Je cherche un joli cardigan gris depuis une éternité. Franchement, c'est vrai. Demandez à Suze, à ma mère, à n'importe qui. Et je ne suis pas *encore* mon nouveau régime d'austérité. Pour l'instant, je ne fais que me surveiller.

Selon David E. Barton, je dois me conduire aussi naturellement que possible. Alors, il me faut suivre mes pulsions et l'acheter. Sinon cela fausserait les données et gâcherait tout le processus.

Il ne coûte que quarante-cinq livres. Et je peux le mettre sur ma carte Visa.

Si l'on y réfléchit, que représentent quarante-cinq livres dans le grand ordre de l'Univers ? Rien.

Donc, je l'achète. C'est vraiment le cardigan idéal. Les gens m'appelleront la fille au cardigan gris. Je ne le quitterai plus. Pas de doute, il s'agit d'un investissement.

Après le déjeuner, je dois me rendre à Image Store pour choisir la photo de couverture du prochain numéro. C'est mon boulot préféré et je n'arrive pas à comprendre que Philip le délègue toujours à quelqu'un d'autre. En gros, cela consiste à rester assis toute la journée, et à regarder des pages et des pages de diapositives en buvant du café.

Parce que, bien sûr, nous n'avons pas le budget pour créer nos propres couvertures. Loin de là. Quand j'ai débuté dans le journalisme, je m'imaginais assister à des séances de photos où je rencontrerais des mannequins. J'allais enfin vivre des moments exceptionnels auprès de stars. Mais nous n'avons même pas de photographe. Tous les magazines de notre genre ont recours à des banques d'images comme Image Store et les mêmes photos ont tendance à circuler en boucle. L'année dernière, celle d'un tigre rugissant a fait la une d'au moins trois magazines de conseil financier. De toute façon, les lecteurs s'en fichent. Ils n'achètent pas ces revues pour voir Kate Moss.

Ce qui est parfait, c'est que le rédacteur d'*Elly* déteste également choisir les couvertures et qu'il utilise aussi Image Store. Nous essayons toujours d'y aller ensemble afin de bien papoter. Image Store présente un autre avantage majeur : leurs locaux se trouvent au-delà de Notting Hill Gate, et l'aller-retour prend une éternité. En général, je ne repasse pas au bureau après. C'est la façon idéale d'occuper un après-midi. (Un après-midi payé, cela va sans dire. De toute évidence, je penserais différemment s'il s'agissait d'un samedi.)

J'arrive là-bas avant Elly et marmonne « Becky Bloomwood, de *Réussir votre épargne* », à la fille de la réception, tout en souhaitant pouvoir annoncer

« Becky Bloomwood, de *Vogue* » ou « Becky Bloom-wood, du *Wall Street Journal* ». Je m'installe ensuite dans un confortable fauteuil en cuir noir et feuillette un catalogue de photos de familles réjouies, jusqu'à ce qu'un des jeunes employés branchés arrive pour me conduire vers une table lumineuse.

— Je m'appelle Paul. C'est moi qui m'occuperai de vous aujourd'hui. Avez-vous une idée de ce que vous recherchez ?

— Eh bien…

Je sors mon bloc-notes d'un air important.

Nous avons eu une réunion hier au sujet de la couverture et nous nous sommes finalement décidés pour :

« Gestion de portefeuille :
comment acquérir le bon équilibre. »

Avant que vous ne mouriez d'ennui, laissez-moi vous citer le titre du mois dernier :

« Les comptes d'épargne au banc d'essai. »

Ne serait-il pas possible, juste une *seule fois*, d'écrire à la place :

« Crèmes autobronzantes au banc d'essai ? »

— Je recherche des photos de balances, de cordes raides, de monocycles…, dis-je en lisant ma liste.

— Des images d'équilibre. Pas de problème. Désirez-vous un café ?

— Oui, volontiers.

Mon visage s'épanouit en un large sourire. Détendue, je m'enfonce confortablement dans mon fauteuil. Vous voyez la scène ? C'est si agréable ici. Et je suis *payée* pour rester assise à ne rien faire.

Peu après, Elly arrive accompagnée de Paul. Je la regarde, étonnée. Chaussée de talons hauts et vêtue d'un tailleur prune, elle est d'une suprême élégance.

— Vous avez donc besoin de nageurs, de bateaux et d'images européennes, lui dit Paul.

— Exactement, répond Elly en se laissant tomber dans le fauteuil à côté du mien.

— Laisse-moi deviner. Vous traitez du flottement des monnaies.

— Pas mal. Mais non. Il s'agit de : « L'Europe va-t-elle s'en sortir toute seule ? » annonce-t-elle d'une voix dramatique, et Paul et moi pouffons de rire.

Dès qu'il a quitté la pièce, j'examine Elly de la tête aux pieds.

— Comment se fait-il que tu sois si chic ?

— Je suis toujours chic, tu le sais bien, réplique-t-elle en éludant ma question.

Paul est déjà de retour. Il pousse un chariot rempli de diapositives.

— Ce sont les miennes ou les tiennes ? s'enquiert Elly.

Elle évite le sujet. Que se passe-t-il ?

— Tu as obtenu un entretien ? dis-je dans un éclair de génie.

Elle me regarde, rougit puis retire une feuille de diapos du chariot.

— Des numéros de cirque. Des jongleurs. C'est ce que tu voulais ?

— Elly ! As-tu décroché un entretien ? Dis-moi !

Silence. Elle fixe les diapos puis lève les yeux.

85

— Oui, mais…

— C'est génial !

Deux filles très comme il faut, installées dans un coin, nous regardent.

— Pour quel journal ? *Cosmo* ?

Nous sommes interrompues par Paul qui vient apporter une tasse de café pour Elly.

— Les nageurs arrivent, annonce-t-il en souriant.

— Alors, le nom du journal ?

Elly sollicite tellement d'emplois que je m'y perds.

— Wetherby, répond-elle en devenant écarlate.

— Les placements Wetherby ?

Elle acquiesce et je fronce les sourcils, perplexe. Pourquoi postule-t-elle chez Wetherby ? Ont-ils un magazine interne ?

— Ce n'est pas pour être journaliste, souffle-t-elle à voix basse, mais gestionnaire de portefeuilles.

— Quoi ? fais-je, consternée.

Je sais qu'entre amis on doit se soutenir dans la vie, mais, désolée, *gestionnaire de portefeuilles* !…

— Ils ne me prendront certainement pas, poursuit-elle en détournant les yeux. Ça n'a pas beaucoup d'importance.

— Mais…

Je reste sans voix. Comment a-t-elle même pu penser à ce job ?

Les gestionnaires de portefeuilles ne sont pas des personnes réelles, mais des personnages dont on se moque lors des voyages de presse.

— C'est juste une idée, affirme-t-elle, sur la défensive. Peut-être ai-je envie de prouver à Carole que je suis capable de faire autre chose. Tu vois ?

— C'est une sorte de… moyen de pression ?

— Oui. C'est ça. Un moyen de pression, confirme-t-elle en haussant les épaules.

Mais elle n'a pas l'air très convaincue et ne bavarde pas comme d'habitude. Que lui est-il arrivé ? Je me le demande encore en rentrant chez moi. Je marche en direction de High Street Kensington et traverse la rue. Arrivée devant Marks & Spencers, j'hésite.

Le métro est à ma droite. Les magasins sont à ma gauche.

Je dois *ignorer* les magasins. Il me faut pratiquer l'austérité, rentrer à la maison et effectuer mon graphique de dépenses. Si j'ai besoin de me divertir, je peux regarder la télévision gratuitement ou me concocter une soupe nourrissante et bon marché.

Mais, ce soir, il n'y a rien à la télé, du moins pas avant *EastEnders*. Et je n'ai pas envie de soupe mais de me remonter le moral. De plus – mon esprit travaille à toute vitesse – demain, je renonce à tout. C'est comme le début du carême. Je vis mon mardi gras du shopping et j'ai besoin de m'en mettre plein la lampe avant le commencement du jeûne.

Remontée à bloc, je me précipite au centre commercial Barkers. Je me promets de ne pas faire de folies. Juste un petit plaisir pour passer le cap. J'ai déjà mon cardigan, donc, pas de vêtements… et l'autre jour j'ai acheté des chaussures à talons plats… donc pas ça non plus… bien qu'il y ait des mules de style Prada chez Hobbs… Hmmm. J'hésite.

J'arrive au rayon des cosmétiques, et soudain je sais. Du maquillage ! Voilà ce dont j'ai besoin. Un nouveau mascara et peut-être aussi un rouge à lèvres.

Je commence à flâner avec bonheur dans la salle claire à l'atmosphère grisante. J'évite les atomiseurs de parfum et applique différentes nuances de rouges sur le dos de ma main. J'en aimerais un très pâle, dans les beiges rosés couleur chair, avec un crayon de contour des lèvres assorti...

Au comptoir Clarins, mon attention est attirée par un grand panneau publicitaire.

Pour l'achat de deux produits de soin pour la peau, recevez une trousse de beauté GRATUITE contenant des doses d'essai de démaquillant, de tonique et de crème hydratante, un rouge à lèvres Autumn Blaze, un mascara très longue tenue et un échantillon d'eau dynamisante. Dans la limite des stocks disponibles.

Super ! Connaissez-vous le prix d'un rouge à lèvres Clarins ? Et là, ils le donnent gratuitement. Je me mets à fouiller avec enthousiasme dans les produits pour en choisir deux. Pourquoi pas un soin pour le cou ? Je n'en ai encore jamais utilisé. Et ce pot de crème revitalisante. Quand je pense que je bénéficierai d'un rouge à lèvres gratuit ! C'est vraiment une affaire.

— Bonjour, dis-je à la vendeuse en uniforme blanc, j'aimerais le soin pour le cou, la crème revitalisante et la trousse de beauté.

Je suis soudain tétanisée à l'idée qu'il est trop tard, que leur stock est épuisé.

Mais non ! Dieu merci. Tandis que ma carte Visa passe dans la machine, la vendeuse me tend ma trousse de beauté d'un rouge brillant (je dois reconnaître qu'elle est plus petite que je ne l'imaginais) et je l'ouvre tout excitée. Comme prévu, il y a mon rouge à lèvres gratuit !

Il est d'un rouge-brun plutôt bizarre. Mais si je le mélange avec un autre et si j'y ajoute une touche de brillant à lèvres, il sera parfait.

J'arrive à la maison, épuisée. J'ai à peine ouvert la porte de l'appartement que Suze se jette sur moi, comme un jeune chien.

— Qu'as-tu acheté ? s'écrie-t-elle.

— Ne regarde pas ! Tu n'as pas le droit ! C'est ton cadeau d'anniversaire.

— Mon cadeau !

Les anniversaires la mettent dans un état de surexcitation pas possible. Pour être honnête, moi aussi.

Je me précipite dans ma chambre et cache le sac Benetton dans la penderie. Ensuite, je déballe le reste de mes courses et prends mon petit carnet argenté pour détailler mes achats. David E. Barton conseille de le faire *tout de suite* avant que l'on oublie des articles.

— Tu veux un verre ? me demande Suze à travers la porte.

— Oui, merci !

Un instant plus tard, elle entre avec un verre de vin.

— *EastEnders* va commencer.

— Merci, dis-je distraitement en continuant à inscrire mes dépenses.

Je ne m'écarte pas des règles du livre et note tous les reçus un par un. Je suis fière de moi. Cela prouve qu'avec un peu d'application n'importe qui peut contrôler ses dépenses.

Finalement, j'ai acheté pas mal de crèmes aujourd'hui. À vrai dire, lorsque je réglais mes produits au comptoir Clarins, j'avais oublié tous les pots de chez Boots. Enfin, ça n'a pas d'importance. On a toujours besoin de crème. C'est un produit de base, comme le pain et le lait, et selon David E. Barton il ne faut jamais lésiner sur les produits de base. En plus, je pense m'en être pas trop mal sortie. Bien sûr, je n'ai pas encore tout additionné, mais…

Bon. Voici ma liste complète et définitive :

Cappuccino	1,50 £
Muffin	1,00 £
Carnet	3,99 £
Stylo	1,20 £
Magazines	6,40 £
Sandwich aux œufs et cresson	99 p
Huile de bain à la noix de coco	2,55 £
Crèmes hydratantes Boots	20,97 £
Deux cardigans	90,00 £
Evening Standard	f35 p
Crème pour le cou Clarins	14,50 £
Crème Clarins	32,50 £
Trousse de maquillage	Gratuite !
Milk-shake à la banane ?	2,00 £
Gâteau à la carotte ?	1,20 £

Soit un total de… cent soixante-treize livres quatre-vingt-seize. Ou environ…

Je fixe ce montant, horrifiée.

Non, désolée, c'est impossible. Je ne peux pas avoir dépensé plus de cent soixante-dix livres en une journée.

Ce n'est même pas le week-end. J'étais au bureau. Je n'ai pas eu le *temps* de claquer cette somme. Il doit y avoir un truc qui cloche. Une erreur dans l'addition peut-être. Ou alors, j'ai inscrit deux fois le même article sans m'en rendre compte.

Mes yeux parcourent la liste plus attentivement et s'arrêtent soudain. J'exulte : « Deux cardigans. » Je le savais ! Je n'ai acheté…

Eh oui ! J'en ai bien acheté deux. La barbe ! Dieu, que c'est déprimant. Mieux vaut aller regarder *EastEnders* à la télé.

ENDWICH BANK
Fulham Branch
3 Fulham Road
Londres SW6 9JH

Mademoiselle Rebecca Bloomwood
Apt 2
4 Burney Rd
Londres SW6 8FD

Le 6 mars 2000

Chère Mademoiselle Bloomwood,

Je vous remercie pour votre message du dimanche 5 mars que vous avez laissé sur notre répondeur.

Je suis désolé d'apprendre que votre chien est mort.

Cependant, il faut absolument que vous preniez contact avec moi, ou avec mon assistante Erica Parnell, le plus rapidement possible afin que nous discutions de votre situation.

Je vous prie d'agréer, Mademoiselle Bloomwood, l'expression de mes sentiments les meilleurs.

Derek Smeath
Directeur

ENDWICH – PARCE QUE NOUS PRENONS SOIN DE VOUS

6

Tout va bien, me dis-je avec fermeté le lendemain. Il ne faut pas que je pique une crise à cause de mes dépenses d'hier. C'est du passé. L'important, c'est qu'aujourd'hui débute ma nouvelle vie d'austérité. À partir de maintenant, je ne vais plus rien dépenser. D'après David E. Barton, l'objectif de la première semaine consiste à réduire vos dépenses de moitié, mais j'estime pouvoir faire beaucoup mieux. Sans vouloir être mauvaise langue, ces livres de conseils pratiques s'adressent toujours à des personnes n'ayant aucune volonté. Et j'ai arrêté de fumer assez facilement. (Sauf dans les soirées, ce qui ne compte pas.)

Euphorique, je me prépare un sandwich au fromage que j'enveloppe dans du papier alu. Je viens déjà d'économiser deux livres ! Je n'ai pas de Thermos (je dois en acheter une ce week-end), donc impossible d'emporter du café, mais il y a une bouteille d'eau minérale dans le réfrigérateur que je décide de prendre à la place. Ce sera d'ailleurs plus sain.

On se demande pourquoi les gens achètent des sandwichs quand il est si simple et bon marché de les confectionner soi-même. Et c'est pareil avec les currys. David E. Barton explique qu'au lieu de dépenser des fortunes en plats à emporter, nous serions plus avisés d'apprendre à cuisiner nos currys et légumes sautés pour trois fois rien. Je vais m'y mettre ce week-end, après une visite au musée ou bien une marche le long du fleuve, où j'admirerai la vue.

Sur le chemin du métro, je me sens pure et revigorée. Presque austère. Regardez tous ces gens dans la rue qui s'agitent, en ne songeant qu'à l'argent. L'argent, l'argent, l'argent. C'est une obsession. Mais, une fois que vous y avez renoncé, cela cesse d'avoir de l'importance. Ma façon de penser est déjà tout à fait différente. Moins matérialiste, plus philosophique. Plus *spirituelle*. Comme le dit David E. Barton, nous oublions d'apprécier chaque jour tout ce que nous possédons déjà : la lumière, l'air, la liberté, la compagnie de nos amis… Ce sont ces choses-là qui comptent. Et non pas les vêtements, les chaussures et les fanfreluches.

La transformation qui s'opère en moi est effrayante. Par exemple, je passe devant le kiosque à journaux de la station de métro et y jette un coup d'œil distrait, sans ressentir le moindre désir d'acheter un magazine. Dans ma nouvelle vie, les revues n'ont aucune place. (En plus, je les ai déjà presque toutes lues.)

Je prends donc le métro, sereine et détachée, un vrai moine bouddhiste. Au terminus, j'ignore superbement le magasin de chaussures soldées qui se trouve à la sortie. Idem pour Lucio. Aujourd'hui, pas de cappuccino. Pas de muffin. Pas de dépense du tout, je me rends directement au bureau.

C'est la période du mois relax à *Réussir votre épargne*. Nous venons de mettre le dernier numéro sous presse, ce qui signifie que nous pouvons nous la

94

couler douce quelques jours avant d'attaquer la prochaine parution. Bien sûr, nous devrions commencer des recherches pour l'article du mois prochain. Aujourd'hui, je suis censée passer plein de coups de fil à des agents de change afin de leur demander des tuyaux de placement sur les six mois à venir.

Mais, d'une manière ou d'une autre, la matinée passe et je n'ai rien fait, à part changer l'image de veille de mon ordinateur, qui affiche maintenant trois poissons jaunes et une pieuvre, et rédiger une note de frais. Je n'arrive pas à me concentrer sur mon travail. Je crois que la pureté de mon nouvel ego me rend trop euphorique. J'essaie de calculer combien j'aurai économisé à la fin du mois et ce que je pourrai me payer chez Jigsaw.

À l'heure du déjeuner, je prends mon sandwich enveloppé dans de l'aluminium. Pour la première fois de la journée, je me sens un peu déprimée. Le pain est devenu pâteux et des pickles ont coulé sur le papier. Ce n'est vraiment pas appétissant. Je meurs d'envie d'un pain aux noix et d'un petit gâteau au chocolat de Prêt-à-Manger.

Je m'oblige à ne pas y penser et songe plutôt à tout l'argent que j'économise. Je me force donc à manger mon sandwich ramolli et avale d'un trait une gorgée d'eau minérale. Quand j'ai fini, je jette le papier alu et rebouche la bouteille que je range dans le petit frigidaire du bureau. Tout cela n'a pris que... cinq minutes de ma pause déjeuner.

Que vais-je faire après ? Où aller ?

Je m'effondre lamentablement sur mon bureau. Mon Dieu, que cette abstinence est dure ! Découragée, je feuillette quelques dossiers, puis lève la tête et observe par la fenêtre tous les gens occupés à faire des courses dans Oxford Street, les bras chargés de paquets. J'ai si désespérément envie de sortir que je me penche en avant comme une plante se tourne vers la lumière. Je n'aspire qu'à retrouver les éclairages brillants, l'air chaud, les rayonnages de marchandises et le tintement des caisses enregistreuses. Mais c'est impossible. Ce matin, j'ai juré de ne pas m'approcher des magasins de toute la journée. Je me le suis *promis* et je ne peux pas rompre ma promesse. Ou du moins, pas si tôt...

Soudain, une idée géniale me traverse l'esprit. J'ai besoin d'une recette de curry pour confectionner à la maison mes plats à emporter. Selon David E. Barton, acheter un livre de recettes de cuisine est du gaspillage. Il conseille d'utiliser celles figurant sur les emballages ou d'emprunter des livres à la bibliothèque. Moi, j'ai une meilleure idée. Je vais aller chez Smith recopier une recette que je ferai samedi soir. De cette façon, je peux me trouver dans un magasin sans dépenser de l'argent. Je me lève d'un bond et prends mon manteau. Magasins, me voilà !

En entrant chez Smith, j'éprouve un vif soulagement et sens tout mon corps se détendre. Il y a un frisson d'excitation irrépressible qui me saisit dès que je pénètre dans n'importe quelle boutique. Cela tient à la fois à l'attente, à l'animation, à l'atmosphère accueillante et aussi au fait que tout est merveilleusement *neuf*. Des magazines flambant neufs, des stylos flambant neufs, des rapporteurs flambant neufs. La dernière fois que j'ai utilisé un rapporteur je devais avoir onze ans, mais ne sont-ils pas beaux, intacts et nets dans leur emballage ? Je découvre une nouvelle ligne d'articles de bureau imprimés léopard et, un bref instant, je suis tentée de m'attarder. Mais je m'oblige plutôt à gagner le fond du magasin où sont empilés les livres.

Il y en a toute une rangée sur la cuisine indienne et j'en prends un au hasard. En le feuilletant, je me demande quelle recette je vais choisir. Je n'avais pas réalisé à quel point cette cuisine était compliquée. Peut-être devrais-je en recopier deux pour plus de sûreté.

Après avoir inspecté les environs, je prends mon carnet et mon stylo. Je suis sur mes gardes. En effet, Smith déteste que l'on recopie des passages de leurs livres. Ils ont demandé une fois à Suze de sortir de leur magasin de Victoria car elle notait une page du plan A-Z de Londres qu'elle avait oublié à la maison. Ils lui ont dit de l'acheter ou de s'en aller. (Ce qui est absurde puisqu'ils vous laissent lire les magazines gratuitement.)

Enfin, une fois sûre que personne ne me voit, je commence à copier la recette des gambas biriani. J'en suis à la moitié de la liste des épices quand une fille en uniforme WH Smith débouche au coin de l'allée. Je m'empresse de refermer le livre et déambule comme si de rien n'était. Dès que je m'estime en sécurité, je rouvre le livre, mais avant d'avoir pu écrire quoi que ce soit, une vieille femme vêtue d'un manteau bleu me demande d'une voix forte :

— Est-ce que c'est bien ?

— Quoi ?

— Ce livre !

Elle l'indique de son parapluie.

— Je dois trouver un cadeau pour ma belle-fille qui est indienne. J'ai pensé lui acheter un livre de cuisine de son pays. Selon vous, celui-là est bon ?

— Je n'en sais rien. Je ne l'ai pas encore lu.

— Ah…, dit-elle en s'éloignant.

Je devrais me taire et m'occuper de mes affaires, mais je ne peux m'empêcher de déclarer :

— N'a-t-elle pas déjà plein de recettes ?

— Qui ? interroge la femme en se retournant.

— Votre belle-fille ! Si elle est indienne, elle doit connaître la cuisine locale.

— Oh ! s'exclame-t-elle l'air complètement démontée. Alors, que devrais-je lui prendre, à votre avis ?

Mon Dieu.

— Je ne sais pas. Peut-être un livre sur… un autre sujet ?

— Quelle bonne idée ! s'écrie-t-elle enthousiaste, en se rapprochant. Conseillez-moi, voulez-vous ?

Pourquoi moi ?

— Désolée, mais aujourd'hui, je suis assez pressée.

Je pars à toute vitesse, en me sentant un peu coupable. Arrivée au rayon des CD et des cassettes qui est presque toujours désert, je me cache derrière une étagère de vidéos des Télétubbies. Je vérifie les alentours, puis ouvre de nouveau le livre. Gambas biriani, p. 214. Je viens à peine de terminer la liste des épices quand une voix sévère retentit à mes oreilles :

— Excusez-moi ?

Je sursaute, saisie de stupeur. Mon stylo glisse de mon carnet et, sous mes yeux horrifiés, trace une ligne bleue sur la photo d'un riz basmati, cuit à la perfection. Je déplace aussitôt ma main pour dissimuler la marque et me retourne innocemment. Un homme en chemise blanche, barrée d'un badge indiquant son nom, me regarde d'un air désapprobateur.

— Vous n'êtes pas dans une bibliothèque ici. Pensez-vous que nous assurons un service d'information gratuit ?

— Je ne faisais que feuilleter ce livre, dis-je en m'apprêtant à le refermer, mais, venu de nulle part, son doigt parvient à coincer la page.

Il rouvre le livre lentement et nous fixons tous les deux la ligne bleue tracée par mon stylo à bille.

— Feuilleter est une chose, affirme-t-il avec sévérité, dégrader le stock du magasin en est une autre.

— C'est un accident, vous m'avez fait peur !

— Hmmm, fait-il en me considérant de ses yeux durs. Aviez-vous l'intention d'acheter ce livre, ou un autre livre, d'ailleurs ?

Il y a un bref silence. Puis, honteuse, j'avoue :

— Non.

— Je vois, déclare-t-il les lèvres pincées. Eh bien, je crains que seule notre directrice soit habilitée à régler ce problème. De toute évidence, ce livre est invendable, nous subissons donc une perte sèche. Vous allez m'accompagner et lui expliquer en détail ce que vous faisiez quand l'incident s'est produit...

Parle-t-il sérieusement ? Ne va-t-il pas me dire que ça n'a aucune importance et me proposer une carte de fidélité ? Je suis bouleversée. Que faire ? Mon nouveau régime d'austérité m'interdit d'acheter ce livre. Mais pas question non plus d'aller voir la directrice.

— Llyn ? lance-t-il à un vendeur du rayon des stylos. Veuillez appeler Glenys pour moi, s'il vous plaît.

Il est tout à fait sérieux et semble fier de lui comme s'il venait d'attraper une voleuse à l'étalage. Peuvent-ils vous poursuivre en justice pour avoir fait une marque de stylo à bille dans un livre ? C'est peut-être assimilé à du vandalisme. Zut ! Je vais avoir un casier judiciaire et serai interdite de séjour en Amérique.

— D'accord, je l'achète, dis-je d'une voix étouffée. J'achète ce fichu bouquin.

Le cœur battant, je l'arrache des mains du type et me précipite à la caisse avant qu'il ait le temps de réagir.

Dans la file d'à côté se tient la vieille dame en manteau bleu. J'essaie d'éviter son regard, mais elle m'aperçoit et me crie, triomphante :

— J'ai suivi votre conseil ! Je lui ai pris un ouvrage qu'elle va beaucoup aimer.

— Très bien, dis-je en tendant à la caissière mon livre de recettes.

— Il s'intitule *Le Guide bleu de l'Inde*, annonce la dame âgée en me montrant l'épais livre de poche. Vous le connaissez ?

— Oui. Mais...

— 24,99 £, s'il vous plaît, dit la caissière.

Quoi ? Je la regarde, consternée. Vingt-cinq livres. Pour des recettes ? Pourquoi n'ai-je pas pris un livre de poche ? Merde. *Merde.* Je sors ma carte de crédit à contrecœur. Faire les magasins est une chose, et acheter contre votre volonté en est une autre. J'aurais pu me payer de la jolie lingerie avec ces vingt-cinq livres.

D'un autre côté, me dis-je en sortant du magasin, cela ajoutera pas mal de points sur ma carte Club. Environ... une cinquantaine ! De plus, je vais cuisiner des tas de currys délicieux et exotiques qui me feront économiser l'argent gaspillé en plats à emporter. Je dois considérer ce livre comme un investissement.

Sans vouloir me vanter, à l'exception de cet achat, je m'en sors drôlement bien les jours suivants. Je n'achète qu'une très belle Thermos pour emporter du café au bureau (avec du café en grains et un moulin électrique, il n'y a aucune raison d'employer de la poudre instantanée immonde) ainsi que des fleurs et du champagne pour l'anniversaire de Suze.

Ces deux derniers achats me sont autorisés car, comme l'écrit David E. Barton, vous devez chouchouter vos amis. D'après lui, le simple geste de rompre le pain avec eux est l'un des plus vieux fondements de l'humanité. « Continuez à offrir des cadeaux à vos amis. Cependant, ces présents n'ont pas besoin d'être somptueux. Utilisez votre créativité et essayez de les réaliser vous-mêmes. »

Voilà ce que j'ai fait : j'ai pris une demi-bouteille de champagne au lieu d'une entière et pour éviter d'acheter des croissants hors de prix à la pâtisserie, je vais les confectionner à partir de cette pâte spéciale que l'on trouve en tube.

Le soir, nous dînerons chez Terrazza avec le cousin et la cousine de Suze, Tarquin et Fenella et, soyons clairs, cette soirée reviendra cher. Mais tout va bien puisque ces dépenses rentrent dans la rubrique « rompre le pain avec des amis ». (Sauf que le pain chez Terrazza se présente sous forme de fougasse à la tomate et qu'il coûte quatre livres cinquante la corbeille.)

Fenella et Tarquin arrivent à six heures pour l'anniversaire de Suze qui, dès qu'elle les voit, se met à pousser des petits cris aigus. Je reste dans ma chambre et termine mon maquillage, différant le moment d'aller les saluer. Fenella et Tarquin ne me plaisent pas beaucoup. À vrai dire, je les trouve un peu bizarres. Pour commencer, ils ont l'air bizarre. Ils sont tous les deux très maigres, mais de façon maladive, avec les mêmes dents légèrement en avant. Fenella fait des efforts, elle se maquille et ne s'habille pas trop mal. Elle arrive presque à s'arranger. Mais Tarquin ! Il ressemble à une hermine. Ou à une fouine. À une petite bête décharnée, en tout cas. Ils se comportent étrangement, aussi. Ils se déplacent en tandem, portent des pulls assortis tricotés par leur vieille nounou et parlent ce stupide langage familial que personne d'autre ne peut comprendre. Par exemple, ils appellent les sandwichs, des « witchies » et un verre un « titchy » (mais si c'est de l'eau, ils disent « ho »). Croyez-moi, cela devient très vite énervant.

Suze, elle, les adore. Enfant, elle a passé tous ses étés avec eux en Écosse et elle ne se rend absolument pas compte de leur étrangeté. Le pire, c'est qu'elle parle de witchies et de titchies dès qu'elle se retrouve en leur présence. Ça me rend folle.

Enfin, ils sont là et il faut les supporter. Je finis d'appliquer mon mascara et je me lève pour me contempler dans la glace. Je suis plutôt contente du résultat. Je porte un haut noir très simple sur un pantalon de même couleur avec, drapée de façon lâche autour de mon cou, ma *splendide* écharpe Denny and George. J'ai vraiment bien fait de l'acheter. Elle est géniale.

Je m'attarde un peu puis, résignée, ouvre la porte de ma chambre.

— Salut, Bex ! s'écrie Suze, les yeux brillants.

Assise par terre en tailleur, elle déchire l'emballage d'un cadeau tandis que Fenella et Tarquin l'observent, debout à ses côtés. Aujourd'hui, ils ne portent pas de pulls assortis, Dieu merci, mais Fenella est vêtue d'une jupe rouge très étrange en tweed épais et le costume croisé de Tarquin semble dater de la Première Guerre mondiale.

— Bonjour, dis-je en les embrassant poliment.

— Waouh ! s'exclame Suze en montrant un tableau dans un vieux cadre doré. Ce n'est pas vrai ! Ce n'est pas *vrai* !

Son regard, rayonnant de bonheur, passe de l'un à l'autre et, intriguée, je contemple la peinture par-dessus son épaule. Franchement, je ne suis pas impressionnée. Les couleurs, dans des tons verdâtres et « marronnasses », sont tout à fait sinistres et le sujet se résume à un cheval immobile dans un pré. Ne pourrait-il pas sauter une barrière ou se cabrer ? Ou alors trotter le long de Hyde Park, monté par une cavalière vêtue d'une de ces merveilleuses robes du film *Orgueil et Préjugés* ?

« Mauvais joyeux anniversaire ! » chantent-ils à l'unisson. (C'est un autre de leur truc. Ils souhaitent un mauvais anniversaire, depuis que… mon Dieu. C'est vraiment trop ennuyeux à expliquer.)

— Il est splendide ! Magnifique ! dis-je, enthousiaste.

— N'est-ce pas ? renchérit Tarquin avec le plus grand sérieux. Et ces couleurs…

— Mmm, ravissantes.

103

— Et la facture. Exquise. Nous étions fous de joie quand nous sommes tombés dessus.

— C'est vraiment un tableau extraordinaire. Il vous donne envie de… galoper sur les collines !

Pourquoi est-ce que je raconte toutes ces bêtises ? Pourquoi ne pas être sincère et avouer que je ne l'aime pas ?

— Tu montes ? me demande Tarquin, en levant vers moi des yeux étonnés.

Je n'ai essayé qu'une fois. Sur le cheval de mon cousin. J'ai fait une chute et me suis juré de ne plus jamais recommencer. Mais pas question de l'admettre devant lui.

— Je montais autrefois.

J'ajoute avec un petit sourire modeste :

— Pas très bien.

— Je suis sûr que tu t'y remettrais facilement. T'est-il déjà arrivé de chasser ? s'enquiert-il en me regardant fixement.

Bon Dieu ! Ai-je l'air d'une campagnarde ?

— Hé ! s'écrie Suze en appuyant son tableau avec amour contre le mur. On prend un titchy avant de partir ?

— Quelle bonne idée ! dis-je en m'éloignant de son cousin.

— Super ! s'exclame Fenella. Tu as du champagne ?

— En principe, oui, répond Suze en se dirigeant vers la cuisine.

À ce moment-là, le téléphone sonne et je vais décrocher.

— Allô ?

— Puis-je parler à Rebecca Bloomwood ? demande une voix de femme inconnue.

— Oui, c'est moi.

J'écoute Suze ouvrir et fermer les portes des placards de la cuisine et je me demande s'il reste du champagne, à part le fond de la demi-bouteille que nous avons bue au petit déjeuner...

— Mademoiselle Bloomwood ? Erica Parnell, de la banque Endwich, à l'appareil.

Mon sang se glace.

Merde ! J'ai reçu cette lettre dont je ne me suis pas occupé.

Que vais-je dire ? Il faut que je trouve quelque chose.

— Mademoiselle Bloomwood ?

Du calme. Je vais lui déclarer que je suis tout à fait consciente du montant légèrement élevé de mon découvert et que je suis sur le point d'y remédier le plus vite possible. « Y remédier » sonne tout à fait juste. O.K., allons-y.

Surtout ne pas s'affoler, ces gens sont des êtres humains, après tout. J'inspire à fond. Et puis, sans l'avoir prémédité, ma main raccroche tranquillement le combiné.

Pendant quelques secondes, je fixe le téléphone silencieux, interloquée. Qu'est-ce qui m'a pris ? Erica Parnell savait que c'était moi et elle ne va pas manquer de rappeler d'une minute à l'autre. Elle appuie déjà sans doute sur le « bis » et elle sera furieuse...

Je décroche le téléphone et le cache sous un coussin. Elle ne peut plus me joindre, maintenant. Je suis en sécurité.

— Qui c'était ? demande Suze en entrant dans la pièce.

— Personne. Un faux numéro... Écoute, allons plutôt prendre un verre dehors !

Je suis un peu secouée.

— D'accord.

— Ce sera beaucoup plus drôle, dis-je en essayant de l'éloigner de l'appareil. On pourrait aller dans un bar sympa et boire des cocktails avant de dîner chez Terrazza.

Dans l'avenir, je filtrerai tous mes appels. Ou je répondrai avec un accent étranger. Ou, mieux encore, je changerai de numéro de téléphone et me mettrai sur liste rouge.

— Que se passe-t-il ? s'enquiert Fenella dans l'encadrement de la porte.

— Rien ! Finalement, nous sortons prendre un titchy et ensuite nous irons souper.

Arrgh ! Je n'en crois pas mes oreilles. Je deviens comme eux.

En arrivant chez Terrazza, j'ai recouvré mon sang-froid. Erica Parnell a dû penser que nous avions été coupées à cause d'un problème sur la ligne. Il ne lui sera pas venu à l'idée que je lui ai raccroché au nez. Après tout, nous sommes deux adultes civilisées. Et des adultes ne se conduisent pas de cette façon.

Si un jour je la rencontrais, ce qui, je l'espère de tout mon cœur, n'arrivera jamais, je lui déclarerais, imperturbable : « C'est étrange, ce qui est arrivé quand vous m'avez appelée, vous ne trouvez pas ? » Ou mieux encore, je l'accuserais, *elle*, de m'avoir raccroché au nez. (En plaisantant, bien sûr.)

Enfumé et plein à craquer, le restaurant bourdonne du bruit des conversations. Une fois installée devant l'énorme menu argenté, je me sens encore plus détendue. J'adore manger au restaurant. Et j'estime qu'après avoir été si sobre les jours derniers, je l'ai bien mérité. Il n'a pas été facile de suivre un régime aussi strict, mais j'y suis arrivée. Je m'y tiens scrupuleusement ! Samedi, je vais encore contrôler l'état de mes dépenses et je suis sûre qu'elles auront diminué d'au moins 70 %.

— Que prenons-nous à boire ? Tarquin, tu choisis, dit Suze.

— Regarde ! crie Fenella. C'est Eddie Lazenby ! Je dois aller lui dire bonjour.

Elle se lève d'un bond et se dirige vers un type à la calvitie naissante, vêtu d'un blazer, dix tables plus loin. Je me demande comment elle a bien pu le repérer dans cette foule.

— Suze ! s'écrie une autre voix.

Nous levons tous les yeux.

Une fille blonde en minuscule tailleur rose pastel se dirige vers nous, les bras tendus.

— Et Tarkie !

— Bonjour, Tory, dit-il en se levant. Comment va Mungo ?

— Il est là-bas, répond-elle. Viens le saluer !

Comment se fait-il que Fenella et Tarquin, qui passent le plus clair de leur temps dans le comté de Perth, soient assiégés par de vieux amis dès qu'ils mettent les pieds à Londres ?

— Eddie vous fait ses amitiés, annonce Fenella en se rasseyant. Tory ! Comment vas-tu ? Et Mungo ?

— Il va bien. Au fait, vous êtes au courant ? Caspar est revenu !

— Non ! s'exclament-ils tous en chœur et j'ai presque envie de me joindre à eux.

Personne n'a pris la peine de me présenter à Tory, mais c'est la façon dont fonctionne ce petit monde.

Vous intégrez la bande par osmose. Au début, vous ne connaissez personne et, l'instant d'après, vous vous retrouvez à pousser des hurlements avec eux.

— Êtes-vous au courant pour Venetia et Sebastian ?

— Écoute, on *doit* commander. Nous irons ensuite vous voir à votre table, dit Suze.

— D'accord. Ciao, lance Tory en s'éloignant avec grâce.

— Suze ! hurle quelqu'un d'autre.

Une fille en petite robe noire fonce droit sur nous.

— Et Fenny !

— Milla ! crient-elles ensemble. Ça va ? Et comment va Benjy ?

Mon Dieu ! Cela ne s'arrêtera donc jamais. Je suis là, à fixer le menu, en feignant de me passionner pour les hors-d'œuvre, et j'ai l'impression d'être transparente, alors que ces fichus Fenella et Tarquin font sensation. Moi aussi, j'ai envie d'échanger des mondanités. Je veux tomber sur de vieux amis que je fréquente depuis ma petite enfance. (Il n'y a que Tom, le voisin, qui corresponde à ce cas de figure et il se trouve actuellement dans sa cuisine en chêne cérusé de Reigate.)

Mais on ne sait jamais. J'abaisse mon menu et parcours des yeux le restaurant, pleine d'espoir. Mon Dieu, s'il vous plaît, juste une fois, faites-moi rencontrer quelqu'un. Pas forcément un ami, juste une personne vers laquelle je puisse me précipiter en m'écriant : « Waouh, waouh ! » et : « Il faut qu'on déjeune ensemble un de ces jours ! » *N'importe qui* fera l'affaire. Je dis bien n'importe qui…

Et là j'aperçois un visage familier. Incroyable ! Luke Brandon est assis quelques tables plus loin avec un couple de personnes âgées très élégantes.

Bon. Luke n'est pas un vieil ami, mais, au moins, je le connais. De toute façon, je n'ai pas le choix. Et je meurs d'envie d'être comme tout le monde.

— Regardez, c'est Luke ! dis-je à voix basse afin qu'il ne m'entende pas. Il *faut* que j'aille le voir.

Tandis que les autres me considèrent, l'air surpris, je rejette mes cheveux en arrière, me lève d'un bond et, en proie à une soudaine euphorie, marche d'un pas décidé. Moi aussi, je connais du beau linge chez Terrazza ! Je suis une fille dans le coup.

Parvenue à quelques mètres de sa table, je ralentis. Que vais-je trouver à lui dire ?

Eh bien… Je serai polie. Je le saluerai et, idée de génie, je le remercierai encore une fois de m'avoir prêté vingt livres.

Merde ! Je l'ai bien remboursé, au moins ?

Mais oui. Je lui ai envoyé une jolie carte en papier recyclé, décorée de coquelicots, accompagnée d'un chèque. Maintenant, pas d'affolement, sois calme et dans le coup.

— Bonjour ! dis-je dès que je me trouve à portée de voix, mais le tohu-bohu ambiant est si fort qu'il ne m'entend pas.

Pas étonnant que les amis de Fenella aient des voix aussi stridentes. Il faut déployer dans les soixante-cinq décibels pour se faire remarquer.

— Bonjour !

J'ai crié plus fort, mais toujours sans résultat.

Luke discute avec l'homme plus âgé et la femme les écoute avec attention. Ils sont tous absorbés par la conversation.

La situation devient gênante. Je reste plantée là, et la personne avec laquelle je désire m'entretenir m'ignore complètement. Il semblerait que je sois la seule à avoir

109

ce problème. Pourquoi ne se lève-t-il pas en s'exclamant : « Êtes-vous au courant pour les placements Foreland ? » Que faire ? Devrais-je m'éloigner à pas de loup ? Ou feindre de me diriger vers les toilettes ?

Un serveur avec un plateau me bouscule et me voilà inexorablement poussée vers la table de Luke qui, à ce moment précis, lève les yeux. Il me regarde d'un air absent comme s'il ne m'avait jamais vue. À présent, je suis forcée d'aller jusqu'au bout.

— Luke ! Je voulais juste vous dire… bonjour !

— Bonjour, répond-il après un bref silence. Maman, papa, je vous présente Rebecca Bloomwood. Rebecca, mes parents.

Mon Dieu ! Dans quoi me suis-je embarquée ? J'arrive au beau milieu d'une réunion de famille. Courage, fuyons !

— Bonjour ! dis-je en esquissant un piètre sourire. Eh bien, je ne vais pas vous déranger plus…

— Comment avez-vous rencontré Luke ? demande Mme Brandon.

— Rebecca est une journaliste financière de premier plan, déclare son fils en buvant une gorgée de vin.

(Le pense-t-il vraiment ? Mince alors ! Je dois le glisser dans une conversation avec Clare Edwards. Et Philip, tant qu'à faire.)

Je souris d'un air assuré à M. Brandon, toute gonflée de mon importance. Je suis une journaliste financière de premier plan frayant avec un chef d'entreprise de premier plan dans un restaurant londonien branché. N'est-ce pas cool ?

— Une journaliste financière ? grommelle M. Brandon en abaissant ses lunettes sur son nez pour mieux me regarder. Alors, que pensez-vous de la déclaration du ministre des Finances ?

Je ne ferai plus jamais de visite surprise à une table de restaurant. Plus jamais.

— Eh bien…

Et si je faisais semblant d'apercevoir un vieil ami à l'autre bout de la salle ?

— Papa, je suis persuadé que Rebecca n'a pas envie de parler boutique, intervient Luke en fronçant les sourcils.

— C'est tout à fait juste ! s'écrie Mme Brandon en me souriant. Vous avez une ravissante écharpe, Rebecca. Vient-elle de chez Denny and George ?

— Oui, dis-je avec entrain, soulagée d'échapper à la déclaration du ministre des Finances. (Quelle déclaration ?) J'étais si contente, je l'ai achetée la semaine dernière en solde !

Du coin de l'œil, je vois Luke Brandon me dévisager avec une expression bizarre. Pourquoi me regarde-t-il si…

Zut ! Comment puis-je être aussi stupide ? J'enchaîne :

— En solde… pour ma tante. Je l'ai achetée comme cadeau pour ma tante. Mais elle… est morte.

Un silence consterné s'établit et je baisse les yeux. Je n'arrive pas à croire ce que je viens de dire.

— Oh ! mon Dieu ! s'exclame M. Brandon d'un ton bourru.

— Tante Ermintrude est morte ? s'enquiert Luke d'une voix étrange.

— Oui. C'était très triste.

— C'est affreux ! s'écrie Mme Brandon, compatissante.

111

— Elle était à l'hôpital, non ? dit Luke en se versant un verre d'eau. De quoi souffrait-elle ?

Je reste silencieuse un moment.

— C'était... sa jambe.

— Sa jambe ? Qu'avait-elle à la jambe ? demande Mme Brandon avec anxiété.

— Elle... a gonflé et s'est infectée. Ils ont dû l'amputer et elle est morte.

— Nom d'un chien ! jure M. Brandon en hochant la tête. Fichus docteurs.

Il me lance soudain un regard féroce.

— Était-elle soignée dans le privé ?

— Hmmm.... Je ne sais pas très bien, dis-je en commençant à battre en retraite.

Je n'en peux plus. Pourquoi n'avoir pas simplement raconté qu'elle m'avait *donné* cette foutue écharpe ?

— En tout cas, j'ai été ravie de vous voir, Luke. Je dois filer, mes amis m'attendent.

Je leur adresse un vague signe de la main en fuyant le regard de Luke, puis tourne les talons, le cœur battant et le visage en feu. Quel fiasco !

Heureusement, quand nos plats arrivent, je me suis ressaisie. Et quels plats ! J'ai commandé des coquilles Saint-Jacques grillées et, à la première bouchée, je manque m'évanouir. Après tant de jours atroces passés à avaler des aliments basiques et bon marché, c'est le paradis. Je suis au bord des larmes, comme un prisonnier retrouvant la liberté, ou un enfant découvrant la nourriture à la fin de la guerre. Après les Saint-Jacques, j'ai pris un steak sauce béarnaise avec des frites et, alors que tous les autres ont poliment refusé un dessert, j'ai opté pour une mousse au chocolat. Ce n'est certainement pas demain la veille que je me retrouverai dans un tel restaurant. Pendant des mois, je n'aurai droit qu'à des sandwichs au fromage et du café en Thermos, sans rien pour en rompre la monotonie.

C'est un dur chemin que j'ai choisi. Mais il en vaut la peine.

Pendant que j'attends ma mousse au chocolat, Suze et Fenella décident d'aller parler à Benjy à l'autre bout de la salle. Elles se lèvent en allumant une cigarette ; Tarquin reste avec moi pour me tenir compagnie. Il n'a pas l'air aussi passionné que les autres par les mondanités. Il s'est montré très calme toute la soirée. J'ai aussi remarqué qu'il avait beaucoup bu et cela ne me surprendrait pas qu'il s'effondre sur la table d'une minute à l'autre. Grand bien lui fasse !

Nous restons silencieux un assez long moment. Tarquin est si bizarre que je ne me sens pas obligée de lui parler. Il me demande soudain :

— Tu aimes Wagner ?

— Oui, dis-je immédiatement.

Je ne suis pas sûre d'en avoir entendu, mais je ne veux pas paraître inculte, même devant Tarquin. Et je suis déjà allée à l'opéra, mais ce devait être pour écouter du Mozart.

— Le Liebestod de Tristan, déclare-t-il en hochant la tête. Le Liebestod.

— Hmmm.

J'acquiesce d'une façon que j'espère intelligente. Je me verse du vin, remplis aussi son verre et cherche Suze du regard. C'est bien d'elle de disparaître en me laissant avec son cousin ivre.

— Dah-dah-*dah*-dah, daaaah dah dah…

Mon Dieu, il chante. Pas fort, il faut le reconnaître, mais vraiment de toute son âme et il me dévisage comme s'il espérait que je me joigne à lui.

— Dah-dah-*dah*-dah…

Maintenant, il ferme les yeux et se balance. Cela devient embarrassant.

— Da diddle-idy da-a-da-a daaaah dah…

— Très beau. Rien ne peut surpasser Wagner.

— Tristan und Isolde. Tu ferais une Isolde magnifique, affirme-t-il en ouvrant les yeux.

Une *quoi* ? Il saisit ma main et commence à la couvrir de baisers. Pendant quelques secondes, je suis trop choquée pour réagir.

— Tarquin, dis-je avec fermeté, en essayant de retirer ma main. Tarquin, s'il te plaît…

Désespérée, je lève les yeux pour scruter la salle dans l'espoir de repérer Suze et rencontre le regard de Luke Brandon qui s'apprête à sortir du restaurant. Il fronce légèrement les sourcils, lève la main en signe d'adieu, puis disparaît par la porte.

— Ta peau a le parfum des roses, murmure Tarquin.

— Oh ! tais-toi !

Exaspérée, j'arrache ma main si violemment de son emprise que la marque de ses dents reste imprimée sur ma peau.

— Laisse-moi tranquille !

J'ai envie de le gifler, mais il risque de prendre cela pour une invitation.

Peu après, Suze et Fenella reviennent et nous abreuvent de nouvelles sur Binky et Minky. Tarquin retombe dans le silence. Durant tout le reste de la soirée et même quand nous nous séparons, il me regarde à peine. Dieu merci, il a dû comprendre le message.

7

Mais apparemment il n'a pas compris le message : samedi, je reçois une carte représentant une fille préraphaélite qui regarde par-dessus son épaule avec un air de sainte-nitouche. Au dos, Tarquin a écrit :

> *Toutes mes excuses pour mon comportement grossier. J'espère me faire pardonner. Billet pour Bayreuth ou un dîner ?*

> *Tarquin*

Dîner avec Tarquin. Vous m'imaginez, assise en face de cette tête de fouine toute la soirée ? Je ne comprends même pas ce qu'il raconte. Je n'ai jamais entendu parler de Bayreuth. Est-ce un nouveau spectacle ? Ou veut-il dire Beyrouth ? Qu'irions-nous faire à Beyrouth, nom d'un chien ?

Mieux vaut oublier Tarquin. Aujourd'hui, des sujets plus graves me préoccupent. J'entame mon sixième jour d'austérité et je vais affronter l'épreuve cruciale du premier week-end. Selon David E. Barton, c'est le moment où le régime bat de l'aile, le travail n'agissant plus comme diversion, et les jours s'étirent, vides, sans le réconfort familier du shopping.

Mais j'ai bien trop de volonté pour craquer. Ma journée est totalement remplie. Je ne *m'approcherai* pas d'un seul magasin. Ce matin, visite d'un musée et, ce soir, au lieu de gaspiller plein d'argent dans un plat à emporter, réalisation d'un curry maison pour Suze et moi. À vrai dire, cette perspective m'excite plutôt.

Mon budget se présente comme suit :

Trajet pour le musée	gratuit	(j'ai une carte d'abonnement)
Musée	gratuit	
Curry	2,50 £	(David E. Barton affirme que l'on peut cuisiner un merveilleux curry pour 4 personnes à moins de 5,00 £ et nous ne sommes que 2)
Total	2,50 £	

C'est parfait. En plus, au lieu de me complaire dans un matérialisme stupide, je vais me cultiver. J'ai choisi le Victoria and Albert Museum, car je n'y suis jamais allée. Je ne sais même pas ce qu'on peut y voir. Des statues de la reine Victoria et du prince Albert ?

Je suis persuadée que ce sera passionnant et stimulant. Et surtout, gratuit !

Le soleil brille quand je sors du métro à South Kensington, et j'avance à grandes enjambées, très contente de moi. En général, je gaspille mes matinées du samedi devant *Live and Kicking* [1] et ensuite je me

---

1. Émission de variétés entrecoupée d'interviews de stars.

prépare à faire les magasins. Mais voyez ! Je me sens soudain mûre et citadine comme un personnage de Woody Allen. Il ne me manque plus qu'une longue écharpe en laine et des lunettes de soleil pour ressembler à Diane Keaton. (Une Diane Keaton jeune, évidemment, et sans les vêtements soixante-dix.)

Lundi, quand on me demandera comment s'est passé mon week-end, je pourrai lâcher, l'air de rien : « Je suis allée au V & A. » Non, voilà ce que je répondrai : « J'ai fait une expo. » C'est beaucoup plus cool. (Pourquoi les gens disent-ils qu'ils ont *fait* une exposition ? On dirait que ce sont eux qui ont peint ou sculpté les œuvres !) Alors on s'étonnera : « Vraiment ? Je ne savais pas que l'art vous passionnait, Rebecca. » Et je poursuivrai, d'un ton suffisant : « Mais si. Je passe la plupart de mon temps libre dans les musées. » J'aurai droit à un regard impressionné et…

Absorbée par mes pensées, je dépasse l'entrée. Imbécile ! Je réalise alors que je discutais intérieurement avec Luke Brandon. C'est bizarre ! Les mondanités échangées hier en sont peut-être la cause. Enfin. Un peu d'attention. Le musée.

Je retourne sur mes pas et pénètre dans le hall d'entrée à la façon d'une habituée. Pas comme ce groupe de touristes japonais cramponnés à leur guide. Je ne suis pas une touriste, moi, me dis-je avec fierté. Ceci est mon patrimoine. Ma culture. Je prends un plan d'un air dégagé comme si c'était superflu, et consulte une liste de conférences sur des sujets tels que les céramiques de la dynastie Yuan et du début de la dynastie Ming. Puis, avec désinvolture, je me dirige vers la première galerie.

— Mademoiselle ! me crie une femme derrière un bureau. Avez-vous payé ?

Si j'ai quoi ? Les musées sont gratuits ! Oh ! je vois, elle plaisante. Je ris aimablement et poursuis mon chemin.

— Mademoiselle !

Sa voix est cassante et un type de la sécurité surgit de nulle part.

— Avez-vous pris un ticket ?

— Mais, c'est gratuit !

— J'ai bien peur que non, dit-elle en indiquant un panneau derrière moi.

Je me retourne pour le lire et manque m'évanouir.

Entrée : 5,00 £.

Je suis en état de choc. Dans quel monde vivons-nous ? Ils font payer l'entrée des musées. C'est scandaleux ! Tout le monde sait que les musées doivent être gratuits. Sinon, personne ne les visitera. Exclue par une barrière financière dissuasive, une génération entière ignorera son héritage culturel. Le pays sera réduit au silence et la civilisation se retrouvera à deux doigts de l'effondrement. C'est ce que vous cherchez, Tony Blair ?

D'ailleurs, je n'ai pas 5 livres. J'ai fait exprès de sortir sans argent, à l'exception des 2 livres 50 pour les ingrédients du curry. Quelle barbe ! Me voilà prête à me cultiver et à *vouloir* entrer pour regarder les… enfin, tout ce qui se trouve à l'intérieur, et je ne peux pas !

À présent, les touristes japonais me dévisagent comme une criminelle. Partez ! Allez regarder de l'art.

— Nous prenons les cartes de crédit, m'informe la femme. Visa, Switch, American Express.

— Oh ! Eh bien… D'accord.

— La carte d'abonnement est à 15 livres. Elle vous donne un droit d'entrée illimité pendant un an.

Droit d'entrée illimité pour l'année ! Hé, une minute. D'après David E. Barton, vous devez toujours évaluer « le coût d'utilisation » d'un achat, qu'on obtient en divisant le prix par le nombre d'utilisations de l'objet. Admettons qu'à partir d'aujourd'hui je me rende au V & A une fois par mois (ce qui, je pense, est réaliste), la visite me coûtera 1 livre 25 seulement si j'achète un abonnement.

C'est une affaire. À la réflexion, c'est même un très bon investissement.

— D'accord, je la prends, dis-je en tendant ma carte bancaire.

À moi la culture !

Je commence ma visite de façon très conscien-cieuse. Je consulte mon plan, regarde chaque pièce exposée et lis attentivement tous les petits cartons.

Calice en argent. Pays-Bas. XVIᵉ siècle.
Planche représentant la sainte Trinité. Italie. Milieu du XVᵉ siècle.
Coupe en faïence bleu et blanc. Début du XVIIᵉ siècle.

Cette coupe est magnifique, me dis-je, soudain captivée. Je me demande combien elle peut valoir. Cher, sans doute... Je cherche une étiquette quand je réalise que je suis dans un musée. Bien sûr. Ce n'est pas un magasin. Aucun prix ne figure nulle part.

À mon avis, c'est une erreur car cela supprime le côté amusant. Marcher en ne faisant que regarder devient à la longue ennuyeux. Tandis que si les prix étaient indiqués, les visiteurs seraient beaucoup plus intéressés. Je pense que tous les musées devraient mentionner la valeur des objets exposés. On admirerait un calice en argent, une statue en marbre ou la *Joconde* pour sa beauté, son importance historique et tout et tout, puis on consulterait l'étiquette et on s'exclamerait, le souffle coupé : « Tu as vu le prix de celle-là ! » Voilà qui égaierait vraiment la visite.

Pourquoi ne pas écrire au Victoria and Albert Museum pour leur suggérer cette idée ? Après tout, j'ai une carte d'abonnement. Mon opinion devrait retenir leur attention.

En attendant, allons voir la vitrine suivante.

Verre à pied taillé. Angleterre. Milieu du XVᵉ siècle.

Mon Dieu, je meurs d'envie d'une tasse de café. Depuis combien de temps suis-je ici ? Au moins...

Ah ! Seulement quinze minutes.

Quand je parviens à la galerie de l'histoire de la mode, je deviens rigoureuse et m'intéresse au sujet en tant que spécialiste. J'y passe plus de temps que partout ailleurs. Mais, bientôt, les robes et les chaussures cèdent la place à encore plus de statues et de petites choses délicates dans des vitrines. Je regarde ma montre sans arrêt et mes pieds me font souffrir... Finalement, je m'écroule sur un canapé.

Comprenez-moi bien, j'aime les musées. Vraiment. Et l'art coréen me passionne. Seulement, les sols sont durs, je porte des bottes très serrées, il fait une chaleur torride et la veste que j'ai enlevée glisse toutes les cinq minutes de mon bras. Chose étrange, j'entends à intervalles réguliers le son d'une caisse enregistreuse. Ce doit être mon imagination.

Assise là, le regard dans le vide, je me demande comment rassembler mon énergie pour me remettre debout, quand le groupe de touristes japonais pénètre dans la galerie. Je me sens obligée de me lever et de m'intéresser à quelque chose. Je contemple vaguement une toile, puis descends un couloir aux murs recouverts de vieux carreaux indiens. Cela me rappelle que l'on devrait se procurer le catalogue *Fired Earth* et recarreler la salle de bains, lorsque j'aperçois une scène déroutante à travers une grille métallique. Interloquée, je m'arrête.

Est-ce un rêve ? Un mirage ? Je distingue une caisse, des gens faisant la queue et une vitrine avec des étiquettes…

Oh ! mon Dieu, j'avais raison ! C'est une boutique ! Il y a une boutique. Là, juste devant moi !

Tout à coup, mes pieds retrouvent du tonus, mon énergie est revenue comme par miracle. En suivant le son du tiroir-caisse, je tourne le coin et débouche sur l'entrée de la boutique. Sur le seuil, je marque une pause. Surtout, ne te berce pas trop d'illusions, me dis-je, et ne sois pas déçue s'ils n'ont que des marque-pages et des torchons.

Mais ce n'est absolument pas le cas. Bon sang, c'est fantastique ! Pourquoi cet endroit n'est-il pas plus connu ? Il y a tout un rayon de bijoux superbes, des tas de livres d'art passionnants, des poteries incroyables, des cartes de vœux, et…

Aïe ! Je suis censée ne rien dépenser aujourd'hui, non ?

C'est horrible. À quoi sert de découvrir une nouvelle boutique si on ne peut rien y acheter ? Autour de moi, tout le monde fait des emplettes, tout le monde s'amuse. Abattue, je rôde près d'un étalage de tasses, observant une Australienne prendre une pile de livres sur la sculpture. Elle bavarde avec le vendeur et soudain, je l'entends dire quelque chose au sujet de Noël. Et là, j'ai un éclair de pur génie.

Les courses de Noël ! Je peux toutes les effectuer ici ! Je sais qu'en mars, c'est un peu tôt, mais pourquoi ne pas être prévoyante ? Et quand les fêtes arriveront, je n'aurai pas à affronter les foules monstrueuses. Comment n'y ai-je pas songé plus tôt ? De plus, je n'enfreins aucune règle, puisque de toute façon je devrai bien acheter des cadeaux *à un moment ou à un autre*. Je me contente d'avancer un peu le processus. Mon raisonnement tient debout.

C'est ainsi qu'une heure plus tard, je sors, radieuse, avec deux gros sacs. J'ai pris un album de gravures de William Morris, un puzzle en bois d'autrefois, un livre de photos de mode et une superbe théière en céramique. J'adore le shopping de Noël. J'ignore ce que je vais offrir et à qui, mais l'important est d'avoir sélectionné des articles intemporels et exceptionnels qui mettront en valeur n'importe quel intérieur. (C'est du moins le cas de la théière, comme l'indique la notice.) Je pense m'en être bien sortie.

Cette matinée a été une réussite totale. En quittant le musée, je me suis sentie comblée. Cela démontre l'effet positif sur l'âme d'un pur moment de culture. À partir d'aujourd'hui, je passerai tous mes samedis matin dans un musée.

De retour à l'appartement, je trouve la deuxième tournée de la poste sur le paillasson et découvre une enveloppe carrée libellée à mon nom, dont l'écriture m'est inconnue. Je la déchire tout en emportant mes paquets dans ma chambre. Je m'arrête dans mon élan, stupéfaite. C'est une carte de Luke Brandon. Comment s'est-il procuré mon adresse personnelle ?

Chère Rebecca,

Notre rencontre hier me fut très agréable. J'espère que vous avez apprécié cette soirée. Je viens de réaliser que je ne vous avais pas remerciée pour le remboursement de mon prêt. Je vous en suis très reconnaissant.

Cordialement et, bien sûr, toutes mes condoléances pour votre tante Ermintrude. (Si cela peut vous réconforter, je ne peux imaginer personne d'autre que vous avec cette écharpe.)

Luke

Décontenancée, je considère ces quelques lignes en silence. Mince alors ! C'est sympa de sa part. Une jolie carte comme ça écrite à la main, juste pour me remercier de la mienne. Après tout, rien ne l'y obligeait. Il ne s'agit pas que de politesse. En général, on ne remercie pas la personne qui vous rembourse.

À moins que ce ne soit dans les convenances. De nos jours, les gens semblent s'adresser des cartes à tort et à travers. Je n'ai aucune idée de ce qui se fait ou ne se fait pas. (Je savais bien que j'aurais dû lire ce livre sur les bonnes manières, reçu à Noël.) Luke se

123

montre-t-il simplement bien élevé ? Ou veut-il me signifier autre chose ? Si c'est le cas… Quoi ?

Se moquerait-il de moi ?

Mon Dieu, c'est ça ! Il sait que tante Ermintrude n'a jamais existé. Il me fait marcher pour me plonger dans l'embarras.

Mais… Prendrait-il la peine d'acheter une carte, de la rédiger et de l'envoyer, uniquement pour se payer ma tête ?

Oh ! je n'en ai aucune idée et je m'en fiche. De toute façon, il ne me plaît même pas.

Après m'être autant cultivée toute la matinée, je mérite une récompense pour l'après-midi. Munie de *Vogue* et d'un paquet de Minstrels, je m'allonge sur le sofa. Ces petits plaisirs m'ont vraiment manqué. Je n'ai pas lu de magazine depuis… voyons, au moins une semaine, sauf hier quand j'ai feuilleté le numéro de *Harper's and Queen* de Suze. Et je n'arrive pas à me souvenir de la dernière fois que j'ai mangé du chocolat.

Mais j'ai peu de temps à consacrer au farniente car je dois me procurer les ingrédients du curry. La lecture de mon horoscope achevée, je referme *Vogue* et consulte mon nouveau livre de cuisine indienne. Je suis très excitée : ce sera mon premier curry.

J'abandonne l'idée des gambas – c'est trop cher – et je porte mon choix sur le poulet balti aux champignons. La recette a l'air très facile et bon marché. Il ne me reste plus qu'à rédiger ma liste.

Arrivée à la fin, je suis plutôt décontenancée. Elle est beaucoup plus longue que je ne l'imaginais. Je n'avais pas réalisé la quantité d'épices nécessaires. Je

viens de regarder dans la cuisine et nous n'avons pas
le wok, ni de moulin pour moudre les épices, ni de
mixer pour préparer le concentré d'aromates. Pas
même une cuillère en bois ou une balance qui marche.

Qu'à cela ne tienne. Je vais passer chez Peter Jones
acheter les appareils ménagers dont nous avons besoin,
ensuite, je ferai les courses et je reviendrai cuisiner.
Il ne faut pas perdre de vue que j'achète ces usten-
siles une bonne fois pour toutes et qu'ensuite, je serai
équipée pour préparer de délicieux currys. Je dois
considérer ces accessoires comme un investissement.

Ce soir-là, lorsque Suze revient du marché Camden,
je suis vêtue de mon tablier à rayures flambant neuf,
et je mouds des épices grillées dans notre nouveau
moulin.

— Pfuit ! Ça pue ! s'exclame-t-elle en entrant dans
la cuisine.

— Ce sont les épices aromatiques, dis-je avec
humeur en buvant une gorgée de vin.

La recette s'annonce plus difficile que prévu.
J'essaie de concocter un *balti masala mix* que nous
pourrons garder dans un bocal et utiliser pendant des
mois, mais toutes les épices semblent disparaître dans
le moulin et refuser de sortir. Où vont-elles ?

— Je meurs de faim, déclare Suze en se versant un
verre de vin. Ce sera bientôt prêt ?

— J'en sais rien, dis-je les dents serrées en regardant à l'intérieur du moulin. Si j'arrivais seulement à
extraire ces fichues épices du...

— Bon. Je vais faire quelques toasts.

Suze met deux tranches de pain dans le toaster, puis commence à examiner tous mes petits sacs et pots d'épices un par un.

— Quatre-épices ? Ce sont toutes les épices mélangées ? demande-t-elle en élevant le pot avec curiosité.

— Je ne sais pas.

Je tape le moulin contre le plan de travail et il en tombe un minuscule filet de poudre. Je le regarde avec colère. Qu'est-il arrivé au bocal que je devais conserver des mois ? Il va falloir encore griller ces foutus condiments.

— Dans ce cas, tu pourrais peut-être utiliser celles-là et oublier toutes les autres.

— Non ! Je cuisine un mélange frais, à part. D'accord ?

— D'accord, répond Suze en haussant les épaules. C'est toi la spécialiste.

C'est vrai, me dis-je en avalant une autre gorgée de vin. Recommençons. Graines de coriandre, de fenouil, de cumin, de poivre... Arrivée là, je ne mesure plus rien, et me contente de jeter les épices au pif. De toute façon, on dit que la cuisine doit être instinctive.

— Qu'est-ce que c'est ? demande Suze en voyant la carte posée sur la table. Luke Brandon ? Comment se fait-il qu'il t'envoie une carte ?

— Oh ! simple politesse.

Le front plissé, Suze tourne et retourne la carte dans ses mains.

— Tu parles. On n'adresse pas de mot à une personne qui rembourse de l'argent.

— Ah ! bon ? Je croyais que cela se faisait.

Ma voix est plus aiguë que d'habitude, mais cela provient certainement des effluves épicés.

126

— Pas du tout, réplique Suze avec assurance. La procédure est la suivante : on prête de l'argent, il est remboursé avec quelques phrases de remerciement et on n'en parle plus. Cette carte, ajoute-t-elle en l'agitant devant mon nez, est un plus.

Voilà pourquoi j'adore partager un appartement avec Suze. Elle connaît ce genre de trucs parce qu'elle fréquente les plus hautes sphères de la société. Ce n'est pas pour me vanter, mais savez-vous qu'une fois, elle a dîné avec la duchesse de Kent ?

— Alors, à ton avis, cela signifie quoi ? dis-je en essayant de paraître naturelle.

— Je pense qu'il est aimable, répond-elle en reposant la carte sur la table.

Aimable. Évidemment. C'est ça. Il est aimable. Ce qui est une bonne chose, bien entendu. Alors, pourquoi suis-je déçue ? Je regarde la carte qui représente un visage de Picasso. Faut-il y voir un sens particulier ?

— Au fait, c'est normal si les épices noircissent ? demande Suze, en tartinant du beurre de cacahuètes sur son toast.

— Mon Dieu !

Je retire en vitesse le wok du feu et contemple les graines calcinées. Cela me rend folle. Jetons-les et recommençons. Graines de coriandre, de fenouil, de cumin, de poivre, feuilles de laurier. Ce sont les dernières feuilles de laurier. Cette fois, j'ai intérêt à ne pas me planter.

Miraculeusement, ça marche. Quarante minutes plus tard, un curry mijote à gros bouillons dans mon wok. C'est fantastique ! Il sent très bon et ressemble en tout point à la photo du livre dont je n'ai même pas suivi la recette. Voilà bien la preuve que j'ai une affinité naturelle avec la cuisine indienne. Et plus je cuisinerai, plus je serai douée. Comme le dit David E. Barton, le temps d'appeler un traiteur et j'aurai déjà improvisé un curry rapide et délicieux. Sans parler de l'argent économisé !

Triomphante, j'égoutte mon riz basmati, sors les nans du four et dispose le tout sur des assiettes. Puis je saupoudre les plats de coriandre hachée et, ma parole, on se croirait devant un plat du magazine *Marie-Claire*. Je prends les assiettes et en pose une devant Suze.

— Waouh ! Ça a l'air fantastique !

— Je sais, dis-je avec fierté, en m'asseyant en face d'elle. N'est-ce pas génial ?

Je la regarde avaler la première bouchée, puis commence à mon tour.

— Mmm ! Délicieux ! s'exclame-t-elle en mangeant de bon appétit. C'est assez épicé, ajoute-t-elle après un moment.

— Il y a de la poudre de piment et aussi des piments frais. Mais c'est quand même bon, non ?

— C'est merveilleux ! Bex, tu es si douée ! Je serais incapable de faire ça !

Mais, tandis qu'elle mâche, une expression bizarre se peint sur son visage. J'éprouve, moi aussi, une sensation d'étouffement. Ce curry est décidément très épicé.

Suze pose son assiette et avale une grande gorgée de vin. Elle redresse la tête et je vois que ses joues sont rouges.

— Ça va ? dis-je en m'obligeant à sourire malgré ma bouche douloureuse.

— Ouais, super ! répond-elle en mordant à pleines dents dans un nan.

Je baisse les yeux sur mon plat et prends résolument une autre cuillère de curry. Aussitôt, mon nez se met à couler. Je remarque que Suze renifle aussi, mais quand je croise son regard, elle m'adresse un grand sourire.

Dieu que c'est fort ! Ma bouche est en feu. Mes joues brûlent et mes yeux commencent à piquer. Combien de piments ai-je mis dans ce satané truc ? Seulement une cuillère à café... ou peut-être deux. J'ai suivi mon instinct et balancé dedans ce qui me semblait être la bonne quantité. Eh bien, chapeau pour mon instinct !

Des larmes se mettent à couler sur mon visage et je fais une énorme grimace.

— Tu vas bien ? demande Suze, alarmée.

— Très bien, dis-je en reposant ma fourchette. Tu vois... c'est juste... un peu épicé.

Mais, en réalité, je me sens mal et le piment n'est pas la seule cause de mes pleurs. J'ai le sentiment d'être nulle. Je n'arrive même pas à réussir un curry facile et rapide. Quand je songe à la somme astronomique dépensée pour cette recette, avec le wok, le tablier, les innombrables épices... Et tout est allé de travers. Je n'ai absolument pas Dépensé Moins. Cette semaine est une catastrophe.

Je réprime un sanglot.

— C'est horrible ! Ne le mange pas, Suze ! Tu vas t'empoisonner.

Un torrent de larmes jaillit.

— Bex ! Ne sois pas stupide !

Elle me regarde, puis se précipite vers moi les bras tendus et me serre contre elle.

— Ne t'en fais pas. C'est un peu pimenté. Sinon, c'est génial ! Les nans sont délicieux ! Vraiment. Ne le prends pas mal.

J'ouvre la bouche pour lui répondre, mais, à la place, je sanglote bruyamment.

— Bex, je t'en prie ! gémit Suze au bord des larmes. C'est excellent ! Je n'ai jamais mangé un curry aussi bon.

— S'il n'y avait que ça ! dis-je en essuyant mes yeux. Je suis censée Dépenser Moins. Ce plat ne devait coûter que 2 livres 50.

— Mais… Pourquoi ? m'interroge Suze, perplexe. Tu as fait une sorte de pari ?

— Non ! C'est parce que j'ai des dettes ! Et mon père m'a conseillé deux systèmes : Dépenser Moins ou Gagner Plus. Alors, j'ai essayé de Dépenser Moins, mais ça n'a pas marché…

Je fonds en larmes.

— Je suis complètement nulle.

— Bien sûr que non ! s'écrie Suze. Tu es loin d'être nulle. Le problème c'est… Peut-être que…

— Quoi ?

Il y a un silence, puis Suze déclare :

— À mon avis, tu as fait le mauvais choix, Becky. Tu n'es pas le genre de personne à Dépenser Moins.

— Tu crois ?

— Tu devrais plutôt tenter de Gagner Plus.

Elle marque un temps d'arrêt, pensive.

— À la réflexion, je ne vois pas l'intérêt d'essayer de Dépenser Moins. Gagner Plus est une *bien* meilleure option. Si j'avais à choisir, je n'hésiterais pas une seconde.

— Oui, dis-je lentement. Oui, peut-être es-tu dans le vrai.

D'une main tremblante, je prends un morceau de nan chaud. Suze a raison. Sans le curry, c'est délicieux.

— Mais, comment faire ? Comment gagner plus d'argent ?

Pendant un moment, nous mâchons nos nans en silence. Soudain, Suze s'anime.

— Je sais. Attends !

Elle court chercher un magazine et le feuillette pour arriver aux petites annonces.

— Écoute ça. « Vous désirez améliorer vos finances ? Devenez membre de la famille des Beaux Cadres. Gagnez des milliers de livres en travaillant chez vous, pendant vos moments de loisir. Kit complet fourni. » Tu vois ? C'est facile.

Waouh. Malgré moi, je suis très impressionnée. Des milliers de livres. Ce n'est pas si mal.

— Oui, dis-je d'une voix mal assurée. C'est une solution à envisager.

— Ou alors, tu pourrais inventer quelque chose, suggère Suze.

— Comme quoi, par exemple ?

— Oh ! n'importe quoi, réplique-t-elle. Tu es très intelligente. Tu trouveras toujours… Je sais ! Crée un site Internet. Cela vaut des millions !

Elle a raison. Il existe plein de possibilités pour Gagner Plus. Plein ! Il suffit d'appréhender les choses d'un point de vue différent. Je me sens soudain beaucoup mieux. Suze est vraiment une bonne amie. Je la prends dans mes bras et la serre contre moi.

— Merci, Suze, tu es la meilleure.

— Pas de problème, répond-elle en m'étreignant à son tour. Découpe cette annonce et commence à te remplir les poches… Je vais téléphoner pour que l'on nous livre un curry, d'accord ?

— Oui, merci, dis-je d'une petite voix. Ce serait merveilleux.

PROJET DE RÉDUCTION DES DÉPENSES DE REBECCA BLOOMWOOD

CURRY FAIT MAISON SAMEDI 11 MARS

BUDGET PROPOSÉ : 2,50 £

DÉPENSES EXACTES :

Wok	15,00 £
Moulin électrique	14,99 £
Mixer	18,99 £
Cuillère en bois	35 p
Tablier	9,99 £
Deux blancs de poulet	1,98 £
300 g de champignons	79 p
Oignon	29 p
Graines de coriandre	1,29 £
Graines de fenouil	1,29 £
Quatre-épices	1,29 £
Graines de cumin	1,29 £
Clous de girofle	1,39 £
Gingembre moulu	1,95 £
Feuilles de laurier	1,40 £
Piment en poudre	...

Bon, allez, laisse tomber !

Mademoiselle Rebecca Bloomwood
Apt 2
4 Burney Rd
Londres SW6 8FD

Le 10 mars 2000

Chère Mademoiselle Bloomwood,

PGNI First Bank Carte Visa nº 1475839204847586

Je vous remercie pour votre lettre du 3 mars.

Je peux vous assurer que nos ordinateurs sont régulièrement vérifiés et que la possibilité d'un « pépin », comme vous le dites, est à écarter. Nous n'avons pas non plus été touchés par le bogue de l'an 2000. Tous nos comptes sont d'une rigoureuse exactitude.

Vous pouvez toujours écrire à Anne Robinson de *L'Union nationale des consommateurs* si vous le désirez, mais je suis convaincu qu'elle reconnaîtra que vos accusations ne sont pas fondées.

Nos dossiers indiquent que la facture de votre carte Visa demeure impayée. Comme vous pouvez le constater d'après votre dernier relevé, le paiement minimum exigé s'élève à 105,40 £. J'espère recevoir ce montant dans les plus brefs délais.

Je vous prie d'agréer, chère Mademoiselle Bloomwood, l'expression de mes sentiments distingués.

Peter Johnson
Directeur des Comptes Clients

8

D'accord. Le choix de Dépenser Moins n'a pas bien tourné. Mais peu importe, c'est du passé. Je voyais les choses de façon négative, et à présent je les envisage de manière positive. Aller de l'avant, toujours plus haut. Croissance et prospérité. À la réflexion, Gagner Plus est la solution évidente. Et vous savez quoi ? Suze a entièrement raison. Ce système me convient beaucoup mieux que l'autre. Je me sens déjà plus heureuse. Le seul fait de ne plus devoir préparer ces sandwichs minables au fromage ou de visiter d'autres musées m'a ôté un grand poids de la poitrine. Par ailleurs, je peux acheter tous les cappuccinos que je veux et me remettre au lèche-vitrines. Ah ! quel soulagement ! J'ai même balancé *Contrôlez vos dépenses* à la poubelle. Je n'ai jamais pensé que c'était un bon livre.

La seule chose, petite remarque en passant, c'est que je ne sais pas comment je vais m'y prendre. Pour Gagner Plus, je veux dire. Enfin, maintenant que j'ai décidé de mettre mon projet à exécution, quelque chose va se produire. J'en suis sûre.

Lundi, quand j'arrive au journal, Clare Edwards est déjà au téléphone.

— Oui, dit-elle à voix basse. Je pense que la seule solution est de s'organiser à l'avance. Oui.

En m'apercevant, elle rougit et se tourne légèrement sur le côté.

— Oui, je comprends, chuchote-t-elle en griffonnant sur son bloc. Et quelle a été... la réaction jusque-là ?

Dieu sait pourquoi elle fait autant de mystère. Comme si sa vie assommante m'intéressait. Je m'assois, j'allume mon ordinateur et ouvre mon agenda. Chic ! j'ai une conférence de presse à la City. Même s'il s'agit d'une présentation ennuyeuse d'assurance retraite, cela signifie une escapade hors du bureau et, avec un peu de chance, un bon verre de champagne. Le travail a parfois des côtés amusants. Et Philip n'étant pas encore là, nous avons tout le loisir de papoter.

— Alors, Clare, lui dis-je dès qu'elle a raccroché, as-tu passé un bon week-end ?

Je l'observe du coin de l'œil, prête à entendre l'habituel compte rendu passionnant de la pose d'une étagère effectuée avec son petit ami, mais elle ne semble même pas avoir entendu ma question.

— Clare ?

Ses joues sont empourprées comme si je la surprenais à voler des stylos dans le placard à fournitures.

— Écoute. Cette conversation que tu viens juste d'entendre... N'en parle pas à Philip.

Je la considère, intriguée. De quoi parle-t-elle ? Waouh, a-t-elle une liaison ? Mais pourquoi Philip serait-il concerné ? C'est son rédacteur en chef, pas son...

Oh ! bon Dieu ! Elle n'a tout de même pas une liaison avec Philip ?

— Clare, que se passe-t-il ? dis-je tout excitée.

Le silence s'étire tandis qu'elle devient écarlate. Pas possible ! Enfin, un scandale au bureau ! Et impliquant Clare Edwards ! Qui aurait pu penser une chose pareille ?

— Allez, Clare, raconte-moi tout. Je ne le dirai à personne... Peut-être pourrais-je t'aider ?

Je me penche vers elle avec bienveillance.

— Oui, reconnaît-elle en se frottant le visage. Oui, c'est vrai. J'ai besoin d'un conseil. Je me fais de la bile.

— Commence par le début, dis-je de la voix posée d'une conseillère de courrier du cœur. Quand cela a-t-il démarré ?

— D'accord. Je vais te raconter, murmure-t-elle en regardant nerveusement autour d'elle. C'était il y a environ... six mois.

— Qu'est-il arrivé ?

— Tout a commencé lors de ce voyage de presse en Écosse. J'étais loin de chez moi... J'ai dit oui sans même réfléchir. Je pense surtout que j'étais flattée.

— C'est toujours la même histoire.

Dieu ce que je m'amuse !

— Si Philip l'apprenait, il deviendrait fou, ajoute-t-elle, désespérée. Mais c'est si facile. Je change de nom, et personne n'est au courant !

— Tu te sers d'un nom différent ? dis-je, impressionnée malgré moi.

— Plusieurs, corrige-t-elle avec un petit rire amer. Tu es certainement tombée sur quelques-uns.

Elle laisse échapper un bref soupir.

— Je sais que je prends des risques mais je ne peux plus m'arrêter. On s'habitue à l'argent.

L'argent ? Elle se prostitue ?

— Clare, que fais… ?

— D'abord, ce n'était qu'un papier sur les emprunts immobiliers dans le *Mail*, continue-t-elle comme si de rien n'était. J'ai pensé pouvoir m'en sortir. Mais ensuite, on m'a demandé une chronique complète sur les assurances vie dans le *Sunday Times*. Puis *Pension and Portfolio* m'a contactée. J'en suis maintenant à trois articles par semaine. Il me faut agir en secret, essayer de me comporter normalement.

Elle s'interrompt en hochant la tête.

— Parfois, ça me déprime. Mais je n'arrive plus à refuser. Je suis accro.

Je n'y crois pas. Elle parle de travail. De travail ! Seule Clare Edwards peut s'avérer aussi décevante. Persuadée qu'elle vivait une liaison torride, je m'apprêtais à en écouter tous les détails croustillants, quand elle n'évoquait que d'ennuyeux…

Soudain, une de ses remarques me revient à l'esprit.

— Tu dis que c'est bien payé ?

— Oh ! oui ! Environ trois cents livres par article. Sans ça, on n'aurait jamais pu s'offrir notre appartement.

Trois cents livres !

Neuf cents livres par semaine ! Mince alors !

Voilà la solution. Facile ! Je vais devenir une journaliste free-lance de grande envergure, tout comme Clare, et gagner neuf cents livres par semaine. La première chose à faire est de me constituer un réseau et d'établir des contacts lors des conférences, au lieu de passer mon temps assise avec Elly, à rire de nos histoires. Je dois serrer la main à tous les rédacteurs financiers des journaux nationaux avec mon badge bien en évidence, et non pas le ranger directement dans mon sac. Ensuite, de retour au bureau, je leur téléphonerai en catimini pour leur suggérer des idées. Et à moi les neuf cents livres hebdomadaires !

À l'entrée de la conférence, j'épingle donc mon badge solidement, prends une tasse de café (pas de champagne, la barbe !) et me dirige droit sur Moira Chemina du *Daily Herald*.

— Bonjour, dis-je, sérieuse et décidée. Becky Bloomwood, de *Réussir votre épargne*.

— Bonjour, répond-elle sans manifester le moindre intérêt et en se retournant illico vers l'autre femme du groupe. Alors, la deuxième équipe des ouvriers est revenue et on leur a posé un ultimatum.

— Oh ! Moira, ma pauvre, compatit son interlocutrice.

Je jette un coup d'œil sur son badge : Lavinia Bellimore, free-lance. Bon, inutile de l'impressionner, c'est une rivale.

De toute façon, elle ne m'accorde pas un regard. Toutes les deux discutent de travaux d'agrandissement et de frais scolaires en m'ignorant totalement. Au bout d'un moment, je marmonne : « Ravie de vous avoir rencontrées » et m'éloigne à pas de loup. J'avais oublié combien tous ces gens sont froids. Enfin, peu importe. Je n'ai qu'à trouver quelqu'un d'autre.

Peu après, je me faufile jusqu'à un grand type, tout seul, et lui adresse un large sourire.

— Becky Bloomwood, de *Réussir votre épargne*.

— Geoffrey Norris, free-lance, déclare-t-il en mettant son badge bien en vue.

Mon Dieu. Cet endroit grouille de journalistes free-lance !

— Pour qui écrivez-vous ?

J'espère au moins grappiller quelques tuyaux.

— Cela dépend, dit-il d'un air hypocrite.

Il n'arrête pas de jeter des regards furtifs autour de lui et ses yeux fuient obstinément les miens.

— Je travaillais pour *Monetary Matters*. Mais ils m'ont viré.

— Oh !

— Ce sont de vrais salauds, ajoute-t-il en vidant son café. Des salauds ! Évitez-les. C'est un conseil que je vous donne.

— O.K. Je m'en souviendrai. Il faut que j'y aille…, finis-je par balbutier en prenant mes jambes à mon cou.

Pourquoi est-ce que je tombe toujours sur des cinglés ?

À ce moment-là, une sonnerie retentit et tout le monde va s'asseoir. Je choisis de m'installer au deuxième rang, prends la brochure luxueuse qui m'attend sur mon siège et sors mon bloc-notes. J'aimerais porter des lunettes pour avoir l'air encore plus sérieux. J'écris « Présentation d'un programme d'assurance retraite par la gestion de capitaux Sacrum » en majuscules en haut de la page, quand un inconnu se laisse tomber sur la chaise à côté de la mienne. Ses cheveux bruns sont ébouriffés, il pue la cigarette et il parcourt la salle de ses yeux marron pétillants.

— C'est une blague ? murmure-t-il en se tournant vers moi. Tout ce lustre. Tout ce cirque.

Il désigne la pièce d'un vaste geste de la main.

— Vous ne vous faites pas avoir, j'espère ?

Zut ! Encore un cinglé.

— Jamais de la vie !

Je cherche son badge, mais il n'en a pas.

— Tant mieux, déclare-t-il en hochant la tête. Regardez-moi ces gros richards.

Il indique trois hommes, au premier rang, vêtus de costumes élégants, assis derrière une table.

— Ce n'est pas eux qui se contenteraient de cinquante livres par semaine pour vivre.

— Pas vraiment... Non. Ce serait plutôt cinquante livres à la minute.

Il a un rire approbateur.

— Elle est bien bonne. Il faudra que je la ressorte.

Il me tend la main.

— Eric Foreman, du *Daily World*.

Mince alors ! Le *Daily World*. Me voilà tout intimidée. Ici, je dois avouer un petit secret : j'adore le *Daily World*. Ce n'est qu'un journal populaire, je sais, mais il est si facile à lire, surtout dans un train. Et certains articles de la rubrique *Le Monde des Femmes* sont vraiment intéressants. (Je dois manquer de force dans les bras, car tenir le *Times* les ankylose. Résultat : toutes les pages se mélangent. Un vrai cauchemar.)

Mais, attendez, je suis sûre d'avoir déjà rencontré le conseiller financier du *Daily World*. C'est cette femme gnangnan qui s'appelle Marjorie. Alors, qui est ce type ?

— Je ne vous ai jamais vu auparavant. Vous êtes nouveau ?

Il éclate de rire.

— Je travaille au journal depuis dix ans. Mais, en général, je ne m'occupe pas de cette rubrique. Tel que

141

vous me voyez, je suis ici pour semer la panique, ajoute-t-il en baissant la voix. Le rédacteur m'a embarqué pour notre nouvelle campagne : « Pouvons-nous faire confiance aux financiers ? »

Il *parle* même comme un journal à scandales.

— Ça a l'air génial.

— On verra. À condition que j'échappe à tous les trucs techniques. J'ai toujours été fâché avec les chiffres.

— À votre place, je ne m'inquiéterais pas. Vous n'avez pas vraiment besoin de vous y connaître. Vous saisirez très vite l'essentiel.

— Tant mieux. Et vous êtes... demande-t-il en jetant un coup d'œil à mon badge.

— Rebecca Bloomwood, de *Réussir votre épargne*, dis-je de ma voix la plus professionnelle.

— Très heureux, Rebecca, déclare-t-il en extirpant une carte de visite de sa poche.

— Merci beaucoup.

Je cherche précipitamment dans mon sac une de mes cartes. Waouh ! Me voilà en relation avec les journaux nationaux ! J'échange des cartes de visite ! me dis-je, triomphante, en lui tendant la mienne.

À cet instant précis, les micros se mettent à grésiller et, sur le podium, une fille brune s'éclaircit la voix. Derrière elle se trouve un écran avec les mots « Gestion de capitaux Sacrum » qui se détachent sur fond de soleil couchant.

Je me souviens de cette fille. Elle m'a snobée lors d'un briefing pour la presse, l'an dernier. Mais Philip l'aime bien car elle lui envoie régulièrement une bouteille de champagne à Noël. Je suis donc obligée de rédiger un compte rendu favorable sur ces nouvelles assurances retraite.

142

— Mesdames et messieurs, je m'appelle Maria Freeman et je suis ravie de vous accueillir à la présentation du programme d'assurances retraite de la gestion de capitaux Sacrum. Il s'agit d'une gamme originale de produits conçue pour allier la flexibilité et la sécurité aux résultats performants de Sacrum.

Un graphique apparaît sur l'écran, parcouru d'une ligne ondulée rouge montant et descendant au-dessus d'un trait noir plus fin.

— Comme l'indique le graphique 1, déclare Maria Freeman avec assurance en montrant la ligne rouge, notre Fonds d'épargne-entreprise britannique a constamment obtenu les meilleurs résultats de tout son secteur.

— Hmmm, murmure Eric Foreman en consultant la brochure, les sourcils froncés. Je n'y comprends rien. J'ai entendu dire que la Gestion de capitaux Sacrum était en mauvaise posture. Mais regardez ! s'écrie-t-il en pointant le graphique du doigt. La plus performante de tout son secteur.

Sa bouche a un léger rictus.

— Vous croyez qu'ils ont trafiqué leurs chiffres ? chuchote-t-il.

— Pas vraiment. Il leur suffit de se comparer aux plus mauvais pour se proclamer ensuite les meilleurs, dis-je en lui désignant le graphique de la brochure. Lisez attentivement. Ils n'ont pas spécifié en quoi consistait ce soi-disant secteur.

— Ça alors ! s'exclame-t-il en considérant l'équipe de Sacrum, assise à la tribune. Ils sont futés, ces salauds, vous ne trouvez pas ?

S'il savait ! Il me fait presque pitié.

Maria Freeman recommence à discourir d'une voix monotone et j'étouffe un bâillement. Le problème des

143

premiers rangs, c'est que l'on doit simuler de l'intérêt et prendre des notes.

J'écris « Assurances », que je souligne d'une arabesque. Puis je la transforme en vigne vierge et dessine des grappes de raisin et des feuilles tout du long.

— Dans un instant, je vous présenterai Mike Dillon, directeur de l'équipe des placements qui vous entretiendra de leurs méthodes. Entre-temps, si vous avez des questions…

— J'ai une question, déclare Eric Foreman.

Je lève les yeux de ma vigne, légèrement étonnée.

— Oui ? répond Maria Freeman en lui souriant. Et vous êtes…

— Eric Foreman, du *Daily World*. J'aimerais savoir combien vous gagnez tous ?

Il englobe d'un signe de la main les personnes assises à la table du podium.

— Quoi ? s'enquiert-elle en rougissant, puis très vite elle se ressaisit. Ah ! vous voulez parler des intérêts. Eh bien, nous traiterons de ces…

— Je ne parle pas des intérêts. Je demande : combien on vous paie ? Vous, Mike Dillon, dit-il en le montrant du doigt. Qu'est-ce que vous touchez ? Dans les cent mille livres, non ? Si on tient compte des résultats désastreux de la Gestion de capitaux Sacrum de l'année dernière, ne devriez-vous pas être à la rue ?

Je suis complètement sidérée. Je n'ai jamais vu ça à une conférence de presse. Jamais !

Il y a des remous autour de la table, puis Mike Dillon se penche vers son micro.

— Si nous pouvions poursuivre la présentation et… laisser les autres questions pour plus tard, déclare-t-il.

Il a l'air dans ses petits souliers.

144

— Encore une chose, ajoute Eric Foreman. Que diriez-vous à l'un de nos lecteurs qui a perdu dix mille livres en investissant dans vos placements sécurisés ?

Il me fait un clin d'œil.

— Vous lui présenteriez un beau graphique rassurant comme celui-ci, en lui soutenant que vous êtes « le meilleur du secteur » ?

C'est vraiment génial ! Tous les gens de Sacrum sont morts de honte.

— À l'époque, un dossier de presse a été publié sur les résultats des Placements Sécurisés, réplique Maria en lui adressant un sourire glacial. De toute façon, cette conférence de presse est limitée au nouveau programme d'assurances. Ayez l'amabilité d'attendre la fin de la présentation…

— Ne vous inquiétez pas, rétorque Foreman, très à l'aise. Je ne resterai pas pour écouter ces foutaises. Je pense que j'ai déjà tout ce qu'il me faut.

Il se lève et me sourit.

— Enchanté d'avoir fait votre connaissance, Rebecca. Et merci.

Il me tend la main et je la lui serre sans me rendre vraiment compte de ce que je fais. Puis, tandis que tout le monde se retourne et chuchote, il se faufile le long de la rangée et sort de la pièce.

— Mesdames et messieurs, annonce Maria Freeman, les joues en feu. En raison de cette… perturbation, nous allons faire une pause avant de poursuivre. N'hésitez pas à vous servir en thé et café. Merci.

Elle éteint le micro, descend du podium et se précipite vers les responsables de la Gestion de capitaux Sacrum.

— Vous n'auriez jamais dû le laisser entrer, dit l'un d'eux.

— Je ne savais pas qui c'était, réplique Maria sur la défensive. Il s'est présenté comme le correspondant du *Wall Street Journal* !

Eh bien, voilà qui ne me déplaît pas ! Je n'ai pas vu autant d'excitation depuis le jour où Alan Derring du *Daily Investor* s'est levé à une conférence de presse sur les assurances décès pour annoncer à tout le monde qu'il allait changer de sexe, et voulait qu'on l'appelle Andrea.

Je me dirige vers le fond de la salle pour prendre une autre tasse de café et rencontre Elly. Parfait. Je ne l'ai pas vue depuis une éternité.

— Salut. J'ai apprécié ton nouvel ami. Très divertissant, déclare-t-elle en souriant.

— Je sais… Il est cool, non ?

J'attrape un biscuit au chocolat enveloppé de papier doré et tends ma tasse à la serveuse. Puis je prends deux ou trois autres petits gâteaux et les fourre dans mon sac. (Inutile de les gaspiller.)

Autour de nous, la conversation bat son plein. Les gens de Sacrum sont toujours agglutinés au premier rang. Super ! On va pouvoir bavarder pendant des heures.

— Alors, Elly, as-tu posé ta candidature pour des emplois, récemment ? Parce que l'autre jour, dans le *Media Guardian*, je suis tombée sur une annonce pour *New Woman* et j'ai failli t'appeler. Ils exigeaient une expérience dans un journal de consommateur, mais j'ai pensé que tu n'avais…

— Becky, m'interrompt-elle d'une voix étrange. Tu sais bien quel travail j'ai choisi.

— Quoi ? Pas ce boulot de gestionnaire de porte-feuilles ? Ce n'était pas sérieux ! Il s'agissait uniquement d'un moyen de pression.

— Je l'ai pris.

Je la dévisage, médusée.

Soudain, une voix nous parvient de l'estrade.

— Mesdames et messieurs, annonce Maria. Veuillez regagner vos places...

Désolée, mais il n'est pas question que j'aille me rasseoir. Je dois connaître la suite.

— Viens, dis-je à Elly. Inutile de rester là. Nous avons nos dossiers de presse. Allons déjeuner.

Il y a un silence. L'espace d'un instant horrible, j'ai l'impression qu'elle va refuser et vouloir écouter le discours sur les assurances retraite. Mais elle me sourit en me prenant le bras et, à la consternation évidente de l'hôtesse d'accueil, nous sortons d'un pas joyeux.

Le Café Rouge se trouve au coin de la rue. Nous nous y rendons directement et commandons une bouteille de vin blanc. À vrai dire, je suis encore sous le choc. Elly Granger va devenir une gestionnaire de portefeuilles Wetherby. Elle m'abandonne. Je n'aurai plus personne avec qui plaisanter.

Comment *peut*-elle faire ça ? Elle voulait être rédactrice de la rubrique beauté pour *Marie-Claire*, bon sang !

Nos consommations arrivent et je lui demande avec tact :

— Alors, qu'est-ce qui t'a décidée ?

— Oh ! je ne sais pas, répond-elle en soupirant. Je songeais sans arrêt : « Où vas-tu comme ça ? » Je n'arrêtais pas d'envoyer des candidatures pour des

147

boulots prestigieux dans le journalisme sans jamais obtenir le moindre entretien…

— Tu aurais fini par en décrocher un. J'en suis sûre, dis-je avec ferveur.

— Peut-être. Et, pendant ce temps, j'écrivais sur tous ces produits financiers ennuyeux et soudain, j'ai pensé, pourquoi ne pas faire quelque chose d'assommant dans le domaine de la finance ? Au moins j'aurais un véritable métier.

— Mais tu en avais un !

— Non, j'étais désespérée ! Je pataugeais sans but, sans stratégie, sans perspective d'avenir…

Elle s'arrête en voyant ma tête.

— Je suis différente de toi, ajoute-t-elle précipitamment. Tu es beaucoup plus équilibrée.

Équilibrée ? Elle plaisante ?

— Quand commences-tu ? dis-je pour changer de sujet, car je trouve cette conversation plutôt déroutante.

Je n'ai aucune stratégie, ni perspective d'avenir. Peut-être suis-je désespérée, moi aussi. Ne devrais-je pas repenser ma carrière ? Comme c'est déprimant ! Mon boulot a l'air si prestigieux et excitant quand je le décris à mes voisins Martin et Janice. Maintenant, à cause d'Elly, j'ai le sentiment d'être une ratée.

— Je débute la semaine prochaine. Je serai basée au bureau de Silk Street.

— Ah… C'est bien.

— J'ai dû acheter plein de nouveaux vêtements, poursuit-elle en faisant une petite moue. Ils sont tous très élégants à Wetherby.

Des nouveaux vêtements ? À présent, je suis jalouse.

— Je suis allée chez Karen Millen et j'ai dévalisé la boutique, continue-t-elle en mangeant une olive. J'ai dépensé autour de mille livres.

— Mince alors ! Mille livres, d'un coup ?

— J'étais obligée, réplique-t-elle comme pour s'excuser. Et de toute façon, je vais gagner plus, maintenant.

— Vraiment ?

— Oh ! oui. Beaucoup plus, assure-t-elle avec un petit rire.

— Comme… Combien ? dis-je piquée par la curiosité.

— Je démarre à quarante mille livres, lâche-t-elle en haussant les épaules avec insouciance. Après, qui sait ? Ils expliquent que…

Et elle se met à parler de plan de carrière, de hiérarchie et de primes. Abasourdie, je n'en écoute pas un mot.

Quarante mille livres ?

Quarante mille livres ? Mais je ne suis payée que…

Dois-je vous dévoiler le montant de mon salaire ? N'est-ce pas un sujet à éviter en bonne compagnie, tout comme la religion ? À moins que de nos jours on puisse parler d'argent ? Suze, elle, saurait.

Et puis, zut ! Vous êtes au courant de tout le reste, non ? La vérité est que je gagne vingt et un mille livres. Et moi qui croyais que c'était beaucoup ! Quand j'ai changé de job, je m'en souviens très bien, je suis passée de dix-huit mille à vingt et un mille et j'ai pensé avoir décroché la lune. Débordant d'enthousiasme, je rédigeais d'interminables listes de tout ce que j'achèterais avec ces trois mille livres supplémentaires.

Mais, à présent, ça ne pèse pas lourd. Je devrais gagner quarante mille livres, comme Elly, et acheter tous mes vêtements chez Karen Millen. Ma vie est un vrai désastre.

Je rentre au bureau à pied, d'humeur morose. Peut-être vais-je abandonner le journalisme et devenir gestionnaire de portefeuilles. Ou banquier d'affaires. Ils touchent un bon paquet, si je ne m'abuse ? Je pourrais entrer chez Goldman Sachs. Ils gagnent autour de un million par an. Mon Dieu, ce serait bon ! Un million par an. Je me demande comment on décroche ce genre de job.

À la réflexion... ai-je vraiment envie d'être banquier ? L'aspect vêtements-de-chez-Karen-Millen ne me dérangerait pas. En fait, c'est ce que j'assumerais le mieux. Mais, pour le reste, la partie se-lever-tôt-le-matin-et-travailler-horriblement-dur, je n'en suis pas si sûre. Non que je sois paresseuse, loin de là, mais j'aime passer l'après-midi à Image Store ou feuilleter les journaux en prétendant faire des recherches sans que personne ne vienne y mettre son nez. Dans son nouveau travail, Elly n'aura manifestement pas ce genre d'activités. À vrai dire, son job semble plutôt effrayant.

Si seulement il existait un moyen d'avoir de beaux vêtements sans effectuer un travail angoissant. L'un mais pas l'autre. Si seulement... Je regarde machinalement toutes les vitrines des magasins que je dépasse, et soudain, je m'arrête, coupée dans mon élan.

Un signe de Dieu. Sans aucun doute.

Je me trouve devant Ally Smith qui présente en vitrine de longs manteaux superbes. Sur la porte, un panneau écrit à la main indique : « Recherchons une vendeuse pour le samedi. Renseignez-vous à l'intérieur. »

Je défaille presque en lisant cet écriteau. C'est comme si la foudre avait frappé. Pourquoi diable n'y ai-je pas pensé plus tôt ? Quelle idée de génie ! Je travaillerai le samedi. Dans une boutique de vêtements ! De cette façon, je gagnerai plein d'argent et je profiterai en plus d'une réduction sur tous les articles. Et regardons les choses en face : il est plus facile de bosser dans un magasin que de devenir gestionnaire de portefeuilles. Votre boulot consiste à rester debout et à demander : « Puis-je vous aider ? » Ce sera même amusant car je pourrai choisir mes vêtements tout en m'occupant des clientes. Je vais être *payée* pour faire du shopping !

C'est vraiment génial, me dis-je en entrant dans le magasin, un sourire avenant aux lèvres. Je savais que la chance se manifesterait aujourd'hui. J'en avais le pressentiment.

Une demi-heure plus tard, je ressors avec un sourire béat. J'ai trouvé un job ! Je vais travailler le samedi de 8 h 30 à 17 h 30, au tarif horaire de 4,80 livres, et bénéficier de 10 % de réduction sur tous les vêtements ! Après trois mois, ce sera 20 % ! Mes ennuis d'argent sont terminés.

Dieu merci, c'était un après-midi tranquille. Ils m'ont laissée remplir ma candidature sur place et Danielle, la directrice, m'a fait passer un entretien immédiatement. Au début, elle paraissait dubitative, surtout quand elle a su que j'étais journaliste financière à plein temps, et que je voulais ce poste pour

151

arrondir mes fins de mois et me payer des vêtements. Elle ne cessait pas de répéter : « C'est un
travail pénible. Vous en rendez-vous compte ? C'est
vraiment très dur. » Mais je pense qu'elle a changé
d'avis lorsque nous avons commencé à parler du stock.
En tant que fan d'Ally Smith, je connais le prix de
chaque article et je sais si l'on en trouve de semblables
chez Jigsaw ou French Connection. En définitive,
Danielle a déclaré en me lançant un regard bizarre :
« Eh bien, pas de doute, vous aimez les vêtements. »
Ensuite, elle m'a embauchée ! Je commence ce
samedi. J'ai hâte ! N'est-ce pas génial ?

J'arrive au journal, grisée par mon succès. Je
parcours la pièce des yeux et, soudain, cette banale vie
de bureau m'apparaît très ennuyeuse et limitée pour
un esprit créatif comme le mien. Je ne suis pas dans
mon élément ici, parmi les ordinateurs et les piles
poussiéreuses de dossiers de presse. Ma place est
là-bas, sous les spots brillants et au milieu des
cardigans en cachemire d'Ally Smith. Peut-être me
lancerai-je dans le commerce à temps complet, me
dis-je en m'asseyant. Pourquoi ne pas démarrer ma
propre chaîne de boutiques de stylistes ? Je serai l'une
de ces personnes mentionnées dans les articles sur les
entrepreneurs à la réussite éblouissante. « Becky
Bloomwood travaillait comme journaliste dans un
magazine financier quand elle a imaginé le concept
innovateur des boutiques Bloomwood, une chaîne à
présent réputée dans tout le pays. L'idée lui vint un
jour alors que… »

Le téléphone sonne et je prends la communication.

— Oui ? Rebecca Bloomwood à l'appareil.

Je suis sur le point d'ajouter : des boutiques Bloomwood, mais peut-être est-ce un peu prématuré.

— Mademoiselle Bloomwood, ici Derek Smeath, de la banque Endwich.

Quoi ? Abasourdie, je laisse tomber avec fracas le combiné sur mon bureau. Je le récupère en tâtonnant. Durant toute l'opération, mon cœur bat à cent à l'heure. Comment sait-il où je travaille ? Où a-t-il déniché mon numéro ?

— Ça va ? me demande Clare d'un ton inquisiteur.

— Oui, dis-je la gorge serrée. Très bien.

La voilà maintenant qui m'observe. Impossible de raccrocher et de prétendre qu'il s'agit d'un faux numéro. Je suis obligée de lui parler. D'accord. Je vais me montrer vive et enjouée et me débarrasser de lui au plus vite.

— Bonjour ! Désolée pour cette attente, mais j'étais occupée. Vous savez ce que c'est !

— Mademoiselle Bloomwood, je vous ai écrit de nombreuses lettres. Et aucune d'entre elles n'a reçu de réponse satisfaisante.

Je me sens rougir malgré moi. Bon sang, il a l'air furieux. C'est horrible. De quel droit vient-il gâcher ma journée ?

— J'ai été très prise. Ma tante… ma tante a été très malade. Je devais être auprès d'elle, vous comprenez.

— Je vois, néanmoins…

— Et puis, elle est morte.

— Je suis désolé de l'apprendre, répond-il. (Il n'a pas l'air désolé du tout.) Mais cela ne change rien au fait que votre compte indique un solde de…

Cet homme a-t-il un cœur ? Tandis qu'il parle solde, découverts et contrats, je fais la sourde oreille pour ne pas écouter ses propos contrariants. Je fixe mon bureau en simili bois. Et si le combiné tombait accidentellement par terre ? Mon Dieu, c'est affreux. *Que faire ?*

— Si le problème n'est pas résolu, poursuit-il d'un ton cassant, je me verrai dans l'obligation de…

— Tout va rentrer dans l'ordre, parce que… j'aurai bientôt de l'argent.

En prononçant ces mots, je sens mes joues s'enflammer. La culpabilité, sans doute. Mais comment agir autrement ? Je dois inventer *quelque chose*, sinon il ne me lâchera pas.

— Ah ! oui ?

— Oui. Ma tante… m'a légué une certaine somme dans son testament.

Ce qui est presque vrai. De toute évidence, j'aurais hérité de tante Ermintrude. Après tout, j'étais sa nièce préférée. Qui d'autre lui aurait acheté une écharpe Denny and George ?

— Je la recevrai dans une semaine ou deux : un millier de livres, dis-je pour faire bonne mesure.

J'aurais dû lui annoncer dix mille livres. Il aurait vraiment été impressionné. Tant pis, c'est trop tard.

— Vous me dites que dans deux semaines, votre compte sera crédité d'un chèque de mille livres ?

Il y a un silence.

— Heu… oui. C'est ça.

— Je suis ravi de l'apprendre. Mademoiselle Bloomwood, j'ai pris note de notre conversation et j'attends l'arrivée de mille livres sur votre compte, le lundi 27 mars.

— Parfait, dis-je avec assurance. C'est tout ?

— Pour l'instant, oui. Au revoir mademoiselle Bloomwood.

— Au revoir.

Je raccroche. Dieu merci. Débarrassée de lui.

BROMPTON'S STORE
Comptes Clients
1 Brompton Street
Londres SW4 7TH

Mademoiselle Rebecca Bloomwood
Apt 2
4 Burney Rd
Londres SW6 8FD

Le 10 mars 2000

Chère Mademoiselle Bloomwood,

Merci du prompt retour de votre chèque signé, d'un montant de 43 £.

Malheureusement, bien que signé, ce chèque est daté du 14 février 2200. Il s'agit, sans aucun doute, d'une erreur de votre part.

Brompton ne peut accepter un chèque postdaté et, en conséquence, je vous le renvoie en vous demandant de le dater du jour de la signature.

Par ailleurs, vous pouvez régler en espèces ou par le bordereau de virement bancaire, ci-joint. Une notice explicative est jointe pour votre information.

Dans l'attente de recevoir votre règlement, nous vous prions d'agréer, Mademoiselle Bloomwood, l'expression de nos sentiments les meilleurs.

John Hunter
Directeur des Comptes Clients

9

Ce soir-là, quand je rentre à la maison, une pile de courrier m'attend dans le couloir, mais je l'ignore car mon colis des Beaux Cadres est arrivé ! Cela m'a coûté cent livres, ce qui n'est pas donné, mais il semblerait que vous en retiriez un bénéfice de trois cents livres en quelques heures seulement. À l'intérieur du paquet se trouve un prospectus rempli de photos de personnes qui gagnent des fortunes avec ce procédé. Certaines parmi elles se font cent mille livres par an ! Je me demande pourquoi je suis journaliste !

Après dîner, je m'installe devant *Changing Rooms*[1] et ouvre le kit. Suze est sortie. Je peux donc me concentrer sans problème.

« Bienvenue dans le secret le mieux gardé d'Angleterre…, dit le prospectus. La famille des Beaux Cadres ! Intégrez notre organisation et gagnez un maximum en travaillant tranquillement chez vous. Nos instructions, faciles à suivre, vous aideront à vous

---

1. Émission de télévision. À votre insu, des amis décorent une pièce de votre maison selon votre goût. Les caméras sont là pour filmer votre surprise quand vous rentrez chez vous.

embarquer dans l'entreprise la plus lucrative qui soit. Peut-être utiliserez-vous vos gains pour acheter une voiture, un bateau ou faire un cadeau à l'homme/la femme de votre vie. Et, n'oubliez pas, la somme que vous gagnez ne dépend que de vous ! »

Je suis totalement mordue. Pourquoi n'ai-je pas fait ça plus tôt ? C'est un procédé *génial* ! Je vais travailler dur pendant deux semaines, régler mes dettes puis partir en vacances et acheter un max de vêtements. J'ai hâte de commencer.

Je déchire l'emballage, et soudain plein de bandes de tissus tombent par terre. Certaines sont unies, d'autres à fleurs. Le motif est plutôt laid, mais je m'en fiche. Mon job consiste à faire les cadres et à empocher l'argent. Je cherche les instructions et les découvre sous un tas de cartons. Effectivement, c'est d'une simplicité enfantine. Vous n'avez qu'à coller le rembourrage sur le cadre en carton, poser le tissu par-dessus pour l'effet et fixer ensuite un galon au dos pour cacher les raccords. Voilà ! C'est très simple et vous gagnez 2 livres par cadre. Il y en a cent cinquante dans le colis, donc, si j'en effectue trente par soirée pendant une semaine, je me ferai trois cents livres en un rien de temps, durant mes loisirs.

Bon. Allons-y ! Cadre, rembourrage, colle, tissu, galon.

Non mais, qui a conçu ces foutus matériaux ? Il n'y a pas assez de tissu pour couvrir le cadre et le rembourrage. Ou alors, vous devez tirer dessus comme une malade, et le tissu est si fin qu'il se déchire. J'ai mis de la colle sur la moquette et j'ai tordu deux

cadres en carton. Le seul que j'ai achevé est complètement de traviole. Et ça fait...

Je bâille et regarde l'heure. J'ai un choc. Il est
23 h 30, ce qui signifie que je travaille depuis trois
heures. Et pendant tout ce temps, je n'ai réalisé qu'un
cadre bancal qu'ils n'accepteront certainement pas et
j'en ai détruit deux. La vue de ces fichus machins me
rend hystérique. Pourquoi les gens veulent-ils des
cadres de photos rembourrés ?

À ce moment-là, la porte s'ouvre sur Suze.

— Salut ! lance-t-elle en pénétrant dans le salon. Tu
as passé une bonne soirée ?

— Pas vraiment, dis-je, renfrognée. J'ai monté ces
trucs...

— N'y pense plus, réplique-t-elle d'un ton théâtral.
Car tu sais quoi ? Tu as un admirateur secret.

— Quoi ?

— Cette personne t'aime beaucoup, poursuit-elle
en enlevant son manteau. Je l'ai appris ce soir. Tu ne
devineras jamais qui !

Luke Brandon. C'est le nom qui me traverse aussitôt
l'esprit. Ridicule. Comment Suze le saurait-elle ?
Quelle idée stupide ! Stupidissime. Impossible.

Suze est peut-être tombée sur lui au cinéma, me
souffle une petite voix. Après tout, elle le connaît,
non ? Et il aurait pu lui parler...

— C'est mon cousin ! s'écrie-t-elle, triomphante.
Tarquin. Il t'apprécie *vraiment* beaucoup.

Oh ! mon Dieu.

— Il a le béguin pour toi, continue-t-elle avec
entrain. Depuis qu'il t'a vue pour la première fois !

— Ce n'est pas *si* secret...

Je m'interromps en voyant l'expression étonnée de
Suze. Après tout, je ne veux pas la blesser.

— Alors, tu étais déjà au courant ?

— Eh bien…

Je ne peux pas lui expliquer que son cousin bien-aimé me donne la chair de poule. Je me mets à jouer avec le tissu du cadre posé devant moi. Un sourire ravi se dessine sur les lèvres de Suze.

— Tu lui plais énormément ! Je lui ai conseillé de t'appeler pour t'inviter. Cela ne t'ennuie pas ?

— Bien sûr que non, dis-je sans grande conviction.

— Ne serait-ce pas merveilleux ? Si vous vous mariiez, je serais demoiselle d'honneur !

— Oui.

Je m'efforce de sourire.

— Formidable.

Le mieux, c'est d'accepter un rendez-vous par politesse, puis d'annuler au dernier moment. Avec un peu de chance, Tarquin devra rentrer en Écosse et nous pourrons tirer un trait sur cette histoire.

Mais je m'en passerais volontiers. À présent, j'ai deux bonnes raisons de redouter la sonnerie du téléphone.

À mon grand soulagement, samedi arrive et je n'ai reçu aucune nouvelle de Tarquin *ni* de Derek Smeath. En fin de compte, tout le monde me laisse vivre ma vie.

Par contre, j'avais projeté d'assembler cent cinquante cadres cette semaine, mais je n'en ai effectué que trois, dont aucun ne ressemble à celui de la photo. Le premier n'a pas assez de rembourrage, les angles du second ne coïncident pas et le troisième a une légère tache de colle sur le devant qui ne part pas. Je ne comprends pas pourquoi j'éprouve autant de difficulté. Certaines personnes en réalisent des centaines par semaine, sans effort. Grâce à ses gains, Mme S. de Ruislip emmène sa famille en croisière chaque année. Comment se fait-il qu'ils y parviennent et pas moi ? C'est très déprimant. Ne suis-je pas intelligente ? J'ai un diplôme universitaire, nom d'un chien !

Enfin, peu importe. Aujourd'hui commence mon nouveau job chez Ally Smith. Là, au moins, je gagnerai de l'argent.

Je suis emballée à cette perspective. Voilà que s'ouvre une nouvelle carrière dans la mode ! Je passe du temps à choisir une tenue branchée pour mon premier jour et me décide enfin : un pantalon noir de chez Jigsaw, un petit T-shirt en cachemire (enfin, moitié cachemire) et un haut portefeuille rose tout droit sorti de chez Ally Smith.

Plutôt satisfaite du résultat, je m'attends à un commentaire approbateur de Danielle, mais elle ne me prête aucune attention particulière et se contente de déclarer :

— Bonjour. Les pantalons et les T-shirts sont dans la réserve. Prenez votre taille et changez-vous dans la cabine.

Maintenant, ça me revient. Toutes les vendeuses de Ally Smith portent la même tenue. Presque comme... un uniforme. Je me change à contrecœur et me regarde dans la glace. Je suis déçue. Ce pantalon gris n'est guère flatteur et le T-shirt uni n'a rien de réjouissant. Je suis tentée de demander à Danielle de choisir autre chose, mais elle a l'air occupée. J'attendrai la semaine prochaine pour lui en toucher un mot.

En dépit de ma tenue, je ressens un frisson d'excitation en me retrouvant dans la boutique. Les spots brillent de mille feux, le parquet ciré étincelle, de la musique joue en sourdine et un sentiment d'attente flotte dans l'air. Un artiste avant la représentation doit éprouver la même sensation. Je me poste devant un miroir et murmure : « Voulez-vous de l'aide ? » Ou vaut-il mieux dire : « Puis-je vous aider ? » Je serai la vendeuse la plus charmante qui soit. Les gens viendront ici uniquement pour que je les serve et mon rapport à la clientèle sera fantastique. Ensuite, je figurerai dans un article de l'*Evening Standard* consacré aux meilleures boutiques de la ville. Peut-être aurai-je même mon émission à la télévision.

Personne ne s'occupe de moi. Décidée à faire preuve d'initiative – un bon point pour toi, Rebecca –, je me dirige vers une femme blonde qui tapote sur les touches de la caisse et lui demande :

— Puis-je faire un essai rapide ?

— Quoi ? dit-elle sans lever les yeux.

— Je ferais mieux d'apprendre le fonctionnement de la caisse avant l'arrivée des clientes, vous ne trouvez pas ?

À ce moment-là, elle relève la tête et, à mon grand étonnement, éclate de rire.

— À la caisse ? Vous croyez que vous allez commencer tout de suite à la caisse ?

— Oh… Eh bien, je pensais…

— Vous êtes une débutante, mon chou. Oubliez la caisse. Allez voir Kelly qui vous indiquera votre travail de la journée.

Plier des pulls. Plier ces foutus pulls. Je suis ici pour ça. Courir en tous sens derrière les clientes qui, après avoir regardé des cardigans, les ont laissés tout

161

chiffonnés, et les replier. À onze heures, je suis crevée. Je ne m'amuse pas beaucoup. Réalisez-vous à quel point il est déprimant de plier un cardigan à la façon Ally Smith, de le remettre sur une étagère, soigneusement aligné, pour voir quelqu'un le prendre avec désinvolture, l'examiner, faire la moue et l'abandonner sur place ? Vous avez envie de hurler : « Ne le touchez pas si vous n'avez pas l'intention de l'acheter ! » J'ai même vu une fille regarder un cardigan *identique* à celui qu'elle portait. Elle a un problème ou quoi ?

Et je ne bavarde pas avec les clientes, non plus. Quand vous êtes vendeuse, c'est comme si vous étiez transparente. Personne ne me pose une seule question intéressante, comme : « Est-ce que ce chemisier va avec ces chaussures ? » Ou encore : « Où puis-je trouver une belle jupe noire à moins de 60 livres ? » *J'adorerais* répondre à ce genre de question. Mais, jusqu'à présent, on m'a demandé : « Y a-t-il des toilettes ? » et « Où se trouve le distributeur de billets le plus proche ? » Je n'ai pas établi le moindre contact avec la clientèle.

C'est décourageant. La seule chose qui me soutient le moral est un portant de fin de série au fond du magasin. J'y fais de fréquentes incursions, en couvant des yeux un jean imprimé zèbre soldé 90 livres au lieu de 180 livres. Je me souviens de ce pantalon. Je l'avais même essayé. Et le voilà, tombé du ciel, à moitié prix. Je ne le quitte plus des yeux. C'est un 40. Ma taille !

Je ne dois pas dépenser d'argent, je sais, mais une telle occasion ne se représentera pas. Il est vraiment cool. Et 90 livres, c'est *rien* pour un bon jean. Chez Gucci, vous le payeriez au moins 500 livres. Mon Dieu, je le veux. Je le *veux* !

Je rôde autour du portant, reluquant le pantalon pour la énième fois, quand Danielle fond sur moi. Je sursaute d'un air coupable mais elle se contente de déclarer : « Pouvez-vous aller aux cabines d'essayage, maintenant ? Sarah vous mettra au courant. »

Dieu merci ! Plus de pulls à plier !

À mon grand soulagement, cette histoire de cabines est beaucoup plus amusante. Celles d'Ally Smith sont très agréables et spacieuses. Mon job consiste à me tenir à l'entrée et à vérifier le nombre d'articles pris par les clientes. Il est passionnant de voir ce que les gens essaient. Il y a une fille qui achète des *tonnes* de vêtements pour son anniversaire. Elle n'arrête pas d'expliquer que son petit ami lui a dit de dépenser sans compter car il paierait la note.

La veinarde ! Enfin, au moins, je gagne de l'argent. Il est 11 h 30, je me suis donc fait… 14 livres 40. Ce n'est pas si mal. Je pourrai m'offrir de bons produits de maquillage avec ça.

Sauf que je ne gaspillerai pas mon salaire en maquillage. Bien sûr que non ! Ce n'est pas pour cela que je travaille. Je vais me montrer raisonnable et acheter le jean imprimé zèbre parce qu'il serait criminel de laisser passer une occasion pareille, puis déposer le reste sur mon compte en banque. J'ai hâte de le porter. À 14 h 30, pendant ma pause, je me précipiterai sur les fins de série et j'emporterai le pantalon dans la salle du personnel afin de m'assurer qu'il me va, ensuite…

Soudain, mon visage se fige. Attendez !

163

Qu'est-ce que cette fille porte sur son bras ? Mon jean ! Elle se dirige vers les cabines. Elle veut l'essayer. Mais c'est le mien !

— Bonjour, lance-t-elle, gaiement.

— Bonjour ! dis-je la gorge serrée, en m'efforçant de rester calme. Com... Combien d'articles avez-vous ?

— Quatre, répond-elle en me montrant les cintres.

Derrière moi sont pendus les jetons portant les chiffres 1, 2, 3 et 4. La fille attend que je lui donne celui marqué 4 pour rentrer dans la cabine. Mais c'est impossible. Je ne peux pas la laisser essayer mon pantalon.

— Vous n'avez droit qu'à trois articles.

— Vraiment ? demande-t-elle, étonnée. Mais...

Elle indique les jetons d'un geste de la main.

— Je sais. Mais le règlement vient juste de changer. Désolée.

Et je lui adresse mon plus beau sourire de vendeuse peu amène. Le pouvoir, quel pied ! Vous pouvez empêcher les gens d'essayer des vêtements ! Ou encore détruire leur vie !

— Bon, d'accord. Eh bien, je vais laisser de côté...

— Ce pantalon, dis-je en m'emparant du jean.

— Non. Je pense que je...

— Nous devons prendre l'article du dessus. Désolée.

Explication que je lui donne avec le même sourire de circonstance.

Merci mon Dieu, pour les vendeuses désagréables et les règles stupides. Les gens y sont tellement habitués que cette fille ne met pas ma parole en doute. Elle se contente de lever les yeux au ciel, prend le jeton

164

marqué 3 et se dirige vers la cabine en me laissant le précieux jean sur les bras.

Bien. De l'intérieur de la cabine me parviennent le bruit du glissement des fermetures Éclair et le cliquetis des cintres. Essayer ces trois articles ne va pas lui prendre une éternité. Ensuite, elle sortira et demandera le jean. Que faire ? Pendant quelques secondes, l'indécision me paralyse. Puis, le bruit d'un rideau de cabine que l'on tire me pousse à agir. Je cache en vitesse le pantalon derrière ce rideau et reprends ma place, l'air innocent.

Un instant plus tard, Danielle arrive, une écritoire à pince à la main.

— Ça va ? Vous vous en sortez ?

— Très bien.

— J'organise le tableau des pauses. Si vous pouvez attendre quinze heures, vous aurez une heure d'affilée.

— Parfait.

J'ai ma voix positive d'employée du mois, mais je pense : « Quinze heures ? Je crèverai de faim ! »

— O.K., fait Danielle en s'éloignant dans le coin pour remplir sa grille.

À ce moment, une voix me demande :

— C'est possible d'essayer ce jean, maintenant ?

Zut ! La fille est de retour. Comment a-t-elle fait pour se changer si vite ? Est-ce un Houdini au féminin ?

— Vous avez trouvé quelque chose ? Cette jupe noire est superbe. La façon dont les fentes tombent…

— En réalité, seul le jean m'intéresse, m'interrompt-elle en me rendant les vêtements tout froissés et sans les cintres.

Mon cœur s'emballe. Je plisse mon front, l'air concerné.

— Lequel c'était ? Un bleu ? Il y en a là-bas, près de…

— Non ! rétorque-t-elle impatiemment. Le pantalon imprimé zèbre que j'avais il y a une minute.

— Ah… Ah oui. Je ne sais plus où il est. Quelqu'un d'autre a dû le prendre.

— Mais je vous l'ai donné ! Vous étiez censée le garder.

— Je crains que nous ne soyons pas responsables des articles qui nous sont confiés pendant que les clientes se trouvent dans la cabine d'essayage.

— Oh ! pour l'amour du ciel ! s'écrie-t-elle, en me regardant comme si j'étais idiote. C'est ridicule ! Vous l'aviez il y a trente secondes ! Comment avez-vous pu le perdre ?

Merde. Elle est vraiment en colère. Sa voix monte et les gens commencent à nous regarder.

— Un problème ? s'enquiert une voix sirupeuse.

Je lève les yeux, horrifiée. Danielle se dirige vers nous, en affichant un regard mi-bienveillant, mi-mena-çant. Bon, le principal est de conserver mon sang-froid. Rien ne peut être prouvé. Et tout le monde sait que le client est toujours un fauteur de troubles.

— J'ai donné à cette vendeuse un jean à garder car j'avais quatre articles, ce qui apparemment n'est pas autorisé, commence à expliquer la fille.

— Quatre articles ? reprend Danielle. Mais vous y avez droit.

Elle se tourne vers moi et me dévisage d'une façon qui n'est pas très amicale.

— Ah ! bon. Excusez-moi. Je suis nouvelle. Je croyais que c'était trois.

166

— Je savais bien que c'était quatre ! s'écrie la fille. Vous avez ces jetons avec ce foutu « 4 » marqué dessus.

Elle pousse un soupir exaspéré.

— En tout cas, je lui ai confié ce pantalon, j'ai essayé les autres vêtements, puis je suis sortie le lui redemander et il a disparu.

— Disparu ? demande Danielle d'une voix sèche. Disparu où ?

— Je ne sais pas, dis-je d'un air dérouté. Une autre cliente l'a certainement embarqué.

— Mais vous l'aviez à la main ! s'exclame-t-elle. Quelqu'un est arrivé et vous l'a arraché des mains, c'est ça ?

Oh ! ras le bol ! Quel est son problème ? Comment peut-elle être aussi obsédée par un jean ?

— Pourquoi ne pas en prendre un autre ?

— Il n'y en a pas d'autre, réplique-t-elle, glaciale. Il provenait des fins de série.

— Rebecca, réfléchissez ! m'exhorte Danielle. L'avez-vous posé quelque part ?

— Sans doute. Il y a tant d'allées et venues. J'ai dû le remettre sur le portant et une cliente est partie avec.

Je hausse les épaules d'un air contrit comme pour dire : « Vous savez comment sont les clientes, hein ? »

— Attendez ! s'écrie la fille. Qu'est-ce que c'est que ça ?

Je suis son regard et me fige. Le pantalon imprimé zèbre a roulé par terre et dépasse du rideau. Pendant un bref instant, nous le contemplons toutes en silence.

— Mince alors ! Le voilà !

— Et que fait-il là au juste ? demande Danielle.

— Je ne sais pas. Peut-être qu'il…

J'avale ma salive. Une idée, vite !

— Peut-être…

— Vous l'avez pris ! déclare la cliente, incrédule. C'est vous ! Vous ne vouliez pas que je l'essaie et vous l'avez caché !

— C'est ridicule ! dis-je en m'efforçant de paraître convaincante.

Mais je me sens rougir. *Pourquoi* suis-je du genre à rougir ? Pourquoi ?

— Espèce de …

La fille s'interrompt et se tourne vers Danielle.

— Je veux porter plainte.

— Rebecca, dans mon bureau, je vous prie, m'ordonne Danielle.

Hé, une minute. Ne va-t-elle pas me soutenir ? défendre son personnel ? Où est passée la solidarité ?

— Immédiatement ! ajoute-t-elle d'une voix coupante qui me fait sursauter.

En me dirigeant vers son bureau (une sorte de placard à balais), je vois tous les autres membres du personnel me dévisager et se pousser du coude. C'est horrible ! Mais ça va aller. Je m'excuserai et promettrai de ne plus recommencer. Et si je proposais des heures supplémentaires ? Du moment que je ne suis pas…

C'est pas vrai ! Elle m'a renvoyée. Ma première journée de travail n'est pas terminée que je suis déjà virée. Quand elle me l'a annoncé, j'en avais presque les larmes aux yeux car, mis à part l'incident du jean imprimé zèbre, je trouve que je me débrouillais très bien. Mais cacher des articles aux clientes semblerait faire partie des causes automatiques de renvoi. (Ce qui n'est vraiment pas juste car elle ne me l'a pas signalé lors de notre entretien.)

Le cœur gros, j'enlève mon pantalon gris et mon T-shirt. Ma carrière de commerçante s'achève avant même d'avoir commencé. Pour mes heures, je n'ai reçu que vingt livres et Danielle m'a affirmé qu'elle se montrait généreuse. Quand je lui ai demandé si je pouvais rapidement acheter des vêtements en utilisant ma réduction de vendeuse, j'ai cru qu'elle allait me frapper.

Tout a mal tourné. Pas de travail, pas d'argent, pas de réduction, juste ces fichues vingt livres. Abattue, je marche dans la rue, les mains enfoncées dans mes poches. Que voulez-vous que je fasse de vingt livres ?

— Rebecca !

Je relève la tête et me retrouve face à un visage que je connais. Mais qui est-ce ? C'est… C'est… C'est…

— Tom ! dis-je, juste à temps.

Je suis sciée. Tom Webster, à Londres. Que fait-il ici ? Ne devrait-il pas être à Reigate en train de poser ses carreaux de style provençal ?

— Je te présente Lucy, m'annonce-t-il avec fierté en poussant vers moi une fille croulant sous une soixantaine de sacs.

Incroyable ! Il s'agit de la fille qui achetait des tonnes de vêtements chez Ally Smith. Celle dont le petit ami payait. Elle ne parlait sans doute pas de…

— Vous sortez ensemble ? dis-je, bêtement. Elle et toi ?

— Oui, répond Tom en souriant. Depuis un moment déjà.

Il y a quelque chose qui cloche. Pourquoi Janice et Martin n'ont-ils pas évoqué sa copine ? Ils m'ont pourtant assez saoulée avec tous les autres détails de sa vie à la noix.

Tom ! Avec sa petite amie !

— Bonjour, dit Lucy.

— Bonjour. Je suis Rebecca. La voisine. L'amie d'enfance. Tout ça.

— Oh ! c'est vous Rebecca ! s'écrie-t-elle en adressant un rapide coup d'œil à Tom.

Qu'est-ce que cela signifie ? Ont-ils bavardé à mon sujet ? Tom aurait-il toujours le béguin ? La situation est embarrassante. Je confirme en riant :

— C'est moi !

— Vous savez, je suis sûre de vous avoir rencontrée quelque part, ajoute Lucy pensivement. J'y suis ! Vous travaillez chez Ally Smith.

— Non !

— Ah ! Je croyais vous avoir vue...

Il est hors de question que mes parents apprennent que je travaille dans un magasin. Ils penseront que je mens sur toute la ligne, et qu'en réalité je suis fauchée et vis dans une chambre meublée sordide.

— Travail de recherche, dis-je, glaciale. Je suis journaliste.

— Rebecca est une journaliste financière, lui explique Tom. C'est une pro.

— Ah ! bon.

J'adresse à Lucy un sourire dédaigneux.

— Mes parents écoutent toujours Rebecca. Mon père en parlait encore l'autre jour. Il semblerait que tu l'aies beaucoup aidé au sujet d'un problème financier. Une histoire de transfert de fonds, je crois.

— J'ai fait mon possible.

Je lance à Tom un sourire spécial-vieux-copains.

170

Non que je sois jalouse, mais je ressens un petit pincement au cœur en voyant Tom sourire à cette Lucy, qui, franchement, a des cheveux fadasses, même si elle est bien habillée. Soit dit en passant, Tom est aussi très élégant. Que se passe-t-il ? Tout va de travers. La place de Tom se trouve dans son pavillon de banlieue, pas à se balader, tiré à quatre épingles, dans des boutiques de luxe.

— Il faut qu'on y aille.

— Un train à prendre ? dis-je d'un ton condescendant. Cela doit être dur de vivre aussi loin.

— Pas tant que ça, déclare Lucy. Je me rends tous les matins chez Wetherby et cela ne prend que quarante minutes.

— Vous travaillez chez Wetherby ?

Pourquoi ne suis-je entourée que de yuppies ambitieux ? me dis-je atterrée.

— Oui. Je suis l'un de leurs conseillers en stratégie.

Qu'est-ce que cela sous-entend ? Qu'elle est une tête ? C'est de pis en pis !

— Et nous n'allons pas prendre notre train tout de suite, répond Tom en souriant à sa bien-aimée. Nous allons d'abord chez Tiffany choisir un petit quelque chose pour l'anniversaire de Lucy qui a lieu la semaine prochaine.

Il prend une mèche de cheveux de Lucy qu'il se met à entortiller autour de son doigt.

Je n'en peux plus. Pourquoi n'ai-je pas un fiancé qui m'achète un petit quelque chose chez Tiffany ?

— Eh bien, j'ai été très contente de te rencontrer, dis-je en bafouillant. Mes amitiés à ton père et à ta mère. Bizarre qu'ils n'aient pas mentionné Lucy, ne puis-je m'empêcher d'ajouter, un peu méchamment. Je les ai vus l'autre jour et ils n'en ont pas soufflé un mot.

171

Je lance un regard innocent à Lucy. Ha ! ha ! Qui a le dessus, maintenant ?

Mais ils échangent de nouveau une série de coups d'œil.

— Ils ne voulaient pas…, commence Tom, puis il s'interrompt.

— Quoi ?

Un long silence embarrassé s'installe.

— Tom, je vais voir ce magasin, déclare Lucy en s'éloignant.

Nous voilà seuls.

Quel cinéma ! Je ne compte manifestement pas pour du beurre dans leur relation. J'éclate de rire.

— Que se passe-t-il ?

Mais c'est évident, n'est-ce pas ? Il rêve toujours de moi et Lucy est au courant.

— Rebecca, ce n'est pas facile pour moi. Mais papa et maman sont conscients de tes… sentiments pour moi. Ils n'ont pas parlé de Lucy parce qu'ils ont pensé que tu serais…

Il laisse échapper un bref soupir.

— Que tu serais déçue.

Quoi ? Est-ce une plaisanterie ? Je n'en reviens pas. Pendant quelques secondes, j'en ai le souffle coupé.

— Mes sentiments pour *toi* ? Tu plaisantes ? finis-je par bégayer.

— Écoute, c'est évident, répond-il en haussant les épaules. Ils m'ont raconté comment, la dernière fois, tu les avais bombardés de questions sur moi, ma nouvelle maison…

Je lis de la pitié dans son regard. C'est insupportable ! Comment peut-il imaginer…

— Becky, je t'aime beaucoup, poursuit-il. Seulement…

— C'était par pure politesse ! Je ne suis pas amoureuse de toi ! dis-je en hurlant.

— N'en parlons plus, veux-tu ?

— Mais tu ne me plais pas ! C'est la raison pour laquelle j'ai refusé de sortir avec toi quand tu me l'as demandé. Nous avions seize ans, tu t'en souviens ?

Je m'arrête et le regarde, triomphante, pour constater que l'expression de son visage n'a pas changé. Il ne m'écoute pas. Ou alors, le simple fait d'avoir évoqué notre passé d'adolescents lui confirme que je suis obsédée par lui. Et plus j'essaierai d'argumenter, plus il sera convaincu que je suis folle de lui. Quelle horreur !

— Bien, dis-je en tentant de rassembler les lambeaux de ma dignité. De toute évidence, nous ne nous comprenons pas. Je vous laisse.

Je vois Lucy qui regarde une vitrine en feignant de ne pas écouter et lui crie :

— Je ne cours pas après ton petit ami. Et je ne lui ai jamais couru après. Au revoir.

Et je m'éloigne à grands pas, un sourire nonchalant aux lèvres.

Une fois que j'ai tourné le coin de la rue, mon sourire s'efface peu à peu et je me laisse lourdement tomber sur un banc. Malgré moi, je me sens humiliée. Bien sûr, c'est risible, que Tom Webster imagine que je sois amoureuse de lui. Ça m'apprendra à être trop bien élevée et à simuler de l'intérêt pour ses éléments en chêne cérusé. La prochaine fois, je bâillerai bruyamment ou bien je m'en irai. Mieux encore, je présenterai mon petit ami. Cela leur clouera le bec. De toute façon, peu importe !

Je devrais me fiche de ce que pensent Tom Webster et sa copine. Mais… je dois reconnaître que je suis déprimée. Pourquoi n'ai-je pas de fiancé ? En ce moment, je n'ai même personne en vue. Ma dernière relation sérieuse remonte à Robert Hayman et nous avons cassé il y a trois mois. D'ailleurs, je n'en étais pas folle. Il m'appelait « ma jolie », et dans les films, au moment des scènes érotiques, il couvrait mes yeux de ses mains pour plaisanter. J'avais beau lui demander d'arrêter, il continuait. Cela me rendait hystérique. Rien que d'y penser, j'en suis toute hérissée.

Mais c'était quand même un petit ami. Je l'appelais du bureau, nous allions ensemble dans les soirées et il me protégeait des sales types. Pourquoi l'ai-je plaqué ? Il n'était peut-être pas si mal…

Je pousse un grand soupir, me lève et poursuis mon chemin. L'un dans l'autre, cette journée a été désastreuse. J'ai perdu un boulot et Tom Webster m'a traitée avec condescendance. En plus, je n'ai rien de prévu : pensant que je serais épuisée par ma journée de travail, je n'ai pas organisé ma soirée.

Enfin, au moins, j'ai vingt livres.

Vingt livres. Je vais m'offrir un bon cappuccino avec un brownie au chocolat. Et deux ou trois magazines.

Et pourquoi pas un petit truc de chez Accessorize ? Ou des bottes. J'ai vraiment *besoin* de nouvelles bottes. J'en ai vu des parfaites chez Hobbs, à bout carré avec un talon assez plat. J'irai après mon café. Je regarderai aussi les robes. Après une journée pareille, je mérite un petit plaisir. Et il me faut de nouveaux collants pour aller travailler ainsi qu'une lime à ongles. Peut-être également un livre pour lire dans le métro…

Quand je prends la queue à Starbucks, je me sens déjà mieux.

PGNI FIRST BANK VISA
7 Camel Square
Liverpool L1 5NP

Mademoiselle Rebecca Bloomwood
Apt 2
4 Burney Rd
Londres SW6 8FD

Le 15 mars 2000

Chère Mademoiselle Bloomwood,

PGNI First Bank Carte Visa n° 1475839204847586

Merci pour votre lettre du 11 mars.

Votre offre d'abonnement gratuit à *Réussir votre épargne* est très aimable ainsi que votre invitation à dîner au Ivy. Malheureusement, les employés de la banque First PGNI ne sont pas autorisés à accepter de tels cadeaux.

Dans l'attente de recevoir le plus rapidement possible votre règlement demeuré impayé de 105,40 £, je vous prie d'agréer, Mademoiselle Bloomwood, l'expression de mes salutations distinguées.

Peter Johnson
Directeur des Comptes Clients

10

Lundi matin, je me réveille de bonne heure, l'estomac noué. Mes yeux se posent sur les sacs empilés dans le coin de ma chambre. Je les détourne aussitôt. Je sais que j'ai dépensé trop d'argent samedi. Je n'aurais pas dû acheter deux paires de bottes, ni cette robe mauve. En tout, j'ai claqué... Autant ne pas y songer. Pense à autre chose, vite, me dis-je avec fermeté.

Les deux monstres inséparables, la honte et la panique, tambourinent dans ma tête.

Honte, honte, honte.

Panique, panique, panique.

Si je les laisse faire, ils vont s'emparer de mon esprit et prendre le pouvoir. La tristesse et la peur m'anéantiront. Heureusement, j'ai un truc : ne leur prêter aucune attention. Je condamne une partie de mon esprit et plus rien ne m'inquiète. C'est de la légitime défense. Je suis devenue experte en la matière.

Une autre astuce consiste à agir pour divertir mon attention. Du coup, je me lève, allume la radio, prends une douche et m'habille. Le martèlement est encore présent, au fin fond de mon inconscient, mais il s'estompe peu à peu. Quand j'entre dans la cuisine pour me préparer un café, il a pratiquement disparu. J'éprouve le profond soulagement que procure un calmant vous libérant d'une migraine. Je commence à me détendre : tout va aller pour le mieux.

Avant de sortir, je vérifie mon look dans la glace (haut : River Island ; jupe : French Connection ; collants : Pretty Polly Velvets ; chaussures : Ravel) et prends mon manteau (solde de House of Fraser). À cet instant précis, du courrier glisse sous la porte. Je me baisse afin de le ramasser. Pour Suze, il y a une lettre manuscrite et une carte postale des Maldives. Pour moi, deux enveloppes à fenêtre inquiétantes, l'une émanant de Visa, l'autre de la banque Endwich.

Mon cœur cesse de battre. Pourquoi m'écrivent-ils encore ? Que veulent-ils ? Ne peuvent-ils pas me laisser tranquille ?

Je dépose soigneusement le courrier de Suze dans l'entrée et fourre mes deux lettres dans ma poche. Je les lirai en allant au bureau. Une fois dans le métro, je les ouvrirai et m'obligerai à en prendre connaissance, même si elles sont désagréables.

Telle est mon intention. Sincèrement. Je le jure !

Mais, en m'engageant dans la rue d'à côté, je tombe sur une benne, une énorme benne jaune, à moitié pleine. Les maçons qui vont et viennent y balancent des bouts de bois et de vieux tissus. Des tonnes de détritus, en vrac.

Une pensée insidieuse s'immisce dans mon esprit.

Je ralentis mon allure, puis je m'arrête et regarde la benne comme si les mots inscrits sur les parois me fascinaient. Je reste là, le cœur battant, jusqu'à ce que les ouvriers rentrent dans la maison. Personne en vue.

D'un geste vif, je sors les deux lettres de ma poche et les laisse tomber sur le côté.

Pfuit. Envolées.

À ce moment-là, un maçon arrive avec deux sacs de gravats qu'il jette dans le container. Les voilà enterrées ! Personne ne les trouvera jamais.

Elles ont disparu pour de bon.

Je reprends ma route. Ma démarche est déjà plus légère et mon optimisme remonte en flèche.

La culpabilité cède très vite la place à l'innocence. Comment aurais-je pu lire ces lettres puisque je ne les ai jamais reçues ? En route vers la station de métro, je pense dur comme fer qu'elles n'ont jamais existé.

Arrivée au journal, j'allume mon ordinateur, ouvre un nouveau fichier et commence aussitôt mon article sur les retraites. Si je travaille d'arrache-pied, Philip risque de me donner une augmentation. Qui sait ? Je resterai tard tous les soirs, l'impressionnerai par mon dévouement et il réalisera à quel point je suis sous-estimée. Peut-être serai-je promue rédactrice assistante.

J'écris à toute vitesse : « De nos jours, nous ne pouvons pas compter sur le gouvernement pour s'occuper de nous quand nous serons âgés. En conséquence, nous devrions contracter un plan de retraite le plus tôt possible. L'idéal serait de le faire dès que l'on est salarié. »

— Bonjour Clare, lance Philip en pénétrant dans le bureau vêtu de son pardessus. Bonjour Rebecca.

Voilà le moment de l'impressionner.

— Bonjour Philip.

178

Au lieu de m'enfoncer confortablement dans mon siège en lui demandant des nouvelles de son week-end, je me retourne vers mon ordinateur et poursuis ma tâche. Je tape si vite que l'écran se couvre de fautes. Autant l'admettre, je suis une piètre dactylo.

« La meylleure ootion est soyvent pooposée par vootre sociiétz, mas si ce n'est oas possbile, un grand chhox de plaans de rertaites est dispoonible sur le marhcé, on en rtouve... » Je m'arrête, prends un dépliant sur les retraites et le feuillette comme si je recherchais une information cruciale.

— Vous avez passé un bon week-end, Rebecca ? s'enquiert Philip.

— Excellent, merci.

Je lève mes yeux de la brochure en feignant d'être surprise par cette interruption.

— Samedi, j'étais dans votre coin. Vers Fulham Road.

— Ah...

— C'est vraiment l'endroit à la mode, non ? Ma femme a lu un article là-dessus. Le quartier regorge de filles branchées, vivant de leurs rentes.

— Peut-être.

— C'est comme ça que l'on devrait vous appeler, déclare-t-il en s'esclaffant : « La fille branchée. »

Bon sang, mais qu'est-ce qu'il raconte ?

— C'est vrai, dis-je en lui souriant.

Après tout, c'est le patron. Il peut m'appeler comme bon lui...

Attendez une minute ! ATTENDEZ. Imagine-t-il que je suis riche ? Il ne pense tout de même pas que je touche une rente !

— Rebecca, il y a un appel pour toi. Un dénommé Tarquin, annonce Clare.

179

Philip m'adresse un sourire entendu, du style : « Vous voyez bien ! », puis il se dirige tranquillement vers son bureau. Je le suis du regard, frustrée. Tout va de travers. S'il me croit rentière, il ne m'accordera jamais d'augmentation.

Mais où a-t-il été chercher tout ça ?

— Becky, insiste Clare, en indiquant mon téléphone qui sonne.

Je décroche.

— Bonjour. Rebecca Bloomwood à l'appareil.

— Becky, dit Tarquin de sa voix haut perchée. (Il a l'air nerveux comme s'il s'était préparé à ce coup de fil depuis une éternité.) C'est si bon de t'entendre. J'ai beaucoup pensé à toi.

— Ah bon ?

Mon ton est peu amène. Je sais bien qu'il s'agit du cousin de Suze et tout et tout, mais franchement...

— Je... j'aimerais beaucoup passer plus de temps avec toi. Si on dînait ensemble ?

Que suis-je censée répondre ? Sa requête est si inoffensive. Ce n'est pas comme s'il me demandait : « Puis-je coucher avec toi ? » ou même « Puis-je t'embrasser ? » Refuser de dîner avec lui revient à déclarer : « Tu es insupportable au point qu'il m'est impossible de rester assise à la même table que toi pendant deux heures. »

Ce qui n'est pas loin de la vérité, mais je ne peux pas le lui *dire*. Et Suze s'est montrée tellement adorable avec moi ces derniers temps que, si je décline l'invitation de son Tarquin chéri, elle se vexera.

— Pourquoi pas ?

Je devrais manifester plus d'enthousiasme, je sais, ou être franche et lui avouer : « Tu ne me plais pas. »

Mais je n'en ai pas le courage. Il est plus facile de dîner avec lui. Qu'est-ce que je risque ?

De toute façon, je n'irai pas. J'appellerai au dernier moment pour annuler. Facile.

— Je suis à Londres jusqu'à dimanche, dit Tarquin.

— Voyons-nous donc samedi soir. Juste avant ton départ.

— Dix-neuf heures, c'est bon ?

— Plutôt vingt heures.

— D'accord, vingt heures.

Il raccroche sans avoir fixé un lieu de rendez-vous. Puisque je n'ai pas l'intention de m'y rendre, ce n'est pas grave. Je soupire et recommence à taper.

« Il est préférable de consulter un expert qui vous offrira un conseil personnalisé et vous recommandera un plan de retraite approprié. Cette année, la nouveauté sur le marché… »

Je m'arrête pour prendre un prospectus. N'importe quel vieux dépliant fera l'affaire. « Le plan de retraite *Troisième Âge* de Sun Assurance qui… »

— Alors, ce type t'a demandé de sortir avec lui ?

— Oui.

Je ne peux m'empêcher de ressentir une petite pointe de triomphe car Clare Edwards ne connaît pas Tarquin. Elle doit l'imaginer très séduisant et spirituel.

— Nous nous voyons samedi soir, dis-je d'un ton détaché en poursuivant mon article.

— Je vois, déclare-t-elle en faisant claquer un élastique autour d'une pile de lettres. L'autre jour, Luke Brandon m'a demandé si tu avais un petit ami.

— Vraiment ? Quand… quand ça ?

— Je ne sais plus, il n'y a pas longtemps. J'assistais à un briefing à Brandon Communications.

— Et qu'as-tu répondu ?

181

— Que tu n'en avais pas. Il te plaît ?

— Bien sûr que non ! dis-je en levant les yeux au ciel.

Je dois cependant reconnaître que je retourne à mon clavier d'humeur plutôt joyeuse. Luke Brandon. Non qu'il m'attire mais tout de même. Luke Brandon. « Ce plan flexible offre les avantages d'une assurance vie ainsi qu'un montant forfaitaire disponible à la retraite. Prenons l'exemple d'une personne d'une trentaine d'années ayant investi cent livres par mois... »

Vous savez quoi ? C'est d'un ennui mortel. Je vaux mieux que ça.

Je mérite mieux que ce bureau merdique et ce boulot qui consiste à transformer un prospectus en article crédible. Je mérite un job plus intéressant. Ou mieux payé. Ou les deux.

Je m'arrête de taper et j'appuie mon menton entre mes mains. Je dois prendre un nouveau départ. Et si Elly avait raison ? Travailler dur ne me fait pas peur. Pourquoi ne pas structurer ma vie, aller voir un chasseur de têtes de la City et décrocher un boulot que tout le monde m'enviera ? Je toucherai un salaire colossal, disposerai d'une voiture de fonction et changerai de tailleur Karen Millen tous les jours. Fini les soucis d'argent !

L'euphorie me gagne. J'ai trouvé la solution. Je serai une...

— Clare, qui gagne le plus à la City ?

— Je ne sais pas, répond-elle en fronçant les sourcils. Peut-être les courtiers en opérations à terme.

Voilà. C'est ce que je vais devenir. Un courtier en opérations à terme. Facile.

C'est si facile que le lendemain matin, à dix heures, je me dirige nerveusement vers les bureaux de William Green, le meilleur chasseur de têtes de la City. En poussant la porte vitrée, j'aperçois mon reflet et ressens un frisson d'excitation. Est-ce bien moi ?

Un peu, oui ! Je porte mon tailleur noir le plus élégant, des collants et des talons hauts sans oublier l'indispensable *FT* glissé sous le bras. J'ai pris aussi mon attaché-case, un cadeau de Noël de ma mère dont je ne me suis jamais servi car il est trop lourd et que j'en ai oublié la combinaison. Depuis, impossible de l'ouvrir. Mais il est parfait pour le rôle et c'est ce qui compte.

Jill Foxton, la femme qui m'a donné rendez-vous, s'est montrée très sympathique au téléphone quand je lui ai expliqué que je voulais changer d'orientation professionnelle. Mon expérience a eu l'air de l'impressionner. J'ai aussitôt tapé un CV que je lui ai adressé par e-mail. Bien entendu, je l'ai enjolivé, mais cela fait partie du jeu, non ? Il faut se vendre. Et ça a marché ! Environ dix minutes après, elle me rappelait pour me demander de passer la voir : elle pensait avoir d'intéressantes perspectives d'avenir pour moi.

D'intéressantes perspectives d'avenir ! J'étais si excitée que j'avais du mal à tenir en place. Je suis allée voir Philip et lui ai déclaré que je voulais prendre un jour de congé pour emmener mon neveu au zoo. Il ne s'est douté de rien. J'aimerais voir sa tête quand il découvrira qu'en l'espace d'une nuit je me suis transformée en un courtier ambitieux.

— Bonjour, dis-je avec assurance à la réceptionniste. J'ai rendez-vous avec Jill Foxton. Mon nom est Rebecca Bloomwood.

— De...

Aïe ! Impossible de mentionner *Réussir votre épargne*, sinon Philip risquerait d'apprendre que je recherche un nouvel emploi.

— De... nulle part, finis-je par avouer en riant. Juste Rebecca Bloomwood. J'ai rendez-vous à dix heures.

— Bien. Asseyez-vous, je vous prie.

Je prends mon attaché-case et me dirige vers les fauteuils en tâchant de cacher ma nervosité. Je m'assois et, pleine d'espoir, parcours des yeux les magazines jonchant la table basse, mais il n'y a rien d'intéressant, seulement des publications dans le genre de *The Economist*. Je m'enfonce dans mon siège et observe les lieux. Avec sa fontaine au centre et son escalier en verre qui monte en spirale, ce hall d'entrée est impressionnant. Au loin, à des kilomètres, il y a plein d'ascenseurs dernier cri. Pas un ascenseur, ni deux, mais une dizaine. Mince alors ! Cet endroit doit être gigantesque.

— Rebecca ?

Une fille blonde en ensemble-pantalon clair surgit soudain devant moi. Bel ensemble. Très bel ensemble.

— Bonjour, Jill !

— Non. Je suis Amy, son assistante, répond-elle en souriant.

Waouh ! C'est cool d'envoyer son assistante chercher ses visiteurs pour montrer qu'on est trop important et occupé pour le faire soi-même. J'agirai de même avec la mienne quand je serai un courtier réputé et qu'Elly viendra déjeuner avec moi. Et pourquoi pas *un* assistant ? Nous tomberons follement amoureux l'un de l'autre ! Ce sera comme dans un film. La femme ambitieuse et le garçon mignon, mais sensible...

— Rebecca ? Vous êtes prête ? demande Amy, intriguée.

Je reviens sur terre.

— Bien sûr !

En lui emboîtant le pas, je regarde subrepticement son tailleur-pantalon et mes yeux tombent sur une discrète étiquette Emporio Armani. Pas possible ! Si les assistantes s'habillent en Armani, que porte Jill ? Du Dior haute couture ? J'adore déjà cet endroit.

Nous montons au sixième étage et empruntons d'interminables couloirs recouverts d'une épaisse moquette.

— Vous voulez donc être courtier en opérations à terme, déclare Amy après un moment.

— Oui. C'est ça.

— Vous avez déjà travaillé dans cette branche ?

— Vous savez, dans mes articles, j'ai traité la plupart des domaines financiers. Je pense donc avoir les compétences nécessaires, dis-je en souriant d'un air modeste.

— C'est très bien. Certaines personnes arrivent ici à court d'idées. Jill leur pose alors les questions de base et…

Elle fait un geste de la main. J'en ignore la signification, mais cela n'augure rien de bon.

— Je vois. Quelles sortes de questions ?

— Oh ! rien de bien inquiétant. Elle vous demandera probablement… Je ne sais pas. Des choses comme : « Comment négociez-vous un marché fluctuant ? » Ou : « Quelle est la différence entre une mise de fonds ouverte et un OR ? » Ou encore : « Comment calculeriez-vous la date d'expiration d'un titre en opérations à terme ? » Les trucs courants.

Une voix intérieure me conseille de prendre mes jambes à mon cou, mais Amy vient de s'arrêter devant une porte de bois blond.

— Nous y voilà, indique-t-elle en souriant. Vous désirez un thé, ou un café ?

— Un café, merci.

J'ai envie de dire : « Un gin bien tassé. »

Amy frappe à la porte, l'ouvre et m'introduit en annonçant : « Rebecca Bloomwood ».

— Rebecca ! s'écrie une femme brune derrière un bureau.

Elle se lève pour venir me serrer la main.

À mon grand étonnement, Jill est loin d'être aussi bien habillée qu'Amy. Elle est vêtue d'un tailleur bleu plutôt mémère et chaussée de banals escarpins. Peu importe, c'est elle qui commande. Et son bureau est assez incroyable.

— Je suis enchantée de vous rencontrer, déclare-t-elle en me désignant un fauteuil. Autant vous l'avouer sans détours, votre CV m'a extrêmement impressionnée.

— C'est vrai ?

Cela commence bien. *Extrêmement impressionnée.* Du coup, elle ne tiendra peut-être pas compte du fait que je sois incapable de répondre à ses questions.

— Vos aptitudes linguistiques, en particulier, ajoute Jill. Remarquable. Vous semblez faire partie de ces oiseaux rares qui excellent dans toutes les matières.

— Mon français se limite à la conversation courante. « Voici la plume de ma tante », ce genre de chose.

Jill a un rire approbateur.

— Mais le finnois ! s'exclame-t-elle en prenant la tasse de café placée devant elle. Reconnaissez que c'est inhabituel.

Je lui adresse un sourire éblouissant en espérant que nous allons changer de sujet. J'ai marqué « maîtrise parfaite du finnois » car j'ai pensé que « français parlé » faisait un peu perdu tout seul. Après tout, qui parle finnois ? Personne.

— Et vos connaissances financières, poursuit-elle en attirant mon CV vers elle. Au cours de votre carrière de journaliste, vous avez couvert des domaines très variés. Notamment, qu'est-ce qui vous attire dans les produits dérivés ?

De quoi parle-t-elle ? Ah ! oui, les dérivés. Ce sont des opérations à terme, si je ne m'abuse.

— Eh bien…, dis-je avec assurance.

Je suis interrompue par Amy qui entre avec une tasse de café.

— Merci.

Je relève la tête. Pourvu que l'on passe à autre chose. Mais Jill attend toujours ma réponse.

— À mon avis, les opérations à terme *représentent* le futur. Ce secteur offre de nombreux défis et je pense…

Qu'est-ce que je pense, au fait ? Devrais-je mentionner au passage les OR ou les dates d'expiration ? Mieux vaut s'abstenir.

— Je crois que ce secteur me correspondrait parfaitement.

— Je vois, approuve Jill Foxton en se renversant dans son siège. La raison pour laquelle je vous pose ces questions est qu'il y a un poste dans la banque qui pourrait vous convenir tout aussi bien. Qu'en pensez-vous ?

Un poste dans la banque ? Est-elle sérieuse ? M'a-t-elle trouvé un travail ? Ce n'est pas vrai !

— Eh bien, je n'y verrais aucun inconvénient, dis-je en essayant de contrôler mon enthousiasme. Je regretterai les opérations à terme, mais la banque, ce n'est pas mal non plus, n'est-ce pas ?

Jill éclate de rire. Elle croit que je plaisante.

— Le client, une banque étrangère de premier plan, recherche une nouvelle recrue pour la division des créances financières de sa filiale de Londres.

— Oui.

— Maîtrisez-vous les principes européens d'arbitrage direct ?

— Absolument ! J'ai écrit un article sur ce sujet l'an dernier.

Quel était le mot, déjà ? Arbi-quelque chose.

— Je ne veux pas vous forcer la main... si vous désirez un réel changement d'orientation professionnelle, ce poste vous ira comme un gant. Il y aura un entretien, bien sûr, mais il ne devrait poser aucun problème. Et je serai en mesure de vous négocier un contrat très intéressant, ajoute-t-elle d'un air complice.

— Vraiment ?

Voilà soudain que j'ai du mal à respirer. Elle va négocier un contrat très intéressant. Pour moi !

— Mais oui. Vous devez réaliser que vous faites partie des exceptions. Vous savez, hier, quand j'ai reçu votre CV, j'ai vraiment poussé des cris de joie. Rendez-vous compte, *la coïncidence* ! poursuit-elle sur le ton de la confidence.

— En effet, dis-je en levant vers elle un visage rayonnant.

C'est fantastique ! Mon rêve se réalise. Je vais être un banquier. Et pas n'importe lequel. Un banquier de premier plan !

— Alors, déclare Jill d'un air désinvolte, si nous allions rencontrer votre nouvel employeur ?

— Quoi ?

Un sourire se dessine sur ses lèvres.

— Je ne voulais pas vous en parler avant de vous rencontrer. Mais le directeur du recrutement de la banque de Helsinki se trouve dans nos bureaux pour rencontrer notre P.-D.G. Je suis sûre qu'il va vous adorer. L'affaire peut même être réglée cet après-midi.

— Parfait !

Ha ! ha ! ha ! Je vais être un banquier.

Ce n'est qu'à mi-chemin du couloir que ses paroles commencent à prendre un sens. La banque de Helsinki.

Cela ne signifie pas... Elle n'espère sans doute pas...

— J'ai hâte de vous entendre tous les deux bavarder en finnois, dit Jill, tandis que nous montons un étage. C'est une langue que j'ignore du tout au tout.

Oh ! mon Dieu. Non !

— J'ai toujours été nulle en langues, me confie-t-elle, très à l'aise. Je ne suis pas douée dans ce domaine. Pas comme vous !

Je lui lance un sourire éclatant et continue à marcher sans faire le moindre faux pas, mais mon cœur bat à tout rompre. Bon sang, que faire ?

Nous nous engageons dans un autre couloir. Je ne m'en sors pas mal. Tant que nous continuons à marcher, je suis O.K.

— Le finnois est une langue difficile à apprendre ?

189

— Pas vraiment. Mon… mon père est à moitié finlandais, dis-je d'une voix éraillée.

— J'imaginais une situation de ce genre. Après tout, ce n'est pas une langue enseignée à l'école, déclare-t-elle avec un petit rire jovial.

Tout baigne pour elle, me dis-je avec colère. On ne lui a pas signé son arrêt de mort. Quelle angoisse ! Les personnes que nous croisons me dévisagent avec curiosité. Elles ont l'air de penser : « Alors, c'est vous qui parlez finnois ! »

Pourquoi ai-je écrit que je le maîtrisais parfaitement ? *Pourquoi ?*

— Ça va ? s'enquiert Jill. Pas trop nerveuse ?

— Absolument pas !

Peut-être est-ce jouable. Ce type ne va tout de même pas mener tout ce fichu entretien en finnois ? Il se contentera de lancer : « Haåll… » et je répondrai : « Haåll… », puis j'enchaînerai aussitôt en déclarant : « Vous savez, mon finnois technique est un peu rouillé, ces temps-ci. Cela ne vous dérangerait pas que l'on poursuive en anglais ? Et…

— Nous sommes presque arrivées.

— Parfait.

Je resserre ma main moite autour de la poignée de mon attaché-case. Mon Dieu. Faites quelque chose. S'il vous plaît…

— C'est ici ! s'écrie-t-elle en s'arrêtant devant une porte indiquant : SALLE DE CONFÉRENCE. Elle tape deux fois puis entre dans la pièce. Un nombre impressionnant de personnes sont assises autour d'une table. Toutes se tournent vers moi et me regardent.

— Jan Virtanen. Je vous présente Rebecca Bloomwood.

Un homme barbu se lève avec un large sourire. Il me tend la main.

— Neiti Bloomwood ! On Oikein hauska tavata. Pitääkö paikkansa että teillä on jonkinlainen yhteys Suomeen ?

Je demeure sans voix, les joues en feu. Tout le monde attend ma réponse.

— Je... heu... heu... Haållø !

Je lève ma main en un petit geste amical et souris à l'assemblée.

Tous les visages restent de marbre.

— Heu... Il faut que..., dis-je en battant en retraite. Que je...

Et je m'enfuis à toutes jambes.

11

J'arrive dans le hall d'entrée, haletante. Vu le véritable marathon que je viens de courir le long d'interminables couloirs pour sortir de cet endroit, rien d'étonnant. Je descends la dernière volée de marches (je ne pouvais pas me risquer dans les ascenseurs par crainte d'y rencontrer la brigade finlandaise), puis m'arrête pour reprendre mon souffle. Je tire sur ma jupe, fais passer mon attaché-case d'une main moite à l'autre et commence à traverser le hall en direction de la porte comme si je sortais d'un rendez-vous ordinaire. Je regarde droit devant moi, en m'interdisant de penser que j'ai anéanti toutes mes chances de devenir l'un des meilleurs banquiers de la City. Mon seul objectif est d'atteindre la porte vitrée et de quitter les lieux avant d'être...

— Rebecca ! s'écrie une voix derrière moi.

Merde ! Ils m'ont eue.

— Haållø, fais-je, la gorge serrée, en me retournant. Haåll... Oh... Hello.

C'est Luke Brandon.

Il se tient devant moi et me contemple de son regard si énigmatique.

— Je ne pensais pas vous rencontrer dans un endroit pareil. Vous cherchez un travail dans la City ?

Et pourquoi pas ? Pense-t-il que je ne suis pas assez intelligente ?

— J'envisage un changement de carrière. Peut-être dans le secteur bancaire. Ou comme courtier d'opérations à terme.

— Vraiment ? C'est dommage.

Que veut-il dire ? Pourquoi est-ce dommage ? Ses yeux noirs rencontrent les miens et je ressens un petit pincement au cœur. Soudain, les paroles de Clare me traversent l'esprit. *Luke Brandon m'a demandé si tu avais un petit ami.*

— Et vous ? Que faites-vous ici ?

— J'effectue des recrutements. Ils sont très efficaces. Inhumains, mais efficaces.

Il hausse les épaules puis regarde mon attaché-case.

— Vous ont-ils trouvé quelque chose ?

— J'ai... Pas mal de possibilités s'offrent à moi. Je réfléchis à ma prochaine démarche.

Qui, pour être franche, consiste à prendre directement la porte.

— Je vois, dit Luke. Êtes-vous en congé ?

— Oui. Bien sûr.

Qu'imagine-t-il ? Que j'ai quitté le journal en prétextant une conférence de presse ?

Après tout, ce n'est pas une mauvaise idée. Je pourrais tenter le coup la prochaine fois.

— Et qu'avez-vous de prévu maintenant ?

Ne dites jamais « rien ».

— Eh bien, j'ai à m'occuper de pas mal de choses. Des coups de fil à passer, des gens à voir...

— Alors, je ne vais pas vous retarder. Bonne chance pour votre boulot.

— Merci, dis-je en lui adressant un sourire professionnel.

Il s'en va et je reste plantée là avec mon vieil attaché-case, un peu dépitée. J'attends qu'il ait disparu pour me diriger à mon tour vers la sortie. Une fois dans la rue, je m'arrête, indécise. J'avais projeté de passer la journée au téléphone pour parler à tout le monde de mon nouvel emploi génial de courtier. À la place... Bon. N'y pensons plus.

Quoi qu'il en soit, je ne peux pas rester devant William Green toute la journée. Les gens vont imaginer que je fais partie d'une installation d'art contemporain. Je finis par me mettre en route. Dès que je tomberai sur une station de métro, j'aviserai. Parvenue à un carrefour, j'attends que le feu passe au rouge quand un taxi s'arrête à ma hauteur.

— Je sais que vous êtes une femme débordée.

Je redresse la tête, stupéfaite. Luke Brandon est penché à la fenêtre du taxi. Une lueur malicieuse éclaire ses yeux noirs.

— Mais si vous avez une demi-heure à perdre, ça vous dirait de faire un peu de shopping ?

Cette journée est irréelle. Tout à fait irréelle.

Je monte dans le taxi, pose mon attaché-case par terre et m'assois en lançant un regard nerveux à Luke. Je regrette déjà ma décision. Et s'il me pose une question sur les taux d'intérêt ? Ou s'il désire s'entretenir de la Bundesbank ou des perspectives de croissance des États-Unis ? Mais il se contente d'indiquer au chauffeur : « Chez Harrods, je vous prie. »

Au moment où nous démarrons en trombe, je ne peux m'empêcher de sourire. C'est si cool. Moi qui croyais rentrer à la maison, seule et misérable, me voilà en route pour Harrods, aux frais de la princesse.

J'observe par la fenêtre les rues bondées. Nous sommes en mars, mais quelques panneaux « Soldes » datant du mois de janvier subsistent encore dans certaines vitrines. Je fouille du regard les étalages à la recherche d'affaires que j'aurais ratées. Le taxi marque un temps d'arrêt devant une filiale de la banque Lloyds. Je jette un coup d'œil vague aux clients qui font la queue à l'intérieur.

— Vous savez quoi ? Les banques devraient organiser des soldes en janvier comme tout le monde.

Je lève les yeux. Luke a l'air de beaucoup s'amuser.

— Les banques ?

— Pourquoi pas ? dis-je sur la défensive. Pendant un mois, ils baisseraient leurs prix. Tout comme les sociétés de crédit immobilier. En vitrine, de grandes affiches indiqueraient : « Prix sacrifiés. »

Je reste pensive un moment.

— Ou alors, ils organiseraient des soldes en avril, à la fin de l'année fiscale. Les organismes d'investissement pourraient s'y mettre aussi. « – 50 % sur un éventail sélectionné de portefeuilles. »

— Des soldes de SICAV, renchérit Luke Brandon. Remises sur tous les droits d'entrée.

— Absolument. Personne ne peut résister à un rabais. Même les gens riches.

Le taxi redémarre et je remarque une femme vêtue d'un splendide manteau blanc. Où l'a-t-elle déniché ? Peut-être chez Harrods. Et si j'en achetais un ? Tout l'hiver, je ne porterais que du blanc. Un manteau blanc comme neige avec une toque de fourrure blanche assortie. Les gens m'appelleront « la fille au manteau blanc ».

Quand je me retourne, je vois Luke noter quelques lignes dans un petit carnet. Il redresse la tête.

— Rebecca, envisagez-vous sérieusement de quitter le journalisme ?

À vrai dire, j'avais oublié ce sujet.

— Je ne sais pas. Peut-être.

— Et vous pensez que le secteur bancaire vous conviendrait mieux ?

— Qui sait ? dis-je, déconcertée par le ton de sa voix.

Il n'a pas à s'en faire, lui, ni à s'inquiéter pour son avenir. Il possède sa propre société évaluée à plusieurs millions de livres. Pour ma part, je ne possède que mon découvert s'élevant à plusieurs milliers de livres !

— Elly Granger quitte *L'Investisseur Hebdo*. Elle entre chez Wetherby comme gestionnaire de portefeuilles.

— Je suis au courant, déclare-t-il. Mais vous n'avez rien à voir avec Elly Granger.

Ce commentaire m'intrigue. Si je ne ressemble pas à Elly, à qui est-ce que je ressemble ? À une personne détendue et raffinée comme Kristin Scott Thomas ?

— Vous avez de l'imagination, ajoute Luke. Elle, non.

Waouh ! Luke Brandon pense que j'ai de l'imagination. Mince alors ! Voilà qui est plutôt flatteur. « Vous avez de l'imagination. » J'aime ça. À moins que...

Une minute. Est-ce une façon polie de dire que je suis stupide ? ou menteuse ? Peut-être essaie-t-il de me faire comprendre que tous mes articles sont bidon ?

Je ne sais plus si je dois me réjouir ou pas.

Pour cacher mon embarras, je regarde par la fenêtre. Nous sommes arrêtés à un feu rouge. Une femme obèse vêtue d'un jogging de velours rose tente de traverser la rue. Elle est surchargée de courses et tient un petit chien ridicule. À intervalles réguliers, elle laisse échapper un de ses paquets, qu'elle rattrape en déposant un autre sac par terre. C'est si énervant que j'ai envie d'aller l'aider. Soudain, elle en fait tomber un. Il s'ouvre et trois énormes pots de glace roulent sur la chaussée.

Ne rigole pas, me dis-je. Sois adulte. Je serre les dents, mais ne peux m'empêcher de glousser.

Du coin de l'œil, je vois Luke s'efforcer aussi de rester sérieux.

La femme se met à descendre la rue en courant pour rattraper ses emplettes, talonnée par son toutou. C'est parti. J'éclate de rire. Et quand le chien qui a dépassé sa maîtresse essaie d'arracher le couvercle d'un des pots avec ses dents, je crois mourir. Je regarde Luke et n'en reviens pas. Il pleure de rire. J'étais persuadée que Luke Brandon ne riait jamais.

— Je sais qu'on ne doit pas se moquer des gens. Mais...

— Ce chien ! s'étrangle Luke. Ce satané chien !

— Cette tenue !

Le taxi démarre et nous dépassons la femme obèse, penchée sur ses pots de glace, son énorme derrière rose pointé en l'air.

— Les joggings de velours rose devraient être interdits.

— Je suis tout à fait de votre avis, dit Luke le plus sérieusement du monde. Les joggings de velours rose sont dorénavant interdits. Ainsi que les cravates.

— Et les slips, dis-je sans réfléchir.

197

Je sens mon visage s'empourprer. Comment puis-je parler de slips devant Luke Brandon ? J'enchaîne aussitôt :

— Et le pop-corn au caramel.

— D'accord, déclare Luke. Nous interdisons donc les joggings de velours rose, les cravates, les slips, le pop-corn au caramel…

— Et les clients qui n'ont pas la monnaie, intervient le chauffeur de taxi.

— Très bien, approuve Luke en haussant les épaules. Les clients qui n'ont pas la monnaie.

— Et ceux qui vomissent. Ce sont les pires.

— O.K…

— Ceux aussi qui ne savent pas où ils vont.

Nous échangeons des coups d'œil avec Luke. Mon fou rire me reprend.

— J'allais oublier les clients qui ne sont pas foutus de parler notre langue. Y vous rendent dingue.

— En définitive… la plupart des clients, commente Luke.

— Comprenez-moi bien, explique le chauffeur, je n'ai rien contre les étrangers…

Il s'arrête devant Harrods.

— Nous y voilà. Vous allez faire du shopping ?

— C'est exact, confirme Luke en sortant son portefeuille.

Je lui lance un regard interrogateur. Il n'a pas précisé ce que nous allions acheter. Des vêtements ? Un nouvel après-rasage ? Devrai-je sentir sa joue pour l'aider à choisir ? (Ma foi, je n'y verrais pas d'inconvénient.) Un meuble ? Un nouveau bureau ? (Ce serait barbant !)

— Une valise, répond-il en tendant un billet de dix livres au chauffeur. Gardez la monnaie.

Des valises, des sacs de voyage, des fourre-tout... Déconcertée, je flâne dans le rayon en admirant les bagages Louis Vuitton et les sacs en box. Pourquoi diable ne me suis-je encore jamais intéressée aux bagages ?

Je m'explique. Depuis des années, je fonctionne selon un cycle informel de shopping. Un peu similaire au système de rotation des cultures agricoles. Mais au lieu de blé-maïs-orge-jachère, le mien correspond à vêtements-maquillage-chaussures-vêtements (en général, je fais l'impasse sur la jachère.) Le shopping ressemble beaucoup à l'exploitation d'un champ. Il est indispensable de varier ses achats, sinon l'ennui vous gagne et le plaisir n'est plus au rendez-vous.

Et moi qui croyais pratiquer un shopping diversifié ! J'étais convaincue de couvrir tous les domaines. À vrai dire, j'étais presque blasée. Mais en réalisant ce que j'ai raté, tout ce dont je me suis privée, je suis bouleversée. Toutes ces malles, ces sacoches, ces boîtes à chapeau monogrammées... Les jambes molles, je me dirige dans un coin du rayon et m'assois sur un socle recouvert de moquette près d'un vanity-case en cuir rouge.

Une telle lacune ! J'en suis sidérée. Comment ai-je pu vivre en *ignorant un secteur entier d'articles* ?

— Qu'en pensez-vous ? demande Luke en arrivant vers moi. Vous avez vu quelque chose de bien ?

J'ai l'impression d'être une fumiste. S'il avait voulu une belle chemise blanche, une écharpe en cachemire ou une crème pour les mains, j'aurais été capable de le conseiller et même de lui donner les prix. Mais les bagages ! Je suis une débutante en bagages.

— Eh bien, dis-je pour gagner du temps. Cela dépend. Elles sont toutes magnifiques.

— C'est vrai, approuve-t-il en suivant mon regard. Mais si vous deviez acheter une de ces valises, laquelle choisiriez-vous ?

Impossible de bluffer.

— En fait, ce n'est pas mon rayon.

— Le shopping ? demande Luke, incrédule.

— Les bagages. Je n'y ai jamais consacré beaucoup de temps. J'aurais dû, mais…

— Peu importe ! En tant que profane, laquelle préférez-vous ?

Voilà qui est différent.

— Hmm. Allons les voir de plus près.

Nous nous amusons comme des fous. Nous alignons huit valises et les notons en fonction de leur beauté, de leur poids, de la qualité de leur doublure, de la quantité de poches intérieures et de l'efficacité des roulettes. (Je les ai testées en traversant le rayon. Écœuré, le vendeur nous a alors laissés tranquilles.) Ensuite, nous avons vérifié s'ils avaient des fourre-tout assortis que nous avons aussi notés.

Luke semble n'accorder aucune importance au prix. Tant mieux, car ceux-ci sont astronomiques, et à première vue si effrayants qu'ils m'ont donné envie de partir en courant. Toutefois, il est étonnant de constater que 1 000 livres peuvent finir par sembler une somme très raisonnable pour une valise, surtout quand une malle estampillée Louis Vuitton coûte dix fois plus. Au bout d'un moment, j'envisage sérieusement d'investir dans une valise de qualité pour remplacer mon vieux sac de voyage en toile.

Mais aujourd'hui, c'est le jour de shopping de Luke. Pas le mien. Et, chose étrange, il est presque plus drôle de sélectionner un article quand il n'est pas pour soi. À la fin, nous limitons notre choix à une valise de cuir vert foncé aux merveilleuses roulettes escamotables et à une autre en box beige très pâle, un peu plus lourde, mais qui possède une superbe doublure de soie. Elle est si belle que je n'arrive pas à en détacher mes yeux. Le fourre-tout et le vanity-case assortis sont aussi beaux. À sa place, je...

C'est à Luke de décider. Nous nous asseyons par terre, côte à côte, et les comparons.

— La verte serait plus pratique, argumente Luke.

— Je suppose, dis-je sans m'engager.

— Elle est légère et les roulettes sont plus commodes.

— Mmm.

— La beige s'abîmera très vite. Le vert est une couleur moins délicate.

Je fais un signe de tête affirmatif.

Il me lance un regard interrogateur et déclare :

— Bon. Notre choix est fait.

Toujours assis par terre, il appelle le vendeur.

— Monsieur ?

— Je désire acheter cette valise beige.

— Oh ! Vous prenez celle que je préfère, dis-je, ravie.

— C'est normal. Si l'on se donne la peine de demander un conseil, il faut le suivre ! déclare Luke en se relevant et en époussetant son pantalon.

— Je ne vous ai pourtant pas indiqué laquelle...

— Inutile. Vos « mmm » vous ont trahie, affirme-t-il en me tendant la main pour m'aider à me relever.

Le contact de sa main, d'une fermeté surprenante, est loin d'être désagréable. J'aime aussi son parfum.

201

Un après-rasage que je ne connais pas. Pendant un moment, nous restons silencieux.

— Bon. Je dois aller payer.

— Oui. Oui, bien sûr, dis-je, ridiculement nerveuse.

Il se dirige vers la caisse et parle avec le vendeur. Je vais l'attendre à côté d'un étalage de sacs en cuir, un peu mal à l'aise. Les courses sont terminées. Que va-t-il se passer ensuite ?

Eh bien, nous prendrons congé l'un de l'autre de façon bien élevée. Luke doit sans doute retourner à son bureau. Il ne peut pas passer sa journée à faire du shopping. S'il me demande quel est mon programme, je prétendrai avoir une réunion importante.

— Voilà, c'est fait. Rebecca, je vous suis très reconnaissant pour votre aide.

— Super ! Maintenant, il faut que...

— Je me demandais, m'interrompt Luke, aime-riez-vous déjeuner ?

C'est une journée idéale. Shopping chez Harrods et déjeuner chez Harvey Nichols. Peut-on rêver mieux ? Nous montons directement au restaurant du quinzième étage et Luke commande une bouteille de vin blanc frais. Il lève son verre pour porter un toast.

— Aux bagages, déclare-t-il en souriant.

— Aux bagages !

Je bois une gorgée de vin. Il est sublime. Luke consulte son menu et moi le mien, mais je n'en lis pas un mot. Enveloppée d'une douce torpeur, j'observe avec plaisir toutes les femmes élégantes qui entrent, prenant mentalement note de leur tenue. Où cette fille a-t-elle trouvé ces bottes roses ? Puis je songe à la carte de Luke. Se montrait-il amical ou cherchait-il à me signifier autre chose ?

J'avale une nouvelle gorgée de vin. Une bonne lampée pour être plus exacte. Puis, je repose mon verre, compte jusqu'à cinq et déclare d'un ton détaché :

— Merci pour votre carte.

— Quoi ? demande-t-il en levant les yeux. Ah ! oui. C'était très agréable de vous rencontrer ce soir-là.

— Cet endroit se prête aux rencontres.

À peine ai-je prononcé ces mots que je me sens rougir. Mais Luke se contente de sourire en acquiesçant.

— Qu'avez-vous choisi ?

— Je… Je vais… prendre des croquettes de poisson et une salade, finis-je par dire en lisant le menu à toute vitesse.

Zut. Je m'aperçois qu'ils ont des calmars. J'aurais dû en prendre. Trop tard.

— Merci encore de m'avoir accompagné. Il est toujours bon d'avoir un autre avis.

— Pas de problème ! J'espère que vous serez content de cette valise.

— Oh ! elle n'est pas pour moi. C'est un cadeau pour Sacha, ajoute-t-il après un temps d'arrêt.

— Ah… Qui est Sacha ? Votre sœur ?

— Ma petite amie, répond Luke en se tournant pour faire signe à un serveur.

Je le dévisage, pétrifiée.

Sa petite amie. Je l'ai aidé à choisir une valise pour sa petite amie.

Mon appétit s'est envolé. Je n'ai plus rien à faire ici. L'état de béatitude dans lequel je me trouvais se dissipe peu à peu. Luke Brandon a une fiancée. Bien sûr ! Une fille élégante et belle aux ongles manucurés appelée Sacha qui voyage dans le monde entier avec des valises de luxe. Quelle idiote ! J'aurais dû deviner qu'il existait une Sacha. C'était évident.

À la réflexion, ce n'était pas si évident que ça.

De toute la matinée, Luke ne l'a pas évoquée une seule fois. Pourquoi n'avoir pas dit que cette valise lui était destinée ? Chez Harrods, pourquoi m'a-t-il laissée m'asseoir par terre à côté de lui et a-t-il ri aux éclats quand je marchais de long en large pour tester les roulettes ? Si j'avais su la vérité, je ne me serais pas conduite de cette façon. Et il le savait, bien entendu.

Je sens un froid glacial m'envahir.

— Ça va ? demande Luke en se retournant.

— Non, ça ne va pas. Vous ne m'aviez pas dit que cette valise était pour votre petite amie. Vous n'aviez d'ailleurs pas pris la peine de m'informer que vous en aviez une.

Voilà. C'est sorti. J'ai complètement perdu mon sang-froid, mais ça m'est égal.

— Je vois.

Il prend un morceau de pain qu'il se met à émietter entre ses doigts.

— Sacha et moi sommes ensemble depuis quelque temps déjà. Je suis désolé si j'ai donné... une autre impression.

Il me traite avec condescendance. C'est insupportable.

— Là n'est pas la question, dis-je en devenant rouge comme une pivoine. Tout.... tout est faussé.

— Faussé ? reprend-il en souriant.

— Vous auriez dû me prévenir. Les choses auraient été… différentes.

Luke me regarde comme si j'étais folle.

— Rebecca, vous prenez la situation trop à cœur. Je voulais votre avis sur une valise. Un point, c'est tout.

— Allez-vous raconter à votre petite amie que vous m'avez demandé conseil ?

— Bien sûr ! s'écrie-t-il en riant. Je pense que ça l'amusera beaucoup.

Je suis mortifiée. J'ai la gorge serrée. Un poids énorme pèse douloureusement sur ma poitrine. Amusée ! Sacha sera amusée quand il lui parlera de moi !

On le serait à moins. Qui ne trouverait pas désopilant l'histoire d'une fille qui passe sa matinée à faire les cent pas chez Harrods pour choisir une valise destinée à une autre ? Une fille si stupide qu'elle croyait que Luke Brandon était amoureux d'elle.

J'avale ma salive avec difficulté, humiliée au plus profond de moi-même. Pour la première fois, je réalise comment Luke Brandon me voit. Comment ils me voient tous. Je suis la comique de service. La tête de linotte qui ne pige rien à rien et divertit la galerie. Celle qui ignorait la fusion entre SBG et la banque Rutland, celle que personne ne prend au sérieux. Pourquoi Luke m'aurait-il avertie ? Je n'en vaux pas la peine. Il m'a invitée à déjeuner car il a une heure à perdre. Il espère sans doute que je vais le distraire, en laissant tomber ma fourchette par exemple, facétie dont il se moquera une fois de retour au bureau.

— Désolée, dis-je d'une voix tremblante. Je n'ai pas le temps de déjeuner.

— Rebecca, ne soyez pas stupide ! Je croyais que vous étiez au courant pour ma fiancée. Restons amis, voulez-vous ?

J'ai envie de le gifler.

— Non. C'est impossible. Les amis se témoignent du respect. Et vous ne me respectez pas, Luke. Je suis une sorte de bouffon. Une nullité. Sachez que… que ce n'est pas le cas.

Et avant qu'il puisse répondre, je me lève et me faufile vers la sortie, les yeux noyés de larmes.

PGNI FIRST BANK VISA
7 Camel Square
Liverpool L1 5NP

Mademoiselle Rebecca Bloomwood
Apt 2
4 Burney Rd
Londres SW6 8FD

Le 20 mars 2000

Chère Mademoiselle Bloomwood,

PGNI First Bank Carte Visa n° 1475839204847586

Nous accusons réception de votre règlement de 10,00 £.

Comme je vous l'ai signalé à plusieurs reprises, le paiement minimum exigé s'élève à 105,40 £.

En conséquence, votre compte indique un solde débiteur de 95,40 £, montant que je vous prie de m'adresser le plus rapidement possible.

Si ce règlement n'est pas effectué sous huitaine, je me verrai dans l'obligation de prendre les mesures nécessaires.

Veuillez agréer, Mademoiselle Bloomwood, l'expression de mes sentiments distingués.

Peter Johnson
Directeur des Comptes Clients

BANK OF LONDON
London House
Mill Street EC3R 4DW

Mademoiselle Rebecca Bloomwood
Apt 2
4 Burney Rd
Londres SW6 8FD

Le 20 mars 2000

Chère Mademoiselle Bloomwood,

Imaginez...

Comment votre vie serait transformée par un prêt personnel.

Vous pourriez vous offrir une nouvelle voiture. Aménager votre intérieur. Acheter un bateau pour profiter pleinement de vos week-ends. Ou simplement avoir la conscience tranquille en sachant que toutes vos factures seront réglées sans que vous ayez à y penser...

La Bank of London vous propose des prêts permettant de réaliser la plupart de vos rêves. Alors n'attendez pas ! Choisissez la vie que vous méritez.

Avec le prêt Easifone de la Bank of London, vous n'avez même pas à remplir de formulaire. Il vous suffit d'appeler un de nos opérateurs disponibles 24 h sur 24 au : 0100 45 46 47 48

Et nous nous occupons du reste.

Imaginez...

En espérant avoir bientôt de vos nouvelles, nous vous prions d'agréer, Mademoiselle Bloomwood, l'expression de nos sentiments distingués.

Sue Skepper
Directrice Marketing

P.-S. : Pourquoi différer ?
Appelez dès maintenant le 0100 45 46 47 48. Rien de plus facile.

12

Je reprends le chemin de la maison, triste et abattue. Les super jobs dans la banque et la virée chez Harrods avec Luke Brandon semblent à des années-lumière. La réalité ne se résume pas à se promener en taxi à Knightsbridge ni à choisir des valises à 1 000 livres. La réalité a la tête d'un minuscule appartement qui sent encore le curry, une pile de lettres désagréables de la banque et aucune solution en vue.

Je tourne la clef dans la serrure. Dès que j'ouvre la porte, j'entends Suze crier :

— Bex ? C'est toi ?

— Oui. Où es-tu ?

— Là.

Le visage tout rouge et les yeux brillants, elle apparaît à l'entrée de ma chambre.

— Tu sais quoi ? J'ai une surprise pour toi !

— Ah ! bon ?

Je pose mon attaché-case par terre. La surprise de Suze ne me dit rien. Elle aura changé mon lit de place ou une bêtise de ce style. Tout ce dont j'ai envie, c'est m'asseoir avec une tasse de thé et grignoter quelque chose. Je n'ai toujours pas déjeuné.

— Viens voir. Non… D'abord, ferme les yeux. Je vais te guider.

— D'accord.

Je la suis à contrecœur. Elle me prend la main. Nous traversons le couloir et, au moment de pénétrer dans ma chambre, je ne peux m'empêcher de frémir d'impatience. C'est plus fort que moi. Je me laisse toujours prendre à ce genre de truc.

— Talala ! Ouvre les yeux maintenant !

Je parcours la pièce du regard. Qu'est-ce que Suze a encore inventé ? En tout cas, elle n'a pas repeint les murs ou changé les rideaux et mon ordinateur est bien éteint. Alors qu'a-t-elle…

Et là, je les vois. Sur mon lit. Des piles et des piles de cadres rembourrés. Tous parfaits, sans coins de travers et avec le galon collé comme il faut. Incroyable ! Il y en a au moins…

— Il y en a cent, annonce Suze avec fierté. Je terminerai le reste demain. Ne sont-ils pas super ?

Je me retourne et la dévisage, médusée.

— C'est… c'est toi qui as fait tout ça ?

— Mais oui ! Une fois que tu prends le rythme, c'est facile. Je les ai assemblés devant *Morning Coffee*[1]. Quel dommage que tu ne l'aies pas regardé ! Ils ont reçu plein de coups de fils passionnants d'hommes aimant s'habiller en femme ! Il y avait ce type…

— Une minute, Suze. Je ne comprends pas. Tu as dû y passer un temps fou. Pourquoi… pourquoi t'es-tu donné la peine…

---

1. Émission de télévision alternant interviews, reportages et variétés. Les téléspectateurs peuvent poser des questions par téléphone.

— Eh bien, tu n'avais pas l'air de t'en sortir. J'ai voulu t'aider, déclare-t-elle gentiment.

— M'aider ?

— Je finirai le reste demain et ensuite j'appellerai le service de livraison. Tu sais, ce système est vraiment au point. Tu n'as pas à les poster. Ils passent les prendre. Ensuite, ils t'envoient un chèque. Tu toucheras 284 livres. Pas mal, non ?

— Que veux-tu dire par : ils m'enverront un chèque ?

Suze me regarde comme si j'étais stupide.

— Bex, ce sont tes cadres.

— Mais c'est toi qui les as assemblés ! C'est à toi d'empocher l'argent.

— Je les ai faits pour toi ! s'écrie-t-elle. Pour que tu gagnes les trois cents livres qui te manquent.

La gorge serrée, je m'assois lentement sur le lit. Je prends un cadre et passe mon doigt sur le tissu. Il est parfait. Il se vendrait chez Liberty sans problème.

— Suze, c'est ton argent. Pas le mien. Désormais, ce projet t'appartient.

— C'est là que tu te trompes. J'ai mon propre projet, déclare-t-elle, triomphante.

Elle s'approche et plonge sa main derrière le lit. Elle en sort un cadre qui n'a rien à voir avec les autres. En fausse fourrure argentée, il est décoré de petits pompons dans les coins et le mot « Ange » apparaît en lettres roses tout en haut. C'est le summum du kitsch.

— Il te plaît ? demande-t-elle avec nervosité.

— Je l'adore ! dis-je en lui arrachant des mains pour l'examiner de plus près. Où l'as-tu trouvé ?

— Nulle part. Je l'ai fabriqué.

— Quoi ?

— Oui. En regardant *Neighbours*[1]. C'était horrible : Beth a tout découvert sur Joey et Skye.

Je suis sidérée. Que lui arrive-t-il ? Je ne la savais pas si douée.

— Qu'en penses-tu ? Tu crois que je pourrais le vendre ? s'enquiert-elle en le reprenant et en le tournant entre ses doigts.

Si elle peut le vendre ?

— Suze, tu vas être millionnaire.

Nous passons la soirée à boire en organisant sa future carrière de designer. Notre excitation atteint son comble lorsque nous devons décider si elle rencontrera la reine habillée en Chanel ou en Prada. Au moment d'aller me coucher, j'ai complètement oublié Luke Brandon, la banque de Helsinki et le reste de ma journée catastrophique.

Mais le lendemain, tout défile dans ma tête comme un film d'horreur. Je me réveille blême et nauséeuse en rêvant d'un jour de congé. Je ne veux pas aller travailler. Je ne souhaite qu'une chose : rester à la maison sous la couette, regarder la télé et être un chef d'entreprise millionnaire grâce à Suze.

Malheureusement, il s'agit de la semaine la plus chargée du mois et Philip ne croira jamais que je suis malade.

Je m'extirpe de mon lit à grand-peine, m'habille et me traîne jusqu'au métro. Chez Lucio, je commande un grand cappuccino, un muffin et un brownie au chocolat. Je me moque de grossir. J'ai besoin d'un maximum de sucre, de caféine et de chocolat.

---

1. Série australienne s'adressant à un public de teenagers.

Le bureau est en ébullition, et comme personne n'a le temps de bavarder je n'ai pas à raconter ma journée d'hier. Clare tape sur son clavier à toute vitesse et une pile d'épreuves à vérifier m'attend sur mon bureau. Après avoir consulté mon courrier électronique (je n'ai aucun message), je me tasse dans mon fauteuil, prends la première page et commence à lire.

« Estimer les risques et les bénéfices d'un placement en Bourse risque de s'avérer une entreprise périlleuse pour l'investisseur novice. »

Dieu que c'est ennuyeux.

« Certains secteurs du marché génèrent des bénéfices élevés, mais rien n'est jamais sûr à 100 % et pour un petit investisseur… »

— Rebecca ?

Je lève les yeux. Philip se dirige vers moi, un papier à la main, l'air mécontent. L'espace d'un instant pénible, j'imagine qu'il a parlé avec Jill Foxton de William Green et qu'il m'apporte ma lettre de licenciement. Mais quand il s'approche, je constate qu'il s'agit d'un dossier de presse quelconque.

— Il va falloir que vous me remplaciez vendredi. J'y serais bien allé, mais je serai coincé ici avec le marketing.

— D'accord. De quoi s'agit-il ? dis-je sans grand enthousiasme.

— Du Salon de la finance privée à Olympia. Nous écrivons toujours un papier là-dessus.

J'en bâille déjà d'ennui.

— La Barclay donne une réception au champagne à l'heure du déjeuner, ajoute-t-il.

— Entendu. Ce doit être passionnant.

213

Je baisse les yeux sur la feuille et manque défaillir en découvrant l'en-tête, c'est le logo de Brandon Communications.

— Il s'agit d'un grand salon, sans plus. Tous les domaines de la finance privée sont représentés. Il y a des débats, des stands, des événements. Faites un compte rendu de ce qui vous semble intéressant. Vous avez carte blanche.

Je me moque bien de Luke Brandon. Si je le croise, je l'ignorerai. Je ferai preuve d'autant de respect que lui. Et s'il essaie de me parler, je m'en irai, la tête haute…

— Ça se passe bien avec les épreuves ?

— Super. J'ai bientôt fini, dis-je en me replongeant dans la première page tandis que Philip s'éloigne.

« Pour un petit investisseur, les risques encourus l'emportent parfois sur les gains éventuels. »

J'en ai assez. Je n'arrive même plus à me concentrer sur le sens des mots.

« En conséquence, de plus en plus d'actionnaires exigent des résultats performants alliés à un haut niveau de sécurité. Une des solutions consiste à investir dans des SICAV qui "traquent" automatiquement les cent meilleures compagnies en suivant l'indice… »

Tiens, cela me donne une idée. Je prends mon Filofax, l'ouvre d'une pichenette et compose le nouveau numéro de la ligne directe d'Elly à Wetherby.

— Eleanor Granger.

Sa voix me parvient de très loin, comme en écho. Sa ligne doit avoir des problèmes.

— Bonjour Elly, c'est Becky. Écoute, qu'est-il arrivé aux barres chocolatées Tracker ? Elles sont délicieuses, non ? Je n'en ai pas mangé depuis…

Il y a une sorte de grésillement. J'entends Elly balbutier : « Je suis désolée, j'arrive dans… »

— Becky ! Mon téléphone était sur haut-parleur et mon chef de service se trouvait dans mon bureau !

— Désolée. Il est encore là ?

— Non, dit-elle en soupirant. Dieu sait ce qu'il va penser de moi maintenant.

— Il manque tant que ça d'humour ?

Elle ne répond pas.

— Es-tu libre pour prendre un verre à l'heure du déjeuner ?

— Pas vraiment. Je regrette, Becky, il faut que j'y aille.

Et elle raccroche.

Plus personne ne m'aime. Déprimée, je me tasse un peu plus sur ma chaise. Quelle journée affreuse ! Tout me dégoûte. Je veux rentrer à la maison.

Vendredi, mon moral est revenu au beau fixe. Les causes essentielles sont les suivantes :

1º C'est vendredi.

2º Je passe toute la journée loin du bureau.

3º Elly a téléphoné hier pour s'excuser d'avoir été aussi sèche, mais quelqu'un était entré dans son bureau pendant notre discussion. Et elle se rend aussi au Salon.

4º J'ai chassé l'épisode Luke Brandon de mon esprit. Pourquoi m'en soucier ?

Débordant d'enthousiasme et d'énergie, je mets mon nouveau cardigan gris sur un chemisier noir court et mes nouvelles bottes Hobbs en daim gris foncé qui me font un look d'enfer. J'adore les vêtements neufs.

Si l'on pouvait en porter tous les jours, la dépression nerveuse n'existerait plus.

Je suis sur le point de sortir quand le courrier arrive. La plupart des lettres qui me sont adressées ressemblent à des factures. J'en remarque encore une de la banque Endwich. Mais j'ai trouvé une solution radicale pour toutes ces missives désagréables : je les range dans le tiroir de ma coiffeuse. C'est le seul moyen qui m'empêche de stresser et il est très efficace. Je referme le tiroir d'un coup sec. Lorsque je me dirige vers la porte d'entrée, j'ai déjà tout oublié.

Au moment où j'y pénètre, le Salon bat son plein. À l'énoncé de mon nom, l'attaché de presse de l'accueil me tend un sac brillant marqué du logo HSBC. À l'intérieur, je trouve un énorme dossier de presse comprenant la photo de tous les organisateurs se portant mutuellement un toast au champagne (comme si on allait l'utiliser dans le journal), un bon pour deux verres au stand de la Sun Alliance, un billet de tombola pour gagner 1 000 livres (à investir dans un fonds commun de placement de mon choix), une sucette géante faisant de la publicité pour les assurances Eastgate et un badge à mon nom barré du mot « PRESSE ». Il y a aussi une enveloppe blanche contenant le carton de la réception au champagne de la Barclay que je range soigneusement dans mon sac. Ensuite, j'épingle mon badge bien en vue au revers de ma veste et descends dans l'arène.

En général, la règle est de jeter son badge aux orties. Mais dans un Salon, appartenir à la presse comporte des avantages : tout le monde vous couvre de trucs gratuits. La plupart ne sont que de vieux prospectus sur les plans d'épargne, mais parfois, on reçoit de vrais cadeaux, ou des amuse-gueules. Au bout d'une heure, j'ai récolté deux stylos, un coupe-papier, une mini-boîte de rochers Ferrero, un ballon au nom de Save & Prosper et un T-shirt humoristique sponsorisé par une compagnie de téléphones mobiles. J'ai bénéficié aussi de deux cappuccinos, d'un pain au chocolat, de cidre (de Somerset Savings), d'un petit paquet de Smarties et de mes Pimms de Sun Alliance. (Je n'ai pris aucune note, ni posé de question, mais qu'importe. Je recopierai des passages du dossier de presse.)

J'ai remarqué que certaines personnes avaient de jolies pendulettes de bureau. J'aimerais bien en avoir une et je flâne en essayant de repérer leur provenance quand on m'appelle :

— Becky !

C'est Elly qui me fait signe d'approcher. Elle est dans le stand Wetherby avec deux types en costume.

— Bonjour ! Comment vas-tu ?

— Tout va pour le mieux, répond-elle, le visage rayonnant.

Je dois reconnaître qu'elle joue le jeu à la perfection. Elle porte un tailleur rouge vif (de chez Karen Millen, sans aucun doute), des chaussures à bout carré sublimes, et ses cheveux sont tirés en arrière. La seule chose que je n'aime pas, ce sont ses boucles d'oreilles. Pourquoi porte-t-elle des perles ? Pour ressembler aux autres ?

— Je n'arrive pas à réaliser que tu es gestionnaire de portefeuilles, dis-je à voix basse. Bientôt, tu me donneras une interview.

J'incline la tête et demande avec le plus grand sérieux, comme Martin Bashir de *Panorama* :

217

« Madame Davies, comment définiriez-vous la politique des investissements Wetherby ? »

Elly a un petit rire, puis elle plonge la main dans une boîte placée à côté d'elle.

— C'est pour toi, déclare-t-elle en me tendant une brochure.

— Merci beaucoup, dis-je ironique, en la fourrant dans mon sac.

Je suppose qu'elle doit se surveiller devant ses collègues.

— Chez Wetherby, ça bouge beaucoup, poursuit Elly. Sais-tu que le mois prochain, nous allons lancer toute une gamme de nouveaux placements ? Il y en a cinq : UK Growth, UK Prospects, European Growth, European Prospects et...

Pourquoi me raconte-t-elle tout ça ?

— Elly...

— Et le US Growth, s'exclame-t-elle, triomphante.

Je ne décèle aucune trace d'humour dans ses yeux.

— Eh bien, ça m'a l'air... super !

— Si tu veux, je peux demander à notre attachée de presse de te téléphoner. Elle te tiendra au courant.

Quoi ?

— Non, c'est bon. Que fais-tu après ? Veux-tu prendre un verre ?

— Impossible. Je vais visiter un appartement.

— Tu déménages ?

Elly partage un appartement hyper cool à Camden avec deux musiciens qui l'invitent sans cesse à des concerts et des spectacles gratuits. Je ne vois pas pourquoi elle déménagerait.

— En fait, j'achète. Je cherche dans Streatham, Tooting... J'ai envie de devenir propriétaire.

— Bonne idée !

— Tu devrais y penser, Rebecca. Tu ne peux pas rester toute ta vie dans un appartement d'étudiante. Un jour ou l'autre, on doit regarder la réalité en face.

Elle jette un coup d'œil à l'un de ses collègues qui se met à rire.

Je ne vis pas dans un appartement d'étudiante, me dis-je, indignée. Et qu'est-ce que la « réalité » ? L'accession à la propriété et les boucles d'oreilles hideuses ? Il s'agit de « la réalité chiante à mourir », plutôt.

— Vas-tu à la réception de la Barclay ?

C'est ma dernière cartouche. Une fois là-bas, nous boirons et nous amuserons bien. Mais Elly fait la moue en hochant la tête.

— J'y passerai, mais en coup de vent, car je serai coincée ici.

— O.K. Bon... À bientôt.

Abattue, je m'éloigne du stand et m'achemine vers le lieu de la réception. Et si Elly avait raison ? Peut-être devrais-je parler de placements et d'appartements. Quelque chose cloche chez moi. Il me manque le gène qui rend adulte, celui qui vous pousse à acheter un logement à Streatham et vous entraîne les week-ends dans les magasins de bricolage. Tous les gens souscrivent à un monde qui m'est étranger.

Néanmoins, comme j'approche de la réception, mon moral reprend le dessus. Qui ne serait pas de bonne humeur à la perspective de boire du champagne gratuitement ? L'événement a lieu sous une énorme tente et d'immenses bannières. Un orchestre joue de la musique et une hôtesse d'accueil donne des porte-clés à l'effigie de la Barclay. En voyant mon badge, elle m'adresse un large sourire, me tend un luxueux dossier de presse blanc et me dit : « Veuillez patienter un moment, je vous prie. » Elle se dirige alors vers un petit groupe, glisse quelques mots à l'oreille d'un homme en costume et revient. « Quelqu'un va venir s'occuper de vous. En attendant, laissez-moi vous offrir un verre de champagne. »

Vous comprenez ce que je veux dire au sujet de la presse ? Où que vous alliez, vous avez droit à un régime de faveur. Je prends le verre, fourre le dossier de presse dans le sac du Salon et avale une gorgée de champagne. Il est délicieux. Frappé et pétillant. Je vais m'attarder deux ou trois heures ici et boire jusqu'à épuisement du stock. Ils n'oseront pas me jeter dehors. Je suis de la presse. Si je...

— Rebecca. Je suis ravi de vous voir.

C'est Luke Brandon. Planté devant moi, il me regarde, le visage empreint d'une expression indéchiffrable. J'ai un haut-le-cœur. Tout ce que j'avais prévu, la froideur et l'indifférence s'évanouissent en fumée : en le voyant, je revis l'humiliation cuisante de notre dernière rencontre.

— Bonjour, dis-je d'une voix inaudible, les yeux rivés au sol.

Pourquoi même le saluer ?

— J'espérais vous rencontrer. Je voulais...

— Je... je n'ai pas le temps de bavarder. Je dois me mêler aux invités. Je suis ici pour travailler.

J'essaie d'être digne, mais ma voix tremble et mon visage est en feu. Avant qu'il n'ait le temps de poursuivre, je me sauve dans la direction opposée. Mon objectif est de marcher jusqu'à ce que je rencontre une personne à qui parler.

Léger problème, je n'en vois aucune. Il n'y a que des groupes de banquiers qui s'esclaffent en discutant de golf. Larges d'épaules, ils sont tous très grands et ne font pas attention à moi. J'ai l'impression d'être une petite fille perdue dans une soirée d'adultes. Je repère Moira Channing du *Daily Herald* qui m'adresse un petit signe, mais il n'est pas question que je m'entretienne avec elle. Continue, me dis-je, maintiens ton allure. Ne t'affole pas.

J'aperçois Luke Brandon. En me voyant, il redresse la tête et commence à se diriger vers moi. Vite ! Il faut que je déniche un interlocuteur.

Et pourquoi pas ce couple là-bas ? L'homme dans la cinquantaine et la femme beaucoup plus jeune ne semblent pas connaître grand monde non plus. Dieu merci. Je vais leur demander comment ils trouvent le Salon, s'ils l'estiment utile et feindrai de prendre des notes pour mon article. Quand Luke Brandon arrivera, je serai si absorbée par ma conversation que je ne le remarquerai même pas. Allons-y.

Je prends une gorgée de champagne et m'approche du type en souriant.

— Bonjour. Rebecca Bloomwood, de *Réussir votre épargne*.

— Bonjour, répond-il en me tendant la main. Derek Smeath, de la banque Endwich, et voici Erica, mon assistante.

Aïe !

Je reste sans voix. Médusée, je suis incapable de lui serrer la main ou de partir en courant.

— Bonjour ! lance Erica d'une voix amicale.

Je supplie intérieurement : s'il vous plaît, faites qu'ils ne reconnaissent pas mon nom.

— Vous êtes journaliste ? demande-t-elle en regardant mon badge, les sourcils froncés. Votre nom me dit quelque chose.

221

— Oui. Vous... vous avez dû tomber sur mes articles.

— Sans doute. Au bureau, nous recevons tous les magazines financiers. Certains sont excellents.

Je reviens peu à peu à la vie. Tout va bien. Ils ignorent qui je suis.

— Vous autres, journalistes, devez être experts dans tous les domaines, poursuit Derek qui, ayant abandonné l'idée de me serrer la main, sirote son champagne.

— Oui. Il nous faut connaître tous les secteurs de la finance privée. De la banque aux assurances vie en passant par les fonds de placement.

— Et comment acquérez-vous tout ce savoir ?

— Nous l'apprenons au fur et à mesure.

À présent que je suis détendue, la situation est plutôt amusante. Ils ne savent pas qui je suis ! ai-je envie de claironner. Et Derek Smeath n'est pas du tout effrayant en chair et en os. Amical et chaleureux, il rappelle les oncles des séries télévisées.

— Je trouve qu'on devrait tourner un documentaire sur les banques, affirme Erica en recherchant mon approbation du regard.

Je m'empresse d'acquiescer.

— Quelle bonne idée ! Ce serait fascinant.

— Vous devriez voir certains de nos clients ! Les gens font n'importe quoi. N'est-ce pas Derek ?

— Vous seriez vraiment étonnée. Ils ne reculent devant rien pour éviter de combler leur découvert, ou même de nous parler.

— Ah bon ?

— Vous n'en croiriez pas vos oreilles ! s'exclame Erica. Je me demande parfois...

— Rebecca ! s'écrie une voix derrière moi.

222

Je me retourne et découvre Philip, souriant, un verre de champagne à la main. Que fait-il ici ?

— Le marketing a annulé la réunion, alors j'ai pensé faire un saut. Tout se passe bien ?

— Super ! Je vous présente Derek et Erica… Philip Page est mon rédacteur en chef.

— Vous êtes de la banque Endwich ? dit Philip en regardant leur badge. Vous devez connaître Martin Gollinger, alors.

— Nous ne sommes pas au siège social, explique Derek. Je suis le directeur de l'agence de Fulham.

— Fulham ! répète Philip. Le quartier branché par excellence.

Soudain, un signal d'alarme se déclenche dans ma tête. Dong-dong-dong ! Je dois agir, changer de sujet. Mais il est trop tard. C'est comme si j'assistais, impuissante, à la collision de deux trains.

— Rebecca habite à Fulham, reprend Philip. Quelle est votre banque, Rebecca ? Êtes-vous une cliente de Derek ?

Il éclate d'un rire bruyant et Derek l'accompagne en sourdine.

Je ne ris pas. Clouée sur place, j'assiste à la transformation du visage d'Erica Parnell. À présent, elle sait. Ses yeux rencontrent les miens et mon sang se fige dans mes veines.

— Rebecca Bloomwood, déclare-t-elle d'un ton très différent. Je savais bien que je connaissais ce nom. Vivez-vous dans Burney Road ?

— Ça alors ! Comment l'avez-vous deviné ?

Philip, tais-toi, nom d'un chien !

— Je ne me suis donc pas trompée, dit Erica.

— En effet, finis-je par avouer d'une voix étranglée.

— Derek, as-tu réalisé à qui nous parlons ? Rebecca Bloomwood est une cliente. Tu lui as téléphoné l'autre jour, tu t'en souviens ? Celle dont le chien venait de mourir ?

Silence. N'osant pas regarder Derek Smeath en face, je reste les yeux rivés au sol.

— Quelle coïncidence ! Qui reprendra du champagne ? demande Philip.

— Rebecca Bloomwood. Pas possible ! s'exclame Derek Smeath.

— Eh oui ! Le monde est petit. Bon, il faut que j'y aille pour interviewer d'autres...

— Attendez, m'interrompt Erica d'une voix coupante. Nous espérions avoir une petite réunion avec vous, Rebecca.

— Tout à fait, confirme son supérieur.

Je relève la tête et ce que je vois n'indique rien de bon. Derek Smeath ne ressemble plus au tonton chaleureux d'un feuilleton familial, mais plutôt à un surveillant d'examen qui vous prend la main dans le sac.

— En supposant, bien sûr, que vos jambes soient intactes et que vous ne souffriez pas d'une maladie contagieuse.

— De quoi parlez-vous ? s'enquiert Philip.

— Comment va votre jambe, au fait ? dit Erica d'une voix mielleuse.

— Bien, merci.

Quelle imbécile !

— Parfait, déclare Derek. Alors disons lundi à 9 h 30, d'accord ? Cela ne vous dérange pas, Philip, que Rebecca ait un entretien rapide avec nous lundi matin ?

— Absolument pas !

— Et si elle ne se présentait pas, nous saurions où la trouver, poursuit-il en m'adressant un regard pénétrant.

— Rebecca sera au rendez-vous, sinon elle aura des ennuis ! s'écrie Philip sur le ton de la plaisanterie.

Il prend congé en levant son verre et s'éloigne à pas lents. Je le suis des yeux, affolée. Me voilà seule avec eux.

— J'ai hâte de vous revoir. Et si je me souviens bien de notre conversation téléphonique, vous aurez touché votre héritage à ce moment-là.

Merde ! Je pensais qu'il avait oublié.

— Oui. L'argent de ma tante. Vous avez une excellente mémoire.

Je me tourne vers Erica.

— Ma tante m'a légué de l'argent.

Elle n'a pas l'air impressionnée.

— Bien. Je vous attends donc lundi, conclut Derek Smeath.

— Entendu. Je m'en réjouis à l'avance, dis-je en lui souriant d'un air assuré.

OCTAGON
flair... style... vision
Service Financier
8ᵉ étage
Tower House
London Road
Winchester SO44 3DR

Mademoiselle Rebecca Bloomwood
Apt 2
4 Burney Rd
Londres SW6 8FD

Carte n° 7854 4567

Le 20 mars 2000

Chère Mademoiselle Bloomwood,

DERNIER RAPPEL

Suite à ma lettre du 3 mars, je vous informe que la somme de 245,57 £ demeure impayée sur votre carte Octagon. Si vous n'effectuez pas ce règlement sous huit jours, votre compte sera bloqué et nous serons dans l'obligation de prendre des mesures sans délai.

J'ai été ravi d'apprendre que vous aviez trouvé Dieu et accepté Jésus-Christ comme sauveur, malheureusement, cela n'a aucun rapport avec l'affaire en question.

En espérant recevoir votre règlement dans les plus brefs délais, je vous prie d'agréer, Mademoiselle Bloomwood, l'expression de mes sentiments distingués.

Grant Ellesmore
Directeur du Service Client

13

Tout va mal. Et je ne suis pas parano. Tout va vraiment mal.

Assise dans le métro sur le chemin du retour, j'observe mon reflet dans la vitre. J'ai l'air calme et détendue, mais, à l'intérieur, c'est la débandade. Mes pensées tournent en rond. Prisonnière d'une gigantesque toile d'araignée, je cherche une issue, je me débats, en vain… Assez ! Il me faut envisager posément les choix qui s'offrent à moi.

1° Aller au rendez-vous et dire la vérité.

Impossible. Je ne peux pas reconnaître que les 1 000 livres de ma tante n'existent pas et n'existeront jamais. Que va-t-il arriver ? Coriaces et intraitables, ils me harcèleront, éplucheront toutes mes dépenses et… Rien que d'y penser, j'en suis malade. Je suis incapable d'affronter cette situation. Point final.

2° Aller au rendez-vous et mentir.

Leur soutenir que les 1 000 livres sont en route et que je recevrai bientôt d'autres fonds. Pourquoi pas ? Le problème, c'est qu'ils ne me croiront pas. Ils seront impitoyables et me feront la morale. Non. Pas question.

3° Ne pas aller au rendez-vous.

Dans ce cas, Derek Smeath téléphonera à Philip. Il découvrira que je ne me suis pas cassé la jambe ou que je n'ai jamais souffert de mononucléose. Après ça, plus question de remettre les pieds au bureau. Je serai au chômage. Ma vie s'achèvera à l'âge de vingt-cinq ans. C'est peut-être le prix à payer.

4° Aller au rendez-vous avec un chèque de 1 000 livres.

Entrer avec désinvolture, tendre le chèque et demander : « Ce sera tout ? » puis ressortir nonchalamment. Parfait.

Mais comment trouver 1 000 livres avant lundi matin ?

5° La fuite.

Solution puérile. Immature. À écarter.

Où aller ? Peut-être à l'étranger. Las Vegas. Je gagnerai une fortune dans les casinos. Un million de livres ou même plus. J'enverrai alors un fax à Derek Smeath lui signifiant que je ferme mon compte parce qu'il n'a pas eu confiance en moi.

Ce serait génial.

« Cher M. Smeath, j'ai été surprise par vos récentes déclarations insinuant que je ne pouvais pas combler mon découvert ainsi que par votre ton sarcastique. Comme le prouve ce chèque d'un montant de 1,2 million de livres, je bénéficie de fonds amplement suffisants. Fonds que je vais m'empresser de placer chez un de vos concurrents. Peut-être me témoigneront-ils plus de respect.

P.-S. : La copie de cette lettre sera adressée à vos supérieurs. »

Enchantée par cette idée, je n'ai de cesse que de modifier ma lettre : « Cher M. Smeath, comme j'ai tenté de vous le faire comprendre discrètement lors de notre dernière rencontre, je suis millionnaire. Si vous m'aviez crue, les choses auraient été différentes. »

Il ne saura plus où se mettre. Cela lui apprendra. Il me téléphonera pour s'excuser et se mettra à plat ventre pour récupérer mon compte en jurant qu'il n'a pas voulu m'offenser. Mais ce sera trop tard. Beaucoup trop tard. Ha ha ha !

La barbe ! J'ai loupé mon arrêt.

De retour à la maison, je trouve Suze assise par terre, entourée de magazines.

— Bonjour. Tu sais quoi ? Je vais être dans *Vogue* !

— Un agent t'a remarquée dans la rue ?

Pourquoi pas ? Suze est très bien faite. Elle pourrait facilement poser comme mannequin. Mais tout de même… *Vogue* !

— Pas moi ! Mes cadres.

— Tes cadres vont paraître dans *Vogue* ?

Je suis sciée.

— Dans le numéro du mois de juin ! Je figurerai dans une rubrique intitulée : « Détendez-vous ! Les designers réintroduisent l'humour dans les intérieurs. » C'est cool, non ? Le problème, c'est que je n'ai fait que deux cadres. Je dois en réaliser plus si les gens veulent les acheter.

— Bien sûr. Mais pourquoi *Vogue* t'a contactée ? Ils ont… entendu parler de toi ?

Comment auraient-ils pu ? Suze confectionne des cadres depuis quatre jours à peine !

— Tu es bête ! s'écrie-t-elle en riant. J'ai téléphoné à Lally. Tu la connais ? Non ? Aucune importance. Elle est rédactrice de la rubrique mode pour

Vogue et elle a parlé à Perdy qui s'occupe de la page décoration. Perdy m'a appelée. Quand je lui ai décrit mes cadres, elle a été emballée.

— Mince alors ! Bravo.

— Elle m'a indiqué ce que je devais dire dans mon interview : « Je désire créer des espaces suscitant le plaisir, pas l'admiration. En chacun de nous se cache un enfant. La vie est trop courte pour le minimalisme », déclame-t-elle d'un ton pénétré.

— Super !

— Attends, ce n'est pas tout.

Elle fronce les sourcils.

— Ah ! oui. Gaudí est mon père spirituel. Il faut que je téléphone à Charlie. Je suis sûre qu'il travaille à *Tatler*.

— Fantastique !

C'est vrai. Je me réjouis pour Suze.

Toutefois, je ne peux m'empêcher de penser : comment se fait-il que tout soit si facile pour elle ? Je parie qu'elle n'a jamais affronté et n'affrontera jamais de banquier désagréable. Démoralisée, je me laisse tomber par terre et feuillette un magazine.

— Au fait, poursuit Suze l'oreille collée au téléphone, Tarquin a appelé il y a une heure environ pour fixer un rendez-vous. Tu es contente ?

— Oui, bien sûr.

Je l'avais complètement oublié, celui-là. Mais c'est O.K. Je le rappellerai demain pour lui annoncer que j'ai des règles douloureuses. Personne ne remet en question ce genre d'excuse, surtout pas les hommes.

— J'allais oublier.

Elle m'indique la revue *Harpers & Queens* ouverte par terre.

— Regarde sur qui je suis tombée en consultant la liste des cent célibataires les plus riches ! Oh ! bonjour Charlie, dit-elle dans le combiné. Suze à l'appareil. Écoute…

Je regarde le magazine. Luke Brandon me dévisage, un sourire décontracté aux lèvres. *Numéro 31*, indique la légende. *32 ans. Fortune estimée : 10 millions de livres. Chef d'entreprise redoutable. Très brillant. Réside à Chelsea. Fréquente Sacha de Bonneville, fille du milliardaire français.*

Je ne veux pas le savoir. Pourquoi serais-je intéressée par la vie sentimentale de Luke Brandon ? Je tourne les pages en arrière et lit la description du numéro 17. Il a l'air bien plus passionnant. *Dave Kington. 28 ans. Fortune estimée : 20 millions de livres. Ancien buteur de l'équipe de Manchester. Gourou du management, entreprises de vêtements de sport. Habite le comté de Hertford. S'est récemment séparé de sa fiancée, le top model Cherisse.*

De plus, Luke Brandon est ennuyeux. Tout le monde le dit. C'est un bourreau de travail. Obsédé par l'argent, sans doute.

Numéro 16. Ernest Flight. 52 ans. Fortune estimée : 22 millions de livres. Président-directeur général et actionnaire majoritaire de la Flight Food Corporation. Demeure dans le comté de Nottingham, récemment divorcé de sa troisième femme Susan.

Je ne le trouve même pas séduisant. Trop grand. Et, pris par ses affaires, il ne pratique certainement aucun sport. Sans ses vêtements, il doit être affreux.

Numéro 15. Tarquin Cleath-Stuart. 26 ans. Fortune estimée : 25 millions de livres. Propriétaire terrien depuis qu'il a hérité de l'énorme domaine familial à l'âge de 19 ans. Déteste la publicité. Réside dans le

comté de Perth et à Londres avec sa vieille nounou.
Actuellement célibataire.

Et cette idée d'offrir une valise comme cadeau !
Chez Harrods, choisir une valise ! Il pouvait acheter
un collier ou des vêtements. Ou un…

Attendez. Ai-je bien lu ?

Non. Impossible. Ce n'est pas…

Ciel !

J'en ai le souffle coupé. Toute mon attention est
absorbée par la photo floue du magazine. Tarquin
Cleath-Stuart ? Le cousin de Suze ? Tarquin ?

Il… possède… 25… millions… de livres ?

Je vais m'évanouir ! Il est le quinzième célibataire
le plus riche d'Angleterre et je le connais.

Non seulement je le connais, mais il m'a donné
rendez-vous.

Je dîne avec lui demain soir.

Je vais devenir millionnaire. Une multimillionnaire. Je le savais. Je l'ai toujours su. Tarquin tombera
amoureux de moi et demandera ma main. Nous nous
marierons en Écosse dans un château splendide
comme dans *Quatre mariages* (mais il n'y aura pas
d'enterrement). Et j'aurai 25 millions de livres.

La tête de Derek Smeath ! Il n'en reviendra pas.

— Tu veux un thé ? demande Suze en raccrochant.
Charlie est un amour. Il va mentionner mon nom dans
un article sur les jeunes talents qui montent.

— Parfait ! Je… je regardais la photo de Tarquin.

Je dois m'assurer qu'il s'agit bien du Tarquin que je
connais et non pas d'un autre cousin éloigné. S'il vous
plaît, mon Dieu, faites que ce soit le bon.

— Ah ! oui, il figure toujours dans ce genre
d'articles.

Elle parcourt le texte et hoche la tête.

— Ils exagèrent toujours. 25 millions de livres !

Mon cœur cesse de battre.

— Il ne les possède pas ?

— Mais non ! s'exclame-t-elle en riant comme si c'était ridicule. La propriété ne vaut pas plus de… je ne sais pas. 18 millions.

Pas mal. Je m'en contenterai.

— Ces magazines ! dis-je en levant les yeux au ciel.

— Tu veux quoi comme thé, un Earl Grey ou un nature ?

— Un Earl Grey.

Je préfère le Typhoo. Mais je dois commencer à me conduire de façon snob si je sors avec Tarquin Cleath-Stuart.

Rebecca Cleath-Stuart.

Becky Cleath-Stuart.

Bonjour, Rebecca Cleath-Stuart à l'appareil. La femme de Tarquin, oui. Nous nous sommes rencontrés à… Oui, j'étais en Chanel. Votre mémoire est excellente !

— A-t-il fixé un lieu de rendez-vous ?

— Il passera te chercher.

Évidemment. Le quinzième célibataire le plus riche d'Angleterre ne vous donne pas rendez-vous à une bouche de métro. Il ne dit pas : « Retrouvons-nous sous la grande horloge de Waterloo. »

Ça y est ! Ma nouvelle vie a commencé.

Je n'ai jamais passé autant de temps à me préparer. Jamais. Le processus débute samedi matin à 8 heures lorsque je réalise que je n'ai rien à me mettre et se termine à 19 h 30 quand j'applique une dernière couche de mascara sur mes cils, m'asperge de Coco et me rends dans le salon pour le verdict de Suze.

— Waouh ! Tu es... sensationnelle ! s'écrie-t-elle en levant les yeux d'un cadre qu'elle confectionne avec du denim lacéré.

Je suis habillée en noir, mais d'un noir irrésistible, très chic, soyeux et doux. Je porte une petite robe toute simple sans manches de chez Whistles, les talons les plus vertigineux de Jimmy Choo et, pour seule parure, de superbes boucles d'oreilles en améthyste non taillées. Ne me demandez pas combien j'ai dépensé : c'est hors de propos. Il s'agit d'un investissement. Le plus important de ma vie.

Je suis mince car je n'ai rien mangé de la journée et pour une fois mes cheveux tombent de façon impeccable. Je n'ai jamais été aussi belle.

Mais il n'y a pas que la beauté. Raison pour laquelle j'ai eu la présence d'esprit de m'arrêter chez Waterstone et d'acheter un livre sur Wagner que j'ai lu cet après-midi en faisant sécher mes ongles. J'ai même appris par cœur certains passages que je placerai dans la discussion.

À part Wagner, j'ignore ce qu'aime Tarquin. Enfin, cela devrait suffire pour entretenir la conversation. J'espère surtout qu'il a projeté de m'inviter dans un endroit élégant avec un orchestre de jazz et que nous serons trop occupés à danser joue contre joue pour bavarder.

La sonnette retentit et je sursaute. Je ne suis qu'un paquet de nerfs. Par ailleurs, je me sens étrangement calme. Ma nouvelle vie de multimillionnaire commence. Luke Brandon peut aller se rhabiller !

— J'y vais, dit Suze en souriant.

Elle disparaît dans le couloir. Un instant plus tard, je les entends s'écrier :

— Tarkie !

— Suze !

Je m'observe dans la glace, inspire à fond et me retourne au moment où Tarquin entre dans la pièce. Son visage est toujours aussi osseux et il porte un de ses vieux costumes étranges. Mais tout cela n'a plus d'importance. Je le regarde sans le voir. Je le dévisage, incapable de prononcer un mot, et ne pense qu'à une chose : 25 millions de livres.

C'est le genre de considération qui vous donne le vertige et vous transporte de joie. J'ai envie de courir autour de la pièce, en criant : « 25 millions, 25 millions » et de jeter des billets en l'air comme dans une comédie hollywoodienne.

Bien sûr, je n'en fais rien. Je lui adresse un sourire éblouissant.

— Bonjour Tarquin.

— Bonjour Becky. Tu es superbe.

— Merci, dis-je, les yeux baissés.

— Voulez-vous prendre un titchy ? propose Suze qui nous couve des yeux.

On dirait une mère assistant au départ de sa fille pour son premier bal avec le garçon le plus populaire de l'école.

— Non... Je préférerais y aller, répond Tarquin. Qu'en penses-tu, Becky ?

— O.K. Je te suis.

14

Tarquin m'introduit dans un taxi poussif qui stationne devant l'immeuble. Je suis légèrement déçue : je m'attendais à une limousine avec chauffeur. Mais ce n'est pas mal non plus de se faire enlever en taxi par l'un des meilleurs partis d'Angleterre pour... Qui sait où ? le Savoy ? Claridge ? un dîner dansant chez Annabel ? Tarquin n'en a pas soufflé mot.

J'espère que nous n'atterrirons pas dans un endroit délirant où tout est servi sous une cloche d'argent, avec des millions de fourchettes et de couteaux différents et des serveurs snobs qui vous surveillent pour vous prendre en faute. Il suffit de ne pas s'affoler, de garder son sang-froid et de se conformer aux règles. Voilà tout. Quelles sont ces règles, déjà ? Couverts : toujours commencer par ceux placés à l'extérieur. Pain : ne pas le couper en tranches, mais le rompre en petits bouts que l'on tartine individuellement. Ketchup : ne jamais en demander, quoi qu'il arrive.

Et s'il y a du homard ? Merde ! Je parie que ce sera du homard. Je ne saurai pas comment le décortiquer. Pourquoi n'en ai-je jamais mangé ? C'est la faute de mes parents. Dès mon enfance, ils auraient dû m'emmener dans des restaurants de luxe afin de m'habituer aux plats exigeant un savoir-faire particulier.

— Que penses-tu d'un dîner tranquille ?

— Quelle bonne idée !

Dieu merci, cela signifie sans doute que nous n'aurons ni homard ni cloche d'argent. Nous nous dirigeons vers un endroit secret réservé à une poignée d'initiés. Un club privé auquel on accède après avoir frappé à une porte anonyme au fond d'une ruelle. L'intérieur est bourré de célébrités qui se prélassent sur des sofas et qui se conduisent comme des gens normaux. Et Tarquin les connaît peut-être tous !

Bien sûr qu'il les connaît. Il est multimillionnaire, après tout.

En jetant un coup d'œil par la fenêtre, je remarque que nous dépassons Harrods. Les souvenirs pénibles affluent. Fichues valises. Satané Luke Brandon. J'aimerais tant le croiser ! Je lui adresserais un signe de la main désinvolte, du style « je suis avec le quinzième homme le plus riche d'Angleterre ».

— Vous pouvez nous déposer ici, indique Tarquin au chauffeur.

Il me sourit.

— Nous sommes à deux pas.

— Super !

Je sors du taxi et j'observe les environs. Où m'emmène-t-il ? Nous sommes à Hyde Park Corner. En me retournant, j'aperçois une enseigne et réalise soudain ce qui se passe. Nous nous rendons au Lanesborough !

La super classe ! Dîner au Lanesborough. À la réflexion, c'est évident. Où aller d'autre pour un premier rendez-vous ?

— J'ai pensé qu'on irait d'abord manger un morceau, ensuite... on verra, déclare Tarquin en me rejoignant.

— D'accord.

Parfait ! Ensuite nous irons dans une boîte de nuit chic. Tout se déroule à merveille.

Nous dépassons l'entrée du Lanesborough, mais cela ne me surprend pas. Tout le monde sait que les VIP pénètrent toujours par l'arrière des restaurants pour éviter les paparazzi. Je n'en vois aucun, mais cela devient sans doute une habitude. Nous emprunterons la prochaine petite rue perpendiculaire, traverserons les cuisines tandis que les chefs feindront de nous ignorer et nous arriverons dans le hall d'entrée. C'est vraiment génial.

— Je suis sûr que tu es déjà venue ici. Ce n'est pas un choix très original, déclare Tarquin comme pour s'excuser.

— Ne sois pas idiot ! dis-je alors que nous nous arrêtons devant une double porte vitrée. J'adore...

Mais où sommes-nous ? Cela n'a rien à voir avec l'arrière d'un restaurant. Il s'agit de...

Pizza on the Park.

Ce n'est pas vrai ! Le quinzième homme le plus riche du pays m'invite dans une pizzeria express.

— J'adore la pizza, finis-je par affirmer d'une voix étouffée.

— Génial ! Il me semble que nous serons mieux que dans un endroit tape-à-l'œil.

— Tu as raison !

Je fais une grimace que j'espère convaincante.

— Je déteste moi aussi les endroits branchés. Ce sera beaucoup plus agréable de manger tranquillement une pizza.

— C'est bien mon avis, mais… tu es si élégante.

Il s'interrompt, indécis, en me regardant de la tête aux pieds. Quand je pense que j'ai dépensé une fortune chez Whistles pour atterrir dans une pizzeria !

— Si tu désires passer la soirée dans un restaurant plus chic, le Lanesborough se trouve juste au coin de la rue.

Je suis sur le point de m'écrier : « Oh ! oui ! » quand, dans un éclair de lucidité, je comprends la situation. Il s'agit d'un test. Comme dans un conte lorsqu'il faut choisir entre trois coffrets. Tout le monde connaît la règle. On ne doit jamais jeter son dévolu sur celui en or qui brille de mille feux ni même sur celui en argent. On est censé préférer le petit en fer-blanc qui se transforme ensuite en une montagne de bijoux. Tarquin me met à l'épreuve : il veut savoir si je l'aime pour lui ou pour son argent.

Soit dit en passant, c'est plutôt insultant. Pour qui me prend-il ?

— Non, restons ici. L'atmosphère est plus décontractée, plus… amusante.

C'est vrai. Et j'aime la pizza ainsi que le pain à l'ail. Tout compte fait, ce choix est excellent.

Je lis le menu en diagonale, car je commande toujours la même pizza : une Fiorentina, avec des épinards et un œuf. À première vue, le mélange paraît bizarre, mais le résultat est délicieux.

— Aimeriez-vous un apéritif ? s'enquiert le serveur.

D'habitude, je ne prends qu'une bouteille de vin, mais pour une fois que je dîne avec un multi-millionnaire…

— Pour moi, un gin-tonic, dis-je, pensant choquer Tarquin.

Il me sourit et demande :

— À moins que tu ne préfères du champagne ?

— Oh...

— Je trouve que la pizza et le champagne vont très bien ensemble.

Il se tourne vers le serveur.

— Une bouteille de Moët.

Voilà qui est mieux. Champagne et pizza. Et Tarquin se comporte de façon tout à fait normale.

La bouteille arrive. Nous portons un toast et buvons quelques gorgées. Je commence à m'amuser. À ce moment-là, la main décharnée de Tarquin s'approche de la mienne. Instinctivement, je retire mes doigts comme si j'avais à réajuster ma boucle d'oreille. Une lueur de contrariété passe dans ses yeux. Je tousse, gênée, et me perds dans la contemplation d'un tableau sur le mur.

Que m'arrive-t-il ? Si je l'épouse, je n'aurai pas seulement à lui tenir la main.

Je peux réussir à être attirée par lui. C'est une question de maîtrise de soi et aussi d'ivresse. J'avale de grandes gorgées de champagne. Les bulles me montent à la tête et une voix intérieure fredonne : « Je vais devenir une femme de millionnaire, je vais devenir une femme de millionnaire ! » Quand mes yeux se posent de nouveau sur Tarquin, il semble déjà plus séduisant (dans le style fouine, néanmoins). De toute évidence, l'alcool sera la clef de notre bonheur conjugal.

Dans ma tête défilent les images joyeuses de notre mariage. Moi, dans une splendide robe de couturier, sous le regard fier de mes parents. Plus jamais de soucis d'argent. Jamais. Le quinzième homme le plus riche du pays. Une maison à Belgravia. Mme Tarquin Cleath-Stuart. Rien que de l'imaginer, j'en défaille presque.

Tout cela est possible. À portée de main.

Je souris chaleureusement à Tarquin qui hésite, puis sourit à son tour. Ouf ! Je n'ai rien gâché. Nous n'avons plus qu'à découvrir que nous sommes des âmes sœurs partageant des tas de points communs.

— J'adore le...

— Est-ce que...

Nous avons parlé en même temps.

— Désolée, dis-je, continue s'il te plaît.

— Pas question. Vas-y.

— Eh bien... j'allais dire combien j'aimais le tableau que tu as offert à Suze.

Le complimenter sur son goût ne coûte rien. Pour faire bonne mesure, j'ajoute :

— J'adore les chevaux.

— Nous devrions monter ensemble. Je connais un excellent club près de Hyde Park. Ce n'est pas comme à la campagne, bien sûr...

— Quelle merveilleuse idée ! Ce serait si amusant !

Jamais personne ne me fera monter à cheval. Même à Hyde Park. Mais pas de problème, je le laisserai organiser un rendez-vous que je décommanderai à la dernière minute en prétextant une foulure de la cheville.

— Aimes-tu les chiens ?

— Beaucoup.

C'est assez vrai. Toutefois pas au point d'en avoir un. Un chien demande trop de travail et met des poils partout. Mais j'ai du plaisir à voir des labradors courir à travers le parc. Et le chiot de la pub pour le papier toilette Andrex est très mignon aussi.

Nous retombons dans le silence et sirotons notre champagne.

— Tu aimes *EastEnders* ? finis-je par demander. Ou préfères-tu *Coronation Street*[1] ?

— Je suis désolé, mais je n'ai vu aucun des deux. Je suis convaincu que c'est très bien.

— Certains épisodes sont excellents, d'autres... Tu vois ce que je veux dire.

— Tout à fait ! s'écrie-t-il comme si je venais de déclarer une chose passionnante.

Un silence gêné s'installe. Cette conversation devient pénible.

— Il y a de bons magasins, là où tu habites, en Écosse ?

Tarquin a une petite moue.

— Je n'en ai aucune idée. Dans la mesure du possible, j'évite d'y aller.

— C'est vrai ? Moi aussi, je déteste le shopping !

— Ah ! bon ? Je croyais que toutes les femmes adoraient ça.

— Pas moi ! Je préfère de loin... chevaucher sur la lande, suivie par mes chiens.

— C'est parfait. Nous le ferons ensemble.

Voilà qui est mieux ! Des centres d'intérêt communs. Des objectifs partagés.

Je ne me montre pas très franche dans la mesure où ces passions ne sont pas du tout les miennes, mais elles pourraient le devenir. S'il le faut, j'aimerai les chevaux et les chiens.

— Il y a aussi... la musique de Wagner, bien sûr. Quel génie !

---

1. Série relatant la vie des habitants d'une rue, dans le nord de l'Angleterre.

— Aimes-tu vraiment Wagner ? Peu de personnes l'apprécient.

— Je l'adore. C'est mon compositeur favori. (Que racontait ce livre déjà ?) J'aime les enchaînements mélodiques éclatants entrelacés dans le Prélude.

— Lequel ? s'enquiert-il, intéressé.

Merde ! Il y en a plusieurs ? Je gagne du temps en prenant une gorgée de champagne. J'essaie désespérément de me rappeler un autre passage. Mais la seule phrase dont je me souvienne est : « Wagner est né à Leipzig. »

— Tous les préludes. Ils sont tous… super !

— Oui, répond Tarquin, surpris.

Aïe ! Ce n'était pas la chose à dire. Changeons de sujet, vite.

Le serveur crée une heureuse diversion en apportant le pain à l'ail. Nous oublions Wagner. Tarquin commande une autre bouteille de Moët. Je pense que nous en aurons bien besoin.

Quand j'entame la seconde moitié de ma Fiorentina, j'ai presque descendu une bouteille de champagne à moi toute seule. Je suis complètement partie. Mes joues sont brûlantes, mes yeux étincellent et je fais de grands gestes. Mais ce n'est pas grave. Être ivre est même une bonne chose. Vive et spirituelle, j'entretiens la conversation avec brio. Tarquin a aussi beaucoup bu, mais moins que moi. Très calme, il me dévisage, l'air rêveur.

J'avale ma dernière bouchée de pizza et me renverse dans mon siège, comblée. Tarquin ne me quitte pas des yeux, puis il plonge sa main dans sa poche et en retire une petite boîte.

— C'est pour toi.

L'espace d'un instant, je me dis : « Ça y est ! Il me demande en mariage. » (Curieusement, je pense aussitôt : Dieu merci, je pourrai combler mon découvert. Quand il demandera ma main en vrai, il me faudra songer à quelque chose de plus romantique.)

Nous n'en sommes pas encore là, je le sais. C'est juste un petit cadeau.

La boîte est en cuir. Je l'ouvre et découvre une magnifique petite broche en or, en forme de cheval, délicatement ouvragée. Une pierre verte (une émeraude ?) figure l'œil.

Ce n'est pas du tout mon style.

— Elle est splendide. Si… étonnante.

— Je la trouve amusante. J'étais sûr qu'elle te plairait.

— Je l'adore.

Je la retourne dans ma main (les poinçons sont bien là), puis lève sur Tarquin des yeux embués de champagne. Je suis ivre morte.

— C'est si gentil à toi.

Je déteste les broches. Où est-on censé les mettre ? Au beau milieu d'un super haut ? Vous plaisantez ! De plus, elles laissent toujours de grands trous dans les vêtements.

— Elle sera ravissante sur toi.

Je réalise soudain qu'il désire me la voir porter.

Aaargh ! Elle va bousiller ma robe de chez Whistles ! Qui souhaite avoir un cheval galopant sur sa poitrine, hein, qui ?

J'ouvre le fermoir et la fixe avec précaution sur le tissu. En la refermant, je sens qu'elle déforme déjà ma robe. Je dois avoir l'air ridicule.

— C'est superbe. Mais... tu es toujours superbe, déclare Tarquin en se penchant vers moi.

Je parie qu'il va tenter de prendre ma main et de m'embrasser. Je regarde ses lèvres, ouvertes et un peu humides, et ne peux m'empêcher de frissonner. Je ne suis pas prête à affronter ça. Je *veux* embrasser Tarquin, là n'est pas le problème. Même s'il n'est pas séduisant. Mais... je crois que j'ai besoin d'abord d'un autre verre de champagne.

— Cette écharpe que tu portais l'autre soir. Elle était époustouflante. Je t'observais et...

Je vois de nouveau sa main se rapprocher de la mienne.

— Mon écharpe Denny and George ? Elle est sublime. Elle appartenait à ma tante qui vient de mourir. C'était très triste.

Il faut que je parle, sans m'arrêter.

— Elle m'a laissé cette écharpe. Grâce à ce précieux souvenir, je pense souvent à elle. Pauvre tante Ermintrude.

— Je suis désolé, je ne savais pas, dit-il, décontenancé.

— Enfin... Sa mémoire se perpétuera grâce à ses bonnes œuvres. Elle était très charitable. Très... généreuse.

— Existe-t-il une fondation portant son nom ? Quand mon oncle est mort...

— Oui. Il s'agit de... la fondation Ermintrude Bloomwood pour les... violonistes.

J'improvise en apercevant une affiche pour une soirée musicale.

— Les violonistes du Malawi. C'était la cause qu'elle défendait.

— Les violonistes du Malawi ? répète Tarquin.

— Oui. Il y a un manque épouvantable de musiciens classiques, là-bas. Et la culture est si enrichissante, quelles que soient les conditions matérielles.

Comment puis-je inventer des bêtises pareilles ? Je fixe Tarquin avec appréhension et à mon grand étonnement constate qu'il a l'air captivé.

— Quel est le but exact de la fondation ?

Dans quoi me suis-je encore embarquée ?

— C'est de… d'assurer chaque année le financement de six professeurs de violon. Ils auront besoin d'une formation spéciale, ainsi que de violons, bien entendu. Mais les résultats en vaudront la peine. Par ailleurs, ils apprendront aux Malawites à fabriquer les instruments afin qu'ils soient autonomes et ne dépendent pas des Occidentaux.

— Vraiment ?

Il a l'air dubitatif.

Ai-je dit quelque chose d'absurde ? Je ris pour faire diversion.

— Assez parlé de ma famille. As-tu vu des bons films ces derniers temps ?

Nous allons parler cinéma, puis la note arrivera, et…

— Attends. Dis-moi, comment se déroule ce projet ?

— Bien… dans l'ensemble. Mais je n'ai pas suivi les derniers développements. Tu sais, la mise en place prend toujours…

— J'aimerais y apporter ma contribution.

Ai-je bien entendu ?

— Sais-tu à quel ordre je dois établir le chèque ? demande-t-il en plongeant la main dans sa poche. À la fondation Bloomwood ?

Stupéfaite, je le vois sortir un carnet de chèque gris pâle.

Le quinzième homme le plus riche du pays.

— Je ne sais pas très bien. J'ignore l'appellation exacte.

— Alors, je le rédige à ton nom. Et tu le leur donneras.

Il écrit sur-le-champ :

Veuillez payer à Rebecca Bloomwood
La somme de
5...

500 livres. Je suppose. Il ne peut pas donner 5 malheureuses livres.

5 000 livres
T.A.J. Cleath-Stuart

Pas possible ! Un chèque de 5 000 livres à mon nom. 5 000 livres pour tante Ermintrude et les professeurs de violon du Malawi.

S'ils existaient.

— Voilà, fait Tarquin en me tendant le chèque.

Comme dans un rêve, je relis le libellé.

Veuillez payer à Rebecca Bloomwood la somme de
5 000 livres.

J'éprouve un soulagement si intense que j'ai envie d'éclater en sanglots. Cette somme, plus élevée que mon découvert et ma facture Visa réunis, résoudrait tous mes problèmes. D'accord, je ne suis pas violoniste au Malawi, mais Tarquin ne découvrira jamais la vérité. Pourquoi vérifierait-il ? Au cas où, je lui raconterai une histoire de mon invention.

Que représentent cinq mille livres pour un multimillionnaire ? Il ne s'apercevra même pas qu'il est débité de ce montant. Cinq milliers de livres par rapport à des millions, c'est risible ! Pour des personnes comme vous et moi, cela équivaut à cinquante pences. Il n'y a pas de quoi hésiter.

— Rebecca ?

Tarquin tient toujours le chèque. Vas-y, me dis-je. Il est à toi. Prends-le et fourre-le au fond de ton sac. Dans un effort surhumain, je rapproche ma main. Plus près… de plus en plus près. J'y suis presque. Mes doigts tremblent.

Je ne peux pas. C'est immoral.

— Tu sais, je ne crois pas que la Fondation soit en mesure d'encaisser de l'argent.

— Je vois.

— Je t'indiquerai à qui adresser un chèque quand j'en saurai plus. Tu ferais mieux de déchirer celui-là.

Il s'exécute lentement. Je préfère ne pas regarder et contemple mon verre de champagne, au bord des larmes. Ces 5 000 livres auraient transformé ma vie. Tarquin prend la boîte d'allumettes posée sur la table et met le feu aux petits bouts de papier dans le cendrier. Ils brûlent en un clin d'œil.

— Excuse-moi. Je reviens dans un instant.

Il se lève et se dirige vers le fond du restaurant. J'appuie ma tête entre mes mains et pousse un profond soupir. Allez, sois philosophe. Peut-être gagnerai-je cinq mille livres à la tombola. Et si l'ordinateur de Derek Smeath se détraquait ? Il serait forcé d'annuler toutes mes dettes et de repartir de zéro. À moins qu'un inconnu paie ma facture de carte Visa par erreur.

Ou que Tarquin me demande en mariage en sortant des toilettes.

Je lève les yeux et remarque qu'il a laissé son carnet de chèques sur la table. Il s'agit du chéquier du quinzième homme le plus riche du pays ! Qu'y a-t-il à l'intérieur ? Des chèques astronomiques, sans aucun doute. Il claque certainement en une journée ce que je dépense en un an.

Prise d'une impulsion soudaine, j'attire le chéquier vers moi et l'ouvre. Je ne cherche rien de particulier, j'espère juste tomber sur des sommes monumentales. Le premier talon s'élève à 30 livres. Navrant ! Je feuillette un peu plus loin et trouve 520 livres à Arundel & Son. Sur la souche suivante figurent 7 515 livres à l'American Express. Voilà qui est mieux sans être passionnant. Ce chéquier n'a rien d'exceptionnel : il ressemble au mien.

Je le referme, le remets à sa place et relève la tête. Mon sang se fige. Tarquin regarde droit dans ma direction.

Il est debout au bar. Un serveur arrive et lui désigne un endroit situé à l'opposé, mais il n'y prête aucune attention. Il continue à me dévisager. Nos yeux se rencontrent et mon cœur se serre.

Merde ! Qu'a-t-il vu ?

Je retire ma main du chéquier et bois une gorgée de champagne. En me redressant, je feins d'apercevoir Tarquin pour la première fois et lui lance un sourire rayonnant. Il me considère un instant puis finit par sourire à son tour. Ensuite il disparaît. Je m'effondre dans mon siège, abattue.

Surtout ne pas s'affoler. Agir de façon naturelle. Il n'a probablement rien vu. Dans le cas contraire, ce n'est pas un crime de feuilleter un carnet de chèques. S'il me demande ce que je faisais, je lui dirai que… je vérifiais s'il avait bien rempli son talon. Voilà.

Mais il ne pose aucune question. Il se contente de rempocher son chéquier.

— As-tu terminé ? s'enquiert-il, poli.

— Oui, merci.

J'essaie de paraître détendue. Mais mon visage est en feu et j'ai conscience d'avoir l'air coupable.

— J'ai réglé l'addition. Nous pouvons y aller.

Point final. La soirée est terminée. Avec une courtoisie irréprochable, Tarquin me reconduit à la porte du restaurant, hèle un taxi et paie le chauffeur pour le trajet jusqu'à Fulham. Je n'ose pas lui proposer de m'accompagner ou de boire un verre ailleurs. Je sens une distance glaciale qui m'interdit de prononcer le moindre mot. Nous nous embrassons sur la joue. Il m'assure avoir passé une très agréable soirée et je le remercie pour ce merveilleux dîner.

Tout le long du trajet, je suis minée par l'anxiété.

Le taxi s'arrête devant l'immeuble. Je souhaite une bonne nuit au chauffeur et cherche mes clefs. Je vais prendre un bon bain chaud et réfléchir à ce qui vient de se passer. Si ça se trouve, Tarquin m'a juste vue remettre son chéquier en place et c'est moi qui construis tout un roman.

Mais pour quelle raison est-il soudain devenu si froid et distant ? Il doit avoir aperçu ou doit soupçonner quelque chose. Il n'a pu que remarquer mes joues écarlates et mon regard fuyant. Pourquoi ai-je toujours cet air coupable ? Je ne faisais rien de mal, j'étais curieuse. Est-ce un crime ?

J'aurais dû plaisanter, transformer mon geste en incident amusant. Mais quelle sorte de plaisanterie sort-on à ce sujet ? Quelle imbécile ! Pourquoi ai-je pris ce fichu chéquier ? Je n'avais qu'à rester assise et siroter mon champagne.

À ma décharge... Il l'a laissé sur la table. Il n'en fait donc pas un mystère. Suis-je paranoïaque ?

Au moment où j'introduis ma clef dans la serrure, mon optimisme a repris le dessus. En fin de soirée, Tarquin n'était pas amical, c'est vrai, mais peut-être était-il souffrant ? Il souhaitait certainement ne pas me bousculer. Demain, je lui adresserai un petit mot pour le remercier et lui suggérer d'aller écouter du Wagner ensemble. Excellente idée ! Je bûcherai aussi les préludes afin de pouvoir lui répondre s'il me demande une nouvelle fois lequel je préfère. Je me suis inquiétée pour rien.

J'ouvre la porte, déboutonne mon manteau et reste saisie de stupeur. Suze m'attend dans l'entrée, le visage empreint d'une drôle d'expression.

— Bex, je viens d'avoir Tarquin au téléphone, déclare-t-elle en hochant la tête d'un air réprobateur.

— Ah bon ?

J'essaie de me comporter de façon naturelle, mais ma voix tremble de peur. Je gagne du temps en me retournant pour enlever mon manteau et dénouer mon écharpe.

— Je suppose que tu ne désires pas fournir d'explication.

— Eh bien…

Je me damnerais pour une cigarette.

— Je ne te reproche rien. Mais je trouve que tu aurais pu…

Elle laisse échapper un grand soupir.

— … le traiter avec plus de ménagement. Il avait l'air vexé. Le pauvre chéri est vraiment mordu, tu sais ?

Je ne comprends pas.

— Qu'a-t-il raconté ?

— Il a téléphoné pour dire que tu avais oublié ton parapluie. Un serveur s'est précipité derrière toi pour

251

te le donner. Je lui ai demandé comment s'était déroulé votre rendez-vous...

— Et...

— Il m'a affirmé avoir passé une très agréable soirée, mais que tu lui avais clairement fait comprendre que tu ne voulais plus le revoir.

— Ah...

Je m'assois par terre, bouleversée. Maintenant, c'est sûr. Tarquin m'a vue feuilleter son chéquier. Je n'ai plus aucune chance avec lui.

Cependant il n'a pas dévoilé la vérité à Suze. Il m'a protégée en prétendant que je ne désirais pas poursuivre cette relation. Il s'est conduit en gentleman.

D'ailleurs, il s'est conduit en gentleman toute la soirée. Il s'est montré gentil, charmant et attentionné. Quant à moi, je n'ai pas cessé de lui mentir.

J'ai envie de pleurer.

— Quel dommage ! C'est à toi seule de décider, je sais, mais Tarquin est un chic type. Et il est amoureux de toi depuis une éternité ! Vous iriez si bien ensemble ! Tu ne veux pas lui donner une autre chance ?

— Non, je ne pense pas. Suze, je suis fatiguée. Je vais me coucher.

Je me lève en évitant son regard et traverse le couloir pour aller dans ma chambre.

Mademoiselle Rebecca Bloomwood
Apt 2
4 Burney Rd
Londres SW6 8FD

Le 23 mars 2000

Chère Mademoiselle Bloomwood,

Nous avons bien reçu votre demande de prêt Easifone.

Nous sommes au regret de vous informer que la raison invoquée, « l'achat de vêtements et de maquillage », n'a pas été jugée suffisante pour obtenir ce type de prêt. Par conséquent, votre demande a été rejetée par notre équipe de crédit.

Nous vous remercions de nous avoir contactés et vous prions d'agréer, Mademoiselle Bloomwood, l'expression de nos meilleures salutations.

Margaret Hopkins
Conseillère en prêts

ENDWICH BANK
Fulham Branch
3 Fulham Road
Londres SW6 9JH

Mademoiselle Rebecca Bloomwood
Apt 2
4 Burney Rd
Londres SW6 8FD

Le 24 mars 2000

Chère Mademoiselle Bloomwood,

Je vous confirme par la présente notre rendez-vous du lundi 27 mars à 9 h 30, à notre agence de Fulham. Veuillez me demander à la réception.

Dans cette attente, je vous prie d'agréer, Mademoiselle Bloomwood, l'expression de mes sentiments distingués.

Derek Smeath
Directeur

ENDWICH – PARCE QUE NOUS PRENONS SOIN DE VOUS

15

Le lendemain, je me réveille dans un état lamentable.

Je ne suis qu'un nœud de souffrance. J'essaie de bouger la tête, d'ouvrir les yeux ou de répondre à des évidences comme : qui suis-je ? quel jour sommes-nous ? Peine perdue ! La douleur est insupportable.

Je m'oblige à rester tranquille, mais le simple fait de respirer m'épuise. Je halète. Mon visage est cuisant et j'ai des palpitations. Je m'efforce de contrôler ma respiration. Inspiration... expiration, inspiration... expiration. Je vais m'en sortir. Tout va rentrer dans l'ordre.

Je m'appelle Rebecca. Rebecca Bloomwood.

Mais encore... J'ai dîné hier soir au restaurant.

J'ai mangé une pizza. Avec qui déjà ?

Tarquin.

Mon Dieu !

J'ai feuilleté son chéquier. Tout est terminé. Et c'est ma faute.

Une vague de désespoir familière me submerge. Je ferme les yeux. Si seulement j'arrivais à calmer cette

255

migraine ! Cela me rappelle que la nuit dernière, en rentrant dans ma chambre, j'ai trouvé sur ma coiffeuse une demi-bouteille de whisky offerte par des assurances. Malgré mon aversion pour le scotch, je l'ai ouverte et j'en ai bu… sans doute plusieurs gorgées. Voilà la raison pour laquelle je suis si malade ce matin !

Je m'assois à grand-peine dans mon lit et dresse l'oreille, espérant entendre Suze s'affairer. L'appartement est vide.

Je me retrouve seule avec mes pensées.

Situation insoutenable. Un violent mal de tête martèle mon crâne et je suis exténuée mais je dois bouger, me distraire. Je vais prendre une tasse de café dans un endroit tranquille et tenter de rassembler mes idées.

Je parviens à m'extirper de mon lit, titube jusqu'à la commode et me regarde dans la glace. J'ai une mine épouvantable : le teint vert, la bouche sèche et des mèches de cheveux collées aux tempes. Le pire, c'est l'expression vide de mes yeux. Je me dégoûte. Hier soir, la chance de ma vie s'est présentée sur un plateau et je l'ai laissée passer. Je suis un désastre ambulant. Je ne mérite pas de vivre.

Tandis que je me dirige vers King's Road pour me perdre dans la foule, la marche dans le froid vif efface presque les événements de la veille.

J'entre chez Aroma et je commande un grand cappuccino que je me force à boire comme si tout allait bien ; ne suis-je pas une fille normale, sortie faire des courses un dimanche ? Mais je n'y arrive pas. Mes pensées me harcèlent. Elles tournent dans ma tête à la façon d'un disque rayé.

Pourquoi ai-je regardé ce chéquier ? Quelle idiote ! Tout se déroulait à merveille. Je lui plaisais énormément. Il projetait d'autres invitations. Je donnerais n'importe quoi pour revenir en arrière et recommencer cette soirée du début...

N'y pense pas. Oublie ce qui aurait pu être. C'est trop pénible. Si j'avais joué le jeu, je serais attablée ici avec Tarquin, en bonne voie pour devenir la quinzième femme la plus riche du pays.

À la place... je suis enfoncée dans les dettes jusqu'au cou et j'ai rendez-vous avec mon banquier lundi matin. Et aucune solution en vue. Aucune.

Triste à mourir, j'avale une gorgée de café et déplie l'emballage de mon chocolat. Je n'en ai pas envie, mais je le mange.

Le pire, c'est que je commençais à bien aimer Tarquin. Côté look, il n'est pas servi, mais il est très gentil et plutôt drôle à sa manière. Cette broche... C'était adorable.

Sans parler de sa discrétion envers Suze. Et la confiance qu'il me témoignait quand je lui assurais adorer les chiens, Wagner et les violonistes du Malawi...

Je suis sur le point d'éclater en sanglots.

D'un geste brusque, j'essuie mes yeux, vide ma tasse et me lève. Une fois dans la rue, j'hésite, puis marche à vive allure. Le vent chassera peut-être mes idées noires.

J'ai beau battre le pavé, je ne note aucune amélioration. Ma migraine comprime toujours ma tête comme un étau et mes yeux me brûlent. Un verre me ferait du bien. Ou une cigarette, une broutille qui me remonterait le moral...

Je m'aperçois que je me trouve devant Octagon, mon magasin préféré. Trois étages de vêtements, d'accessoires, d'ameublement, de cadeaux, de cafétérias, de bars à jus de fruits et un fleuriste qui donne envie d'acheter des tonnes de bouquets pour la maison.

J'ai mon sac.

J'ai *besoin* de m'offrir quelque chose. Juste une babiole. Un T-shirt ou un bain moussant... Je ne dépenserai pas beaucoup.

Je pousse déjà les portes. Quel soulagement ! La chaleur, les lumières. Je retrouve mon élément. C'est mon habitat naturel.

Au rayon des T-shirts, je sens que la magie n'opère pas comme d'habitude. En les regardant, je tente de recréer l'excitation que j'éprouve d'ordinaire en me payant un petit plaisir, mais aujourd'hui, je suis vidée. Je finis par en choisir un avec une étoile argentée au centre et le pose sur mon bras en me persuadant que je vais déjà mieux. Puis je remarque des robes de chambre. J'en aurais bien besoin d'une neuve.

Alors que j'en admire une ravissante en tissu gaufré, j'entends une petite voix intérieure répéter en sourdine : « N'achète rien. Tu es endettée. N'achète rien. »

C'est vrai. Inutile de le nier.

Qu'importe ! Désormais, il est trop tard pour renverser la vapeur. Je suis endettée. Je le serai un peu plus, et toc ! J'arrache presque la robe de chambre de son cintre, puis je prends les pantoufles assorties. Impossible d'acheter l'un sans l'autre.

La caisse est juste à ma gauche, mais je l'ignore. Je n'ai pas encore terminé. J'emprunte l'escalator et me rends à l'étage de l'ameublement. C'est le moment de faire l'acquisition d'une nouvelle housse de couette, blanche de préférence, pour aller avec ma robe de chambre neuve. Je jette aussi mon dévolu sur deux traversins et une descente de lit en fausse fourrure.

Chaque fois que j'ajoute un article, un frisson de plaisir jaillit comme une étincelle. Hélas ! cette sensation ne dure qu'un bref instant pour céder la place aux ténèbres glacées. Je cherche alors fiévreusement autre chose. Une énorme bougie parfumée. Une crème hydratante et un gel douche Jo Malone. Un sachet de pot-pourri. Le même phénomène se reproduit : les étincelles de joie suivies de l'obscurité. L'intensité de mon excitation devient de plus en plus courte. Pourquoi le plaisir s'évanouit-il aussi vite ?

— Puis-je vous aider ?

Un jeune vendeur vêtu de la tenue Octagon – chemise blanche, pantalon de lin – regarde ma pile de marchandises sur le sol.

— Voulez-vous que je garde ces articles pendant que vous poursuivez votre shopping ?

Je considère le tas à mes pieds. Il est énorme.

— Non, merci. Je vais payer.

À nous deux, nous parvenons à traîner toutes mes courses sur le parquet jusqu'à l'élégante caisse centrale de granit. La caissière scanne chaque article. Les traversins sont soldés, ce que je n'avais pas réalisé, et tandis qu'elle calcule le prix exact, une file d'attente gigantesque commence à se former derrière moi.

— Trois cent soixante-dix livres cinquante-six, s'il vous plaît. Comment désirez-vous payer ? demande-t-elle en souriant.

— Avec la carte Switch, dis-je en plongeant la main dans mon sac.

Tandis qu'elle la glisse dans la machine, je contemple tous mes sacs. Comment vais-je les porter jusqu'à l'appartement ?

Je me refuse d'y réfléchir. Je veux oublier la maison, Suze, Tarquin et surtout la soirée d'hier.

— Je suis désolée, mais cette carte n'est probablement plus valable. Avez-vous autre chose ? dit la vendeuse en me la rendant.

— Bien sûr... Tenez, voilà ma carte Visa.

Qu'est-ce qui cloche avec cette carte ? Elle a l'air normale. Je dois le signaler à ma banque.

La banque. Le rendez-vous de demain avec Derek Smeath. N'y songe pas. Concentre-toi sur autre chose. Vite. Derrière moi, la queue s'est allongée de manière importante. Les gens s'impatientent. Ils toussent ou se raclent la gorge. Je croise le regard d'une femme et lui souris, embarrassée.

— Celle-ci ne marche pas non plus.

Je me retourne, stupéfaite.

Que se passe-t-il ? Il s'agit de ma carte Visa, nom d'un chien ! Acceptée dans le monde entier. C'est absurde !

Une pensée me traverse soudain l'esprit. Toutes ces lettres. Ces lettres que je mets dans le tiroir de ma coiffeuse. J'espère qu'ils n'ont pas...

Non ! Ne me dites pas qu'ils ont annulé ma carte.

Mon cœur bat à tout rompre. J'ai du retard dans le règlement de mes factures, c'est indéniable, mais j'ai besoin de ma carte Visa. Un besoin vital. Ils ne peuvent pas la bloquer comme ça.

— Les gens attendent. Si vous ne pouvez pas payer..., déclare la caissière.

— Bien sûr que si.

260

Les mains tremblantes, je fouille dans mon porte-feuille et en sors ma carte Octagon. A priori, je ne l'ai pas utilisée depuis longtemps car elle était enterrée sous les autres.

— Encaissez la totalité sur celle-ci.

— Parfait, répond-elle d'un ton sec.

Tout à coup, j'ai un doute. Ai-je réglé ma dernière facture de carte Octagon ? Ils m'ont adressé une lettre très désagréable au sujet d'un impayé. Depuis, j'ai dû régulariser ma situation. Du moins, en partie. J'en suis presque sûre.

— Il faut que je passe un rapide coup de fil, annonce la caissière, les yeux rivés sur sa machine.

Elle décroche son téléphone.

— Bonjour. Si je vous indique un numéro de compte...

Quelqu'un dans la file soupire bruyamment. Je n'ose plus regarder autour de moi, ni bouger.

— Je vois, murmure la vendeuse en raccrochant, le visage fermé.

Son expression n'a plus rien de poli. Elle est carrément hostile.

— Notre département financier souhaiterait que vous le contactiez au plus vite. Voici leurs coordonnées.

— Très bien. C'est ce que je vais faire, dis-je comme si c'était tout à fait naturel.

Je tends la main pour récupérer ma carte. Mes courses ne m'intéressent plus. Je ne désire qu'une chose : sortir d'ici.

— Désolée, mais votre compte a été bloqué. Je dois conserver votre carte, explique-t-elle sans baisser la voix.

261

Je la dévisage, incrédule. J'entends les gens râler dans mon dos, certains se poussent du coude.

— À moins que vous n'ayez un autre moyen de règlement..., ajoute-t-elle en considérant mes marchandises empilées sur le comptoir.

Ma robe de chambre en tissu gaufré. Ma nouvelle housse de couette. Ma bougie parfumée. Un énorme tas d'articles inutiles que je suis incapable de payer. Le simple fait de les regarder me donne à présent envie de vomir.

Je hoche la tête, hébétée. J'ai le sentiment d'être une voleuse.

— Elsa, appelle-t-elle. Peux-tu t'occuper de ça ? En définitive, la cliente n'effectue pas ses achats.

Elle montre la pile et l'autre vendeuse la pousse un peu plus loin, le visage dépourvu d'expression.

— Au suivant, s'il vous plaît.

La femme derrière moi s'avance, gênée. Je me détourne lentement. Quelle humiliation ! J'ai l'impression que tout le monde m'observe en chuchotant : « Vous avez vu ce qui vient d'arriver ? »

Je marche comme un automate. C'est un cauchemar. Je dois quitter ce magasin, me retrouver dehors et aller...

Où ? À la maison ?

Je ne supporterai pas d'écouter Suze parler sans arrêt de Tarquin et de sa gentillesse. Ou même pis, de tomber sur lui. Rien que d'y penser, j'en suis malade.

Que faire ?

Je déambule au hasard en évitant les vitrines alléchantes. Je me sens vide et au bord du gouffre.

À un croisement, je m'arrête en attendant que le feu passe au rouge, à côté d'un magasin de pulls en cachemire. Un sweat-shirt rouge retient mon attention. Des larmes de soulagement me piquent les yeux. Il existe un endroit où je peux toujours me réfugier.

Chez mon père et ma mère.

16

Quand je débarque chez mes parents à l'improviste
en leur demandant de m'héberger quelques jours, ils
ne semblent pas choqués ou surpris.

Ils paraissent même trouver ma requête si naturelle qu'ils me donnent l'impression de s'être préparés
à cette éventualité depuis mon départ à Londres.
Ont-ils attendu chaque semaine que je me présente à
leur porte sans bagage et les yeux rouges ? En tout cas,
ils se comportent aussi calmement que le service des
urgences d'un hôpital rompu à toutes les situations.

Sauf que le service des urgences ne se disputerait
pas sur la meilleure façon de réanimer leur patient. Au
bout de quelques minutes, j'ai envie de sortir pendant
qu'ils décident de leur plan d'action, puis de sonner de
nouveau.

— Monte prendre un bon bain chaud. Je suppose
que tu es épuisée, déclare ma mère dès que j'ai posé
mon sac.

— Qui te dit qu'elle a envie d'un bain ? réplique
mon père. Elle préfère peut-être un verre. Tu veux un
verre, chérie ?

— Est-ce bien raisonnable ? dit ma mère en lui adressant un regard éloquent que je ne suis pas censée remarquer, du style : « Et si elle était alcoolo ? »

— Non, merci. Mais j'aimerais beaucoup un thé.

— Bien sûr ! s'exclame ma mère. Graham, va mettre la bouilloire en route, ordonne-t-elle à mon père en lui lançant un autre regard lourd de sous-entendus.

À peine a-t-il disparu dans la cuisine qu'elle se rapproche de moi et chuchote :

— Est-ce que tu vas bien, chérie ? S'il y a quelque chose… ?

Rien de tel que la voix compatissante d'une mère pour vous faire craquer quand vous êtes déprimée.

— Ça ne va pas très fort. Je suis… dans une situation un peu difficile. Mais tout va s'arranger, dis-je avec des trémolos dans la voix, en détournant les yeux.

— Parce que…, poursuit-elle à voix encore plus basse, ton père n'est pas aussi vieux jeu qu'il en a l'air. Je t'assure que si nous devions nous occuper d'un… petit, pendant que tu poursuivrais ta carrière…

— Maman, je ne suis pas enceinte ! Ne t'inquiète pas.

— Je n'ai jamais dit ça. Je tenais simplement à t'offrir notre soutien, rétorque-t-elle en rougissant.

Bon sang, qu'arrive-t-il à mes parents ? Ils regardent trop de feuilletons mélos, c'est leur problème. Ils aimeraient sans doute que je sois enceinte. De mon amant cruel et marié qu'ils assassineraient et enterreraient dans le patio.

Et cette histoire « d'offrir notre soutien ». Ma mère ne se serait jamais exprimée de cette façon avant de regarder Ricki Lake à la télé tous les après-midi.

— Viens prendre une tasse de thé.

Je la suis dans la cuisine où nous nous retrouvons tous les trois. Quel plaisir ! Un thé chaud bien fort accompagné d'un biscuit au chocolat. Je ferme les yeux et bois quelques gorgées, puis les rouvre pour voir mes parents me dévisager, dévorés de curiosité. Ma mère transforme aussitôt son expression en un sourire et mon père toussote. Il est évident qu'ils meurent d'envie d'en savoir plus.

— Et vous, vous allez bien ?

Ils redressent la tête en même temps.

— Oui, nous allons bien, répond ma mère.

Un ange passe.

— Becky, dit mon père d'une voix grave, as-tu des problèmes ? Tu n'es pas obligée de nous en parler, ajoute-t-il précipitamment. Mais je veux que tu saches que nous sommes là.

Encore un relent de Ricki Lake. Mes parents devraient sortir plus souvent.

— Que se passe-t-il ? demande ma mère avec douceur.

Elle est si gentille et compréhensive que, malgré moi, je repose ma tasse d'une main tremblante.

— J'ai des ennuis. Comme je ne voulais pas vous inquiéter, je ne vous en ai pas parlé...

Ma voix se brise.

— Tu te drogues, c'est ça ? s'écrie ma mère, alarmée.

— Mais non ! C'est... c'est que... je...

J'avale une autre gorgée de thé. C'est plus dur que je ne l'imaginais. Allez Rebecca, courage. Je resserre ma main autour de ma tasse.

— La vérité...

— Oui ? interrompt ma mère.

266

— La vérité c'est… que je suis pourchassée. Par un homme du nom de Derek Smeath, finis-je par lâcher.

Le silence qui suit n'est troublé que par une profonde inspiration de mon père reprenant son souffle.

— Je savais que quelque chose n'allait pas ! s'exclame ma mère.

— Moi aussi ! Becky, depuis combien de temps ça dure ? demande mon père en appuyant ses coudes sur la table.

— Heu… des mois. Il s'agit plutôt de… harcèlement. Rien de grave. Mais je n'en peux plus.

— Qui est ce Derek Smeath ? Nous le connaissons ?

— Je ne pense pas. Je l'ai rencontré… à mon travail.

— Évidemment ! Une jeune et jolie jeune fille comme toi, dotée d'une excellente situation… ça devait arriver ! tempête ma mère.

— Est-il journaliste ?

— Non. Il travaille pour la banque Endwich. Il… il téléphone en prétendant s'occuper de mon compte en banque. Il est très convaincant.

Tandis que mes parents digèrent mon histoire, j'attrape un autre biscuit.

— Eh bien… Je crois que nous devrions appeler la police, propose finalement ma mère.

— Pas question ! dis-je en postillonnant des miettes sur toute la table. Il ne m'a jamais menacée. Il ne me suit pas. Il se contente de me harceler. J'ai pensé qu'en disparaissant quelques jours…

— Je vois. Ça se tient, déclare mon père.

— Voilà ce que je vous suggère : s'il téléphone, dites-lui que je suis à l'étranger et que vous ne savez pas où me joindre. Si... si quelqu'un d'autre appelle, racontez la même chose. Idem pour Suze.

— Es-tu sûre ? s'inquiète ma mère. Je préférerais prévenir la police.

— Non ! Cela lui donnerait trop d'importance.

— Bien, approuve mon père. En ce qui nous concerne, tu n'es pas là.

Il tend le bras et me serre la main. En voyant son visage marqué par l'anxiété, je me déteste. Je ressens une telle culpabilité que l'espace d'un instant j'envisage de tout leur raconter. Tout.

Mais... C'est impossible. Je ne peux pas avouer à mes parents si gentils et aimants que leur fille soi-disant brillante avec son prétendu job prestigieux est en réalité une menteuse, paumée et criblée de dettes.

Nous dînons d'une tourte et regardons à la télé l'adaptation d'un livre d'Agatha Christie. Je monte ensuite dans mon ancienne chambre, enfile une vieille chemise de nuit et me couche. Le lendemain, je me réveille sereine et reposée comme je ne l'ai pas été depuis une éternité.

Il me suffit de contempler le plafond de ma chambre pour me sentir en sécurité, à l'abri du monde, protégée dans un cocon. Personne ne viendra me chercher chez mes parents puisque personne ne soupçonne ma présence ici. Fini les lettres désagréables, les coups de fil pénibles et les visiteurs indésirables ! J'ai trouvé mon refuge. Délivrée de mes responsabilités, j'ai l'impression d'avoir quinze ans, âge béni où les devoirs représentent les seuls sujets d'inquiétude. (Et je n'en ai même pas.)

Il est au moins neuf heures quand je sors du lit. À des kilomètres de là, à Londres, Derek Smeath m'attend pour notre rendez-vous fixé dans une demi-heure. Je devrais appeler la banque pour m'excuser. Mais je n'en ferai rien. Je m'interdis d'y penser.

Désormais, la banque, Visa, Octagon n'existent plus. Je les ai expulsés de ma vie.

L'unique appel que je passe est au bureau, car je ne veux pas qu'ils me virent en mon absence. Je téléphone à 9 h 20, avant l'arrivée de Philip, et tombe sur Mavis à la réception.

— Mavis ? Rebecca Bloomwood à l'appareil. Je suis malade. Pouvez-vous avertir Philip ? dis-je d'une voix enrouée.

— Ma pauvre ! Vous avez une bronchite ?

— C'est possible. J'ai rendez-vous chez le médecin. Il faut que j'y aille. Au revoir.

Voilà. Je suis libre. Personne ne se doute de quoi que ce soit. Soulagée, je me sens toute légère. Il est si facile de s'échapper. J'aurais dû y songer depuis longtemps.

Au plus profond de moi-même, je sais que rester ici est impossible. Tôt ou tard, je serai obligée d'affronter les événements.

Mais, pour l'instant, je suis tranquille. Je vais prendre une tasse de thé, m'installer devant *Morning Coffee* et me vider complètement la tête.

Quand j'arrive dans la cuisine, mon père est assis à la table, plongé dans son journal. Comme dans ma jeunesse, une odeur de pain grillé flotte dans l'air et la radio joue en sourdine. La vie était si simple, alors. Pas de factures, ni de réclamations ou de lettres mena-çantes. Une bouffée de nostalgie me submerge et je me détourne pour remplir la bouilloire, les yeux brillants.

— Il y a des nouvelles intéressantes, annonce mon père en indiquant le *Daily Telegraph*.

— Ah ! oui ?

— Scottish Prime a racheté Flagstaff Life.

— J'étais plus ou moins au courant.

— Tous les souscripteurs de Flagstaff Life vont bénéficier d'une grosse somme. Apparemment, la plus importante à ce jour.

— Mince alors ! dis-je en feignant de l'intérêt.

Je prends un numéro de *Good Housekeeping* et commence à lire mon horoscope.

Cependant, quelque chose me tracasse. Flagstaff Life. Ce nom m'est familier. Avec qui en parlais-je ?

— Les voisins, Martin et Janice ! Ils sont chez Flagstaff Life depuis quinze ans.

— Eh bien, ils vont toucher un bon paquet, assure mon père. Le montant est proportionnel à l'ancienneté.

Il tourne la page de son journal. Je m'assois avec ma tasse de thé et *Good Housekeeping* ouvert à la page d'un article sur les cakes de Pâques. Je n'ai pas de chance. Pourquoi la banque Endwich n'est-elle pas rachetée ? Ils me verseraient alors une somme rondelette qui me permettrait d'effacer mon découvert et vireraient Derek Smeath par la même occasion.

— Tu as des projets pour aujourd'hui ? demande mon père.

— Non.

Je bois une gorgée de thé.

Et des projets pour l'avenir ? Non plus.

La matinée s'écoule, paisible et agréable. J'aide ma mère à trier des vêtements pour une vente de charité et, à 12 h 30, nous allons dans la cuisine confectionner des sandwichs. En regardant l'horloge, l'idée m'effleure que j'aurais dû me présenter à la banque il y a trois heures. Évanescente et fugitive, cette pensée disparaît aussitôt. Dorénavant, ma vie à Londres paraît lointaine et irréelle. Ma place est ici à me détendre, à la maison avec mes parents, loin des complications et de la foule en délire.

Après le déjeuner, je flâne dans le jardin, puis je m'installe sur le banc près du pommier contre la clôture avec un catalogue de vente par correspondance de ma mère. Peu après, j'entends une voix derrière moi : c'est Martin, le voisin. Je ne me sens pas très bien disposée à son égard.

— Bonjour Becky, tu vas bien ? demande-t-il gentiment.

— Très bien, merci.

Et je ne suis pas amoureuse de votre fils, ai-je envie d'ajouter. Mais cette déclaration lui prouverait que je refuse de l'admettre.

Janice apparaît aux côtés de son mari, un déplantoir à la main.

— Becky, dit-elle, nous sommes au courant pour ton… désaxé, chuchote-t-elle en me lançant un regard terrifié.

— C'est un crime ! Ces gens devraient être enfermés, déclare Martin avec ferveur.

— Si nous pouvons faire quelque chose, n'importe quoi, nous sommes là.

— Ça va aller. Je désire juste me reposer quelque temps. Me mettre au vert.

— Bien entendu. C'est très sage, approuve Martin.

— Je disais à Martin ce matin que tu devrais embaucher un garde du corps.

— De nos jours, on n'est jamais trop prudent, renchérit son mari.

— C'est le prix de la gloire, poursuit Janice en hochant la tête d'un air triste.

— Et vous, comment allez-vous ? dis-je pour changer de sujet.

— Plutôt bien, répond Martin.

Je sens une gaieté forcée dans sa voix. Il y a un silence, puis il jette un coup d'œil à sa femme qui fronce les sourcils.

— Vous devez être ravis au sujet de Flagstaff Life. De nouveau un silence.

— Pas vraiment.

— Personne n'était au courant, continue Janice en haussant les épaules. Ce sont des choses qui arrivent. C'est une question de chance.

— Que se passe-t-il ? Je croyais que vous alliez recevoir une somme très importante.

— Nous, non.

— Pourquoi ?

— Martin leur a téléphoné ce matin, explique Janice, pour connaître le montant exact. Dans le journal, ils affirmaient que les souscripteurs de longue date toucheraient des milliers de livres. Mais…

— Quoi ?

— Nous n'y avons pas droit car nous avons transféré notre investissement. Notre ancien placement aurait rempli les conditions requises… Nous aurons quelque chose, bien sûr, mais ce ne sera qu'une centaine de livres.

Je le regarde, ébahie.

— Mais vous l'avez transféré…

— Il y a deux semaines à peine. C'est l'ironie du sort. Si nous étions restés un petit peu plus longtemps… Ce qui est fait est fait. Inutile de se plaindre, conclut Martin, résigné.

Je détourne le regard et me mords la lèvre.

Ils ont décidé de transférer leur argent suite à mes conseils. Ils m'ont demandé mon avis et je leur ai dit de foncer. Mais n'avais-je pas entendu une rumeur au sujet de ce rachat ? Aurais-je pu les prévenir ?

— Nous ne pouvions pas prévoir ce qui allait arriver. Ces transactions sont tenues secrètes jusqu'à la dernière minute, n'est-ce pas Becky ?

J'ai la gorge trop serrée pour répondre. À présent, tout me revient. C'est Alicia qui, la première, a évoqué le rachat la veille de ma visite ici. Ensuite, Philip en a parlé au bureau. Il a mentionné les détenteurs de police d'assurance vie qui s'en sortaient bien. Sauf que… je n'écoutais pas. Je crois que je me faisais les ongles.

— 20 000 livres. C'est le montant dont nous aurions bénéficié si nous étions restés. J'en suis malade rien que d'y penser. Mais Janice a raison. Personne n'était au courant.

Quelle imbécile ! Si pour une fois j'avais réfléchi et utilisé mes méninges…

— Becky, tu as l'air bouleversée ! s'écrie Janice. Qui aurait pu deviner…

— J'étais au courant, finis-je par avouer piteusement.

— Quoi ? s'exclame-t-elle.

— Je ne savais rien de sûr, dis-je les yeux baissés. Mais des rumeurs circulaient depuis quelque temps. Quand vous m'avez consultée, j'aurais pu vous conseiller d'attendre. Mais… je ne me suis pas rappelé. Je… je suis désolée. Tout est ma faute.

En redressant la tête, je rencontre le regard stupéfait de Martin.

Je me tasse sous le poids de la culpabilité. Je me déteste. Le téléphone sonne dans la maison et j'entends les pas de la personne qui va répondre.

— Je vois… Ne t'inquiète pas. Ce sont des choses qui arrivent, finit-il par déclarer.

— Ne te reproche rien. C'est nous qui avons pris la décision de transférer nos fonds, pas toi.

— Et n'oublie pas que tu as subi une énorme pression ces temps-ci, poursuit Martin en posant une main bienveillante sur mon bras. Ce type qui te harcèle, c'est affreux !

Cette fois, je vais pleurer pour de bon, car je ne mérite pas leur gentillesse. Ils viennent de perdre 20 000 livres à cause de ma paresse et de mon inaptitude à suivre des événements que je devrais connaître sur le bout des doigts. Je suis journaliste financière, bon sang !

J'ai soudain le moral à zéro. Qu'est-ce que je fais de ma vie ? Rien. Que dalle. Je suis dépensière, incompétente dans mon travail et je n'ai pas de fiancé. J'ai blessé ma meilleure amie, menti à mes parents et voilà maintenant que je ruine mes voisins. Il ne me reste plus qu'à tout laisser tomber et à me réfugier dans un monastère bouddhiste.

— Becky ?

La voix de mon père interrompt mes pensées. Il se dirige vers nous à grandes enjambées, l'air anxieux.

— Ne prends pas peur, mais je viens juste d'avoir ce Derek Smeath au bout du fil.

— Quoi ? dis-je, horrifiée.

— Le désaxé ? s'écrie Janice.

Il acquiesce gravement.

— Un type odieux. Il s'est montré très agressif envers moi, poursuit mon père.

— Mais comment sait-il que Becky est ici ? demande la voisine.

— Le hasard, de toute évidence. Je suis demeuré très poli. Je lui ai dit que tu n'étais pas là et que j'ignorais où on pouvait te joindre.

— Et... et qu'a-t-il répondu ?

— Il a parlé d'un rendez-vous que tu aurais fixé avec lui. Ce type prend ses désirs pour des réalités.

— Vous devriez changer de numéro. Vous mettre sur liste rouge, conseille Martin.

— D'où appelait-il ? Il est peut-être dans les parages, suggère Janice en fouillant le jardin du regard comme si elle s'attendait à le voir surgir d'un buisson.

— C'est vrai ! Allez Becky, tu ferais mieux de rentrer. On ne sait jamais avec ce genre de dingue, déclare mon père.

— D'accord.

En voyant le visage doux et soucieux de mon père, je me maudis. Pourquoi n'avoir pas avoué la vérité à mes parents ? Me voilà dans une position infernale.

— Tu as l'air toute retournée. Une tasse de thé te réconfortera, déclare Janice en me tapotant l'épaule.

— Oui. C'est une bonne idée.

Mon père me reconduit à la maison avec force ménagements telle une infirme.

Cette situation commence à m'échapper. Non seulement je suis nulle, mais de plus ma sécurité est menacée. Finis, le cocon et la tranquillité. Je me sens vulnérable et au bord de la crise de nerfs. Je m'assois sur le divan à côté de ma mère et bois du thé en regardant *Countdown* à la télé. Le moindre bruit me fait sursauter.

Et si Derek Smeath était en route ? Combien de temps lui faudrait-il pour venir de Londres ? Une heure et demie ? deux si la circulation est mauvaise ?

Il doit avoir d'autres chats à fouetter.

Pourtant, cette possibilité existe.

À moins qu'il n'envoie des huissiers, des hommes menaçants en blouson de cuir. La peur me donne des sueurs froides. J'ai le sentiment d'avoir réellement un désaxé à mes trousses.

Pendant les publicités, ma mère consulte un catalogue d'accessoires pour le jardin.

— Regarde comme cette vasque pour oiseaux est belle. Je vais en prendre une.

— Super, dis-je, incapable de fixer mon attention.

— Ils ont aussi de merveilleuses jardinières. Tu pourrais en acheter pour ton appartement.

— Oui. Peut-être.

— Veux-tu en commander ? Elles ne sont pas chères.

— Non, ça va.

— Tu peux régler par chèque ou avec la carte Visa...

— Non, maman. Sans façon.

— Tu n'as qu'à téléphoner pour donner le numéro de ta carte et ils te les livrent...

— Maman, ça suffit ! Je n'en veux pas, d'accord ?

Elle me lance un regard surpris et réprobateur, puis tourne la page de son catalogue. La panique me fait presque suffoquer. Ma carte Visa est bloquée, ma carte Switch aussi. Rien ne marche. Mais elle n'en a aucune idée.

N'y pense pas. Surtout, n'y pense pas. Je prends un numéro du *Radio Times* sur la table basse et le feuillette sans le regarder.

— Pauvres Janice et Martin ! s'exclame ma mère. Quelle malchance ! Transférer leurs fonds deux semaines avant le rachat de la société…

— Je suis au courant.

Et c'est un sujet que je ne désire pas aborder. Merci bien.

— C'est une sacrée coïncidence que la compagnie lance ce nouveau fonds de placement juste avant le rachat. Beaucoup de personnes ont dû agir comme Martin et Janice et tout perdre. C'est horrible. Tiens, ça recommence ! dit-elle en montrant la télévision.

La joyeuse musique de *Countdown* retentit sous les applaudissements. Mais je ne les entends pas et ne prête aucune attention aux voyelles et consonnes. Je réfléchis aux paroles de ma mère. Une sacrée coïncidence. En est-ce vraiment une ? Ça m'étonnerait. L'assurance leur a écrit pour leur suggérer de transférer leur argent. Ils ont même offert un cadeau, une pendulette.

Pourquoi ?

Soudain en alerte, je décide de vérifier la date de la lettre de Flagstaff. Combien de temps avant le rachat l'ont-ils adressée ?

— ISSUE, annonce ma mère en regardant l'écran. Cela fait 5 lettres. Ah, il y a un autre S. ISSUES, alors.

— Je vais faire un saut à côté. J'en ai pour une minute, dis-je en me levant.

Quand Martin ouvre la porte, je constate qu'ils regardent la même émission.

— Bonjour. J'aimerais vous parler un instant. C'est possible ?

— Bien sûr ! Entre. Tu veux un sherry ?

— Heu...

Je suis un peu décontenancée. Je n'ai rien contre l'alcool, mais il est à peine 17 heures.

— Pourquoi pas ?

— Il n'est jamais trop tôt pour un sherry ! s'écrie-t-il.

— Sers-m'en un autre, s'il te plaît, lance Janice du salon.

Par exemple ! Un couple d'alcooliques !

Peut-être est-ce aussi de ma faute : leur mésaventure financière les pousse à chercher le réconfort dans l'alcool et la télévision.

— Puis-je voir la lettre de Flagstaff Life vous suggérant de transférer vos fonds ? Quand l'ont-ils envoyée ?

— Le jour même où on t'a vue, déclare Martin en versant le sherry dans un grand verre. À ta santé, Becky.

— À la vôtre. Je me demandais...

— Viens dans le salon.

Nous traversons le couloir.

— Voilà, ma chérie, dit-il en tendant son verre à Janice. Cul sec !

— C'est les chiffres, je dois me concentrer.

— J'ai pensé mener une petite enquête là-dessus. Je me sens si coupable, dis-je à Martin tandis que l'horloge de *Countdown* fait entendre son tic-tac.

— Cinquante fois quatre font deux cents. Six moins trois égale trois, fois sept, égale vingt et un.

— Bravo, chérie ! s'écrie Martin en fouillant dans un buffet de chêne sculpté. Voici la lettre. Tu as l'intention d'écrire un article ?

— C'est possible. Cela ne vous dérangerait pas ?

— A priori, non.

— Chut. Il va falloir découvrir le mot caché, annonce Janice.

— Bon. Je prends la lettre, d'accord ? dis-je à voix basse.

— *Expliciter* ! hurle-t-elle. Non, *exploiter* !

— Merci pour le sherry.

J'en avale une grande gorgée en frissonnant (il est sirupeux à souhait), repose mon verre et sors sur la pointe des pieds.

Une demi-heure plus tard, dans ma chambre, après avoir lu et relu la lettre de Flagstaff Life, je suis persuadée qu'il y a une histoire louche là-dessous. Combien de souscripteurs en transférant leur placement, alléchés par cette offre ridicule de pendulette, ont vu leur bénéfice s'envoler ? Plus précisément, combien d'argent a économisé Flagstaff Life ? Je veux le savoir. Pour la première fois de ma vie, je me passionne pour un problème financier.

Pas question, en tout cas, d'écrire un article pour *Réussir votre épargne*, ce journal merdique.

La carte d'Eric Foreman se trouve toujours dans mon sac avec son numéro de ligne directe, indiqué tout en haut. Je la sors, la regarde un moment, puis me dirige vers le téléphone et compose le numéro avant de changer d'avis.

— Eric Foreman, *Daily World*.

— Bonjour. Je ne sais pas si vous vous souvenez de moi. Rebecca Bloomwood, de *Réussir votre épargne*. Nous nous sommes rencontrés à la conférence de presse de Sacrum, dis-je nerveusement.

— Tout à fait, répond-il d'un ton jovial. Comment allez-vous, ma belle ?

— Très bien. Je me demandais si vous poursuiviez toujours votre rubrique intitulée « Pouvons-nous faire confiance aux financiers ? ».

— Oui, pourquoi ?

— Je crois… je crois que je tiens un sujet qui pourrait vous intéresser.

17

Je n'ai jamais travaillé aussi dur sur un article.

Remarquez, on ne m'a jamais demandé d'en écrire un aussi vite. Au journal, nous disposons d'un mois entier pour rédiger notre papier et nous râlons. Quand Eric Foreman m'a dit qu'il le lui fallait pour le lendemain, j'ai d'abord pensé qu'il plaisantait. J'ai répondu d'une voix enjouée : « Bien sûr ! » Et j'ai failli ajouter : « Vous l'aurez dans les minutes qui suivent. » Juste à temps, j'ai réalisé qu'il était sérieux. Mince alors !

Le lendemain matin, je me rends à la première heure chez Martin et Janice avec un dictaphone, et note toutes les informations relatives à leur placement en essayant d'obtenir des détails déchirants, comme me l'a conseillé Eric.

— Nous avons besoin d'une dimension humaine. Les rapports financiers ennuyeux ne nous intéressent pas. Il faut que Janice et Martin Webster inspirent la pitié. Faites-nous pleurer. Montrez-nous un couple ordinaire et travailleur, croyant compter sur ses petites économies pour assurer sa vieillesse, spolié par des hommes d'affaires véreux. Où vivent-ils ?

— Dans un pavillon de cinq pièces dans le Surrey.

— Surtout n'en parlez pas ! Je les veux honnêtes, pauvres et fiers. Ils n'ont jamais demandé un penny à l'État, ont économisé pour subvenir à leurs besoins et ont fait confiance à une institution financière respectable. Et cette institution n'a rien trouvé de mieux que de les escroquer. Vous voyez ce que je veux dire ? Vous vous en sortirez ?

— Oui… Bien entendu !

Aïe ! Dans quoi me suis-je encore fourrée ?

Toutefois, il est impossible de revenir en arrière. La prochaine étape consiste à persuader Janice et Martin de paraître dans le *Daily World*. Le problème est qu'il ne s'agit pas du *Financial Times*, ou du *Times* tout court. (Comme je le leur rappelle, il y a pire. Si je bossais pour le *Sun*, ils finiraient en sandwich entre une fille aux seins nus et le cliché flou d'une Spice Girl pris par un paparazzi.)

Heureusement, stupéfaits que je fasse tous ces efforts pour eux, ils ne se préoccupent pas du journal. Et quand ils apprennent qu'un photographe va venir leur tirer le portrait à midi, on dirait qu'ils vont recevoir la reine en personne.

— Mes cheveux ! pleurniche Janice, consternée, en se regardant dans la glace. Est-ce que Maureen a le temps de passer me faire un brushing ?

— Je ne crois pas, mais vous êtes parfaite, dis-je rassurante. Ils désirent que vous soyez très naturels. Un couple honnête et ordinaire.

Je jette un coup d'œil au salon pour relever des détails poignants à caser dans mon article.

Une carte de leur fils trône fièrement sur le manteau astiqué de la cheminée. Mais cette année, Martin et Janice Webster ne fêteront pas leur anniversaire.

— Je dois téléphoner à Phyllis ! s'exclame Janice. Elle n'en reviendra pas.

— Avez-vous été soldat ? Ou… pompier, avant de devenir agent de voyages ?

— Non, ma jolie, répond Martin en fronçant les sourcils. J'ai juste suivi une préparation militaire à l'école en tant que cadet.

— Bon. Ça devrait aller.

Martin Webster tourne et retourne entre ses doigts l'insigne de cadet qu'il était si fier de porter dans sa jeunesse. Il a travaillé dur toute sa vie en se dévouant aux autres. À présent retraité, il devrait profiter de ses économies.

Mais des hommes d'affaires véreux l'ont dépouillé de son pécule. Le Daily World *se demande…*

— J'ai photocopié le dossier pour toi, annonce Martin, toute la paperasserie. Je ne sais pas si ça te sera utile…

— Merci beaucoup. Je le lirai attentivement.

Quand l'honnête Martin Webster a reçu une lettre de Flagstaff Life l'invitant à transférer ses fonds de placement, il a fait confiance aux financiers.

Deux semaines plus tard, il a découvert qu'ils l'avaient escroqué de 20 000 livres.

« Ma femme en est tombée malade. Je suis si inquiet », nous confie-t-il.

— Janice ? Ça va ? Tu n'es pas… souffrante ?

— Un peu nerveuse. Je n'aime pas trop qu'on me prenne en photo.

« J'ai les nerfs en capilotade, confesse Mme Webster d'une voix brisée. Je ne me suis jamais sentie trahie à ce point. »

J'éteins le dictaphone.

— Je crois que j'ai assez de matière. Je risque de m'éloigner un peu de cet enregistrement pour que l'article fonctionne bien. Cela ne vous dérange pas ?

— Absolument pas ! s'écrie Janice. Écris ce que tu veux, Becky. Nous avons confiance.

— Que va-t-il se passer maintenant ? demande Martin.

— Je vais contacter Flagstaff Life. Écouter ce qu'ils ont à raconter pour leur défense.

— Quelle défense ? Rien ne peut justifier leur comportement !

— Je sais, dis-je en lui souriant.

Je remonte dans ma chambre, gonflée à bloc. Il ne me manque plus qu'une citation de Flagstaff Life pour commencer mon article. Le temps presse : tout doit être bouclé à 14 heures pour paraître dans l'édition de demain. Que c'est excitant ! Pourquoi le travail m'a-t-il toujours paru ennuyeux auparavant ?

Je téléphone à Flagstaff sans perdre une minute. La standardiste m'informe que les demandes de renseignement concernant la presse sont traitées à l'extérieur. Elle me donne un numéro qui me semble familier. Je le considère un moment, les sourcils froncés, puis le compose.

— Bonjour, Brandon Communications, annonce une voix suave.

Bien sûr ! Ma belle assurance est ébranlée. Le mot « Brandon » m'a frappée comme un uppercut. J'avais oublié Luke Brandon, chassé de mon esprit ma vie à Londres. Et, sincèrement, je ne souhaite pas me la rappeler.

Du calme. De toute façon, je n'aurai pas à m'entretenir avec Luke.

— Bonjour. Rebecca Bloomwood à l'appareil. J'aimerais des informations sur Flagstaff Life.

— Laissez-moi vérifier. Oui, c'est un client personnel de Luke Brandon. Je vous mets en communication avec son assistante…

Enfer et damnation !

Je ne peux pas parler à Luke Brandon. Mes questions sont griffonnées sur un bout de papier devant moi, mais je les consulte sans les voir. Je revis l'humiliation ressentie chez Harrods, l'effondrement intérieur éprouvé ce jour-là en entendant le ton condescendant de sa voix et en réalisant ce qu'il pensait de moi : je suis la comique de service.

Ressaisis-toi ! Un peu de sang-froid. Il suffit de prendre un ton professionnel…

— Rebecca ! Comment allez-vous ? Alicia à l'appareil.

— Oh ! dis-je, surprise. Je croyais tomber sur Luke. C'est au sujet de Flagstaff Life.

— Luke est très occupé. Mais je suis sûre de pouvoir vous renseigner.

— O.K. Pourtant ce ne sont pas vos clients.

— Cela n'a pas d'importance, répond-elle en riant. Que voulez-vous savoir ?

— Est-ce de façon délibérée que Flagstaff Life a suggéré à ses souscripteurs de transférer leur assurance vie juste avant d'annoncer des bénéfices ? Vous savez, certaines personnes ont perdu beaucoup d'argent.

— Eh bien… Merci, Camilla. Je prendrai du saumon fumé et de la salade.

— Quoi ?

— Désolée, je vous écoute. J'en prends note… Il faudra que je vous rappelle.

— J'ai besoin d'une réponse rapide. Je rends mon papier dans quelques heures.

— Entendu.

Soudain sa voix s'assourdit.

— Non, du saumon fumé. Bon d'accord, un poulet chinois.

Puis redevient normale.

— D'autres questions, Rebecca ? Je vais vous envoyer notre dernier dossier de presse. Vous y trouverez toutes les réponses. Vous pouvez aussi me faxer vos questions, si vous le désirez.

— Parfait, c'est ce que je ferai, dis-je en raccrochant.

Je demeure quelques instants les yeux dans le vague, maussade. Quelle imbécile ! Elle ne me prend même pas au sérieux.

Peu à peu, je réalise que les attachés de presse me traitent toujours de cette façon. Elles ne se donnent jamais la peine de me répondre, me mettent en attente, puis m'assurent qu'elles me recontacteront. Elles s'en fichent éperdument. Avant, je m'en moquais. Attendre au téléphone en écoutant *Greensleeves* (du moins la musique) m'amusait.

Aujourd'hui, c'est différent. Mon article est important et je veux qu'on me prenne au sérieux.

« Je vais leur apprendre, me dis-je avec fougue. Je vais leur montrer à tous de quel bois je me chauffe et leur prouver que, moi, Rebecca Bloomwood, je n'ai rien d'une rigolote. »

Animée d'une détermination farouche, je prends la machine à écrire de mon père, insère une feuille, allume mon dictaphone, respire à fond et commence à taper.

Rebecca BLOOMWOOD
The Pines
43 Elton Road
Oxshott
Surrey

FAX adressé à : Eric Foreman
Daily World

De : Rebecca Bloomwood

Le 28 mars 2000

Cher Eric,

Veuillez trouver, ci-après, mon article sur Flagstaff Life et les bénéfices envolés.

En espérant qu'il vous convienne.

Cordialement,

Rebecca Bloomwood
Journaliste financière

18

Le lendemain, je me réveille à l'aube. C'est navrant, je sais, mais je suis excitée comme un enfant le jour de Noël. (Je dis un enfant, mais, le jour de Noël, je suis encore pas mal dans mon genre.)

« Un peu de tenue ! Sois adulte ! » Je n'y arrive pas. Je ne peux m'empêcher de penser aux piles de journaux envahissant les kiosques aux quatre coins du pays, aux exemplaires du *Daily World* déposés sur les paillassons, à tous les gens qui vont ouvrir leur journal en bâillant pour lire les dernières nouvelles.

Et que vont-ils découvrir ?

Mon nom ! Rebecca Bloomwood imprimée dans le *Daily World* ! Mon premier article national. « Par Rebecca Bloomwood. » N'est-ce pas fantastique ?

Je sais que l'article est publié parce que Eric Foreman m'a téléphoné hier après-midi pour m'annoncer que le rédacteur était enchanté. Il paraîtra sur une page couleur. La photo de Janice et Martin sera d'autant plus mise en valeur. J'ai du mal à y croire. Le *Daily World* !

Je réalise soudain qu'il y en a déjà une pile chez le marchand du coin de la rue. Une pile de numéros tout frais. Le magasin ouvre à… quelle heure ? 6 heures, il me semble. Et il est 6 h 05. En théorie, je pourrais me lever, me glisser dans mes vêtements et aller en acheter un.

Mais il n'en est pas question. Je ne suis pas désespérée au point de me précipiter à l'ouverture des magasins pour voir mon nom. Pour qui me prenez-vous ? Vers 11 heures ou midi, je flânerai par là-bas, prendrai un exemplaire, le feuilletterai et rentrerai tranquillement à la maison. Pourquoi en acheter ? J'ai déjà vu mon nom imprimé. La belle affaire ! Inutile d'en faire tout un plat.

Je vais me retourner et me rendormir. Pourquoi me suis-je réveillée si tôt ? À cause des oiseaux, peut-être. Je ferme les yeux, tapote mon oreiller et m'oblige à songer à autre chose. Que prendrai-je pour le petit déjeuner ?

Mais c'est la première fois que mon nom apparaît dans le *Daily World*, un journal national, me chuchote une petite voix.

Je craque. Il faut que je le voie.

Je sors du lit d'un bond, enfile mes vêtements à la hâte et descends l'escalier sur la pointe des pieds. En fermant la porte, je me sens comme la fille de la chanson des Beatles qui quitte ses parents. Dehors, l'air vif est tonique, la route très calme. C'est sympa de se lever tôt le matin. Pourquoi ne suis-je pas plus souvent debout à 6 heures ? À partir d'aujourd'hui, je marcherai à l'aube comme le font les New-Yorkais pour brûler des tas de calories et, de retour à la maison, j'avalerai un petit déjeuner reconstituant à base de flocons d'avoine et de jus d'oranges pressées. Ce sera mon nouveau régime.

En approchant du magasin, je ralentis inconsciemment l'allure. La nervosité, sans doute. Je ne suis plus aussi convaincue de vouloir voir mon nom imprimé. Peut-être vais-je me contenter d'acheter un Mars ou une Mint Aero et rentrer à la maison.

Je pousse la porte et tressaille en entendant le « ding » de la sonnette. Pas question d'attirer l'attention sur moi, ce matin. Et si le type derrière le comptoir avait lu mon article et le trouvait nul ? Quelle angoisse ! Pourquoi suis-je journaliste ? Moi qui rêvais d'être esthéticienne... Rien n'est perdu. Je pourrais me recycler, ouvrir ma propre boutique...

— Bonjour, Becky !

Je lève les yeux et sursaute. Martin Webster est au comptoir, un exemplaire du *Daily World*, à la main.

— J'étais réveillé alors je suis venu jeter un coup d'œil...

— Heu... moi aussi. Du moment que j'étais debout...

Mes yeux tombent sur le journal. Je suis au supplice.

— C'est... c'est comment ?

— Le moins qu'on puisse dire, c'est qu'il est impossible de le rater.

Il tourne le journal vers moi et je manque m'évanouir. La photo de Janice et Martin s'étale en pleine page couleur. Ils fixent l'objectif d'un air misérable sous le gros titre :

« UN COUPLE ESCROQUÉ PAR LES FINANCIERS VÉREUX DE FLAGSTAFF LIFE. »

Je prends le journal, les mains tremblantes. Mes yeux parcourent la page à la recherche de la première colonne du texte... Le voici ! « Par Rebecca Bloomwood. » C'est mon nom ! C'est moi !

La sonnette retentit. Nous nous retournons en même temps. Mon père entre dans la boutique en toussotant.

— Ta mère en voulait un exemplaire et comme j'étais réveillé…

— Moi aussi, déclare Martin.

— Idem, dis-je.

— Alors, il est paru ?

— Un peu, oui !

Je lui montre la page.

— Mince alors ! On ne voit que ça !

— La photo est bonne, tu ne trouves pas ? s'écrie Martin, enthousiaste. Elle met bien en valeur les fleurs de nos rideaux.

— Elle est excellente.

Je ne vais pas m'abaisser à lui demander ce qu'il pense de l'article. S'il me félicite, tant mieux, sinon, cela n'a pas d'importance. De toute façon, j'en suis fière.

— Janice est très bien aussi, déclare Martin, toujours absorbé par la photo.

— Oui, approuve mon père. Mais un peu mélancolique.

— Ces professionnels ! Ils savent tirer partie des éclairages. La façon dont la lumière du soleil tombe précisément ici, sur sa…

— Que penses-tu de mon article ? Tu l'as aimé ? finis-je par demander d'un ton pitoyable.

— Il est génial ! Désolé, j'aurais dû t'en parler plus tôt. Je n'ai pas fini de le lire, mais il rend bien compte de la situation. Tu me fais passer pour un véritable héros ! Je n'ai jamais combattu aux Malouines, tu sais, conclut-il, les sourcils froncés.

— Là n'est pas la question.

— Tu as écrit tout ça hier, sur ma machine à écrire ? demande mon père, abasourdi.

— Oui. Tu as vu ma signature ? « Par Rebecca Bloomwood. »

— Janice sera enchantée, affirme Martin. Je vais en acheter deux.

— J'en achète trois. Ta grand-mère sera ravie de voir ça.

— Un seul me suffira, ou peut-être deux.

L'air de rien j'en prends une pleine poignée que je dépose sur le comptoir.

— Six ? Vous en êtes sûre ? s'enquiert le vendeur.

— J'en ai besoin pour mes dossiers, dis-je en rougissant.

Quand nous arrivons à la maison, ma mère et Janice nous attendent sur le perron, mortes d'impatience.

— Mes cheveux ! gémit Janice dès qu'elle découvre la photo. Ils sont affreux ! Qu'ont-ils fait ?

— Mais non, ma chérie ! proteste son mari. Tu es très bien.

— Tes rideaux sont ravissants, affirme ma mère en regardant par-dessus son épaule.

— C'est ce que je viens de dire ! s'exclame Martin.

J'abandonne. Quelle famille ! Les rideaux les intéressent plus qu'un article capital sur un scandale financier. Mais je m'en fiche. Hypnotisée, je contemple ma signature : « Par Rebecca Bloomwood. »

Une fois que tout le monde a admiré la photo en long, en large et en travers, ma mère invite les voisins pour le petit déjeuner. Mon père prépare le café. L'atmosphère est à la fête et nous rions beaucoup. Aucun de nous ne réalise vraiment que Janice et

Martin sont dans le *Daily World*. (Et moi aussi, bien entendu. « Par Rebecca Bloomwood. »)

À 10 heures, j'appelle Eric Foreman pour lui annoncer d'un ton désabusé que j'ai vu l'article.

— Il est bien, non ? déclare-t-il, enthousiaste. Le rédacteur a un faible pour cette série. Si vous avez d'autres histoires de ce genre, n'hésitez pas à m'appeler. J'aime votre style. Il est parfait pour le *Daily World.*

Je ne suis pas sûre que ce soit un compliment.

— Ah ! et pendant que j'y suis, donnez-moi vos coordonnées bancaires.

Pourquoi en a-t-il besoin ? Veut-il vérifier ma solvabilité ?

— Nous procédons toujours par virement. Quatre cents livres, ça ira ?

Quoi ?

Il va me payer. Bien entendu !

— Je vous donne mon numéro de compte.

Quatre cents livres ! me dis-je, ahurie, en cherchant mon chéquier.

— C'est noté, déclare Eric. Je vais régler ça avec la comptabilité. Dites-moi, seriez-vous intéressée par la rédaction d'articles de fond ? Des histoires à dimension humaine, ce genre de sujet ?

Il plaisante ?

— Bien sûr. En réalité... je préférerais ça à la finance, dis-je en contrôlant mon excitation.

— O.K. Je vais ouvrir l'œil, et le bon. Dès qu'un sujet approprié se présente, je vous contacte. Je me répète, mais vous avez le ton juste pour notre journal.

— Super, merci.

Je raccroche, un large sourire aux lèvres. J'ai le ton juste pour le *Daily World* ! J'ai enfin trouvé ma voie !

Le téléphone sonne. A-t-il déjà un article à me proposer ?

J'annonce d'une voix professionnelle :

— Rebecca Bloomwood à l'appareil.

— Rebecca, répond Luke Brandon d'un ton cassant, pouvez-vous m'expliquer ce qui se passe ?

Il a l'air furieux. Mes mains deviennent moites et ma gorge se dessèche.

Une minute ! Je n'ai rien fait de mal.

— Je ne vois pas de quoi vous parlez.

— Je parle de votre article sordide pour le *Daily World*. Votre petite histoire partiale et diffamatoire.

Choquée, je reste un instant sans voix.

— Il n'est pas sordide ! C'est un bon article. Et certainement pas diffamatoire. Je suis en mesure de prouver tout ce que j'ai écrit.

— Je suppose que vous étiez bien trop occupée à rédiger votre morceau de bravoure pour prendre la peine de contacter Flagstaff Life et leur demander leur version des faits. Vous préfériez tenir une histoire juteuse. Donner une image impartiale l'aurait gâchée.

— J'ai essayé d'avoir leur version des faits ! J'ai téléphoné à vos stupides bureaux hier pour signaler que j'écrivais un papier là-dessus.

Silence.

— À qui avez-vous parlé ?

— À Alicia. Je lui ai posé une question très claire sur la politique de Flagstaff concernant les transferts de fonds. Elle m'a affirmé qu'elle me rappellerait. Je lui ai précisé que j'étais très pressée.

Luke soupire.

— Vous n'auriez pas dû parler à Alicia. Flagstaff est mon client, pas le sien.

— Je sais ! Je le lui ai dit ! Elle m'a répondu que vous étiez très pris et qu'elle pouvait s'en charger.

— L'avez-vous informée que vous travailliez pour le *Daily World* ?

— Non. Je l'aurais fait si elle me l'avait demandé. Mais elle s'en fichait, tant elle était convaincue que je ne pouvais rien écrire d'intéressant.

Le ton de ma voix monte malgré moi.

— Eh bien, elle s'est trompée. Vous vous êtes tous trompés. Cela vous incitera peut-être à traiter les gens avec respect. Pas seulement ceux que vous estimez importants.

Je m'arrête, haletante.

— Rebecca, si vous voulez parler de l'incident de l'autre jour… S'il s'agit d'une sorte de vengeance mesquine…

Je crois que je vais exploser.

— Je ne vous permets pas de m'insulter ! N'essayez pas de ramener cette histoire sur un plan personnel ! Cela n'a rien à voir ! C'est l'incompétence de votre compagnie qui est en cause. J'ai agi de façon professionnelle. Je vous ai donné toutes les chances de défendre votre client. Toutes. Si vous les avez gâchées, c'est votre problème.

Sur ce, je raccroche violemment le téléphone.

Je reviens dans la cuisine, bouleversée. Quand je pense qu'il me plaisait bien. Il est arrogant, égocentrique, macho…

— Téléphone ! s'écrie ma mère. J'y vais.

Zut ! Ce doit être encore lui, rappelant pour s'excuser. S'il croit que l'on peut m'amadouer aussi facilement ! Je m'en tiendrai à ce que j'ai dit. J'ajouterai même...

— Becky, c'est pour toi.

— O.K.

Je me dirige vers le téléphone, calme et maîtresse de moi-même. J'ai la situation en mains.

— Allô ?

— Rebecca, c'est Eric Foreman.

— Oh ! bonjour !

— J'ai du nouveau.

— Ah ! oui ?

Et si Luke Brandon l'avait contacté ? Une erreur a pu se glisser dans mon article. Zut ! J'ai pourtant vérifié tous les faits.

— Je viens d'avoir *Morning Coffee* au téléphone. Vous savez, l'émission de télé avec Rory et Emma. Votre histoire les intéresse.

— Quoi ?

— Ils ont lancé une nouvelle série intitulée *Vous et votre argent*. Des conseillers financiers viennent chaque semaine expliquer aux téléspectateurs comment garder un œil sur leur fric. Pour être franc, ils sont à court de sujets. Ils ont traité les emprunts logement, les cartes de crédit, les retraites, toutes les bricoles habituelles...

— Je vois.

Je suis lente à réaliser ce dont il parle. Rory et Emma ont lu mon article ? Rory et Emma, en personne ? Je les imagine découvrant l'article ensemble et jouant des coudes pour mieux lire.

C'est ridicule, bien sûr. Ils avaient chacun un exemplaire.

— Bref, ils veulent vous avoir dans l'émission de demain matin. Vous parlerez des bénéfices envolés et conseillerez aux téléspectateurs de faire attention. Vous êtes intéressée ? Sinon, je leur explique que vous êtes débordée, pas de problème.

— Non ! Dites… dites-leur que c'est bon. Ça m'intéresse.

Je raccroche, les jambes en coton. Incroyable ! Je vais passer à la télé.

Rebecca Bloomwood
c/o William Green Recrutement
39 Farringdon Square
Londres EC4 7TD

Le 27 mars 2000

Hyvä Rebecca Bloomwood,

Oli erittäin hauska tavata teidät viime viikolla, vaikka tapaaminen jäikin lyhyeksi. Olitte selväsri hermostunut, mikä on aivan ymmärrettävää. Siitä huolimatta minä ja kollegani ihailimme tavallisuudesta poikkeavaa luonteen-laatuanne. Olemme varmoja, että teistä olisi yhtiöllemme paljon hyötyä, ja mielellämme tapaisimme teidät uudes-taan, ehkä lounaan merkeissä.

Haluaisin onnitelle teitä suurenmoisesta artikkelistanne « Daily World » – lehdessä. Olette selvästi taitava ilmaise-maan ajatuksianne, ja on suuri ilo päästä pian keskustele-maan kanssanne äidinkielelläni. Toivoisin että ottaisitte minuun yhteyttä yllä mainitulla osoitteella.

Parhain terveisin

Ystävällisesti

Jan Virtanen

19

Le lendemain matin, la voiture qui passe me prendre pour me conduire aux studios de la télévision se présente à 7 h 30 pile. Quand la sonnette retentit, nous sursautons tous. Depuis dix minutes, nous attendons, assis dans le salon, les nerfs à vif.

— Les voilà, déclare mon père d'un ton bourru en regardant sa montre.

Depuis que je lui ai parlé de ce rendez-vous, il a prédit que la voiture n'arriverait pas et qu'il aurait à me conduire lui-même aux studios. Hier soir, il a même concocté un itinéraire et appelé l'oncle Malcolm comme remplaçant en cas de besoin. (Je pense que mon père aurait adoré remplir cette mission.)

— Bonne chance, ma chérie, dit ma mère d'une voix tremblante.

Elle hoche la tête.

— Notre petite Becky à la télévision… Je n'arrive pas à y croire.

Je me lève, mais mon père me retient.

— Es-tu consciente du risque que tu prends ?

Il jette un coup d'œil à ma mère qui se mord les lèvres.

— Tout ira bien. Nous avons fait le tour de la question.

Hier soir, papa a tout à coup pensé que, si je participais à cette émission, mon désaxé saurait où me trouver. Au début, il s'est montré catégorique : je devais tout annuler. J'ai dû déployer des trésors de persuasion pour les convaincre que je serais en sûreté dans les studios. Ils ont même envisagé d'embaucher un garde du corps. Vous m'imaginez, débarquant avec un garde du corps ?

À la réflexion, ce n'était pas une si mauvaise idée. Cela m'aurait conféré une aura de mystère.

La sonnette retentit de nouveau. Je bondis sur mes pieds.

— Sois prudente, recommande mon père.

— Ne t'inquiète pas, dis-je en prenant mon sac.

Je me dirige vers la porte en essayant de cacher mon excitation. Je me sens légère comme une bulle.

J'ai du mal à réaliser tout ce qui m'arrive. Non seulement je vais passer à la télé, mais tout le monde est gentil avec moi. Si gentil. Hier, j'ai eu plusieurs conversations téléphoniques avec une assistante de production de *Morning Coffee*, une fille très sympa appelée Zelda. Nous avons récapitulé ensemble de façon précise tout ce que j'allais dire à l'émission, puis elle a fixé le rendez-vous avec la voiture des studios. Quand je lui ai expliqué que je me trouvais chez mes parents sans mes vêtements à portée de main, elle a réfléchi quelques instants, puis m'a assuré que je pourrais choisir une tenue dans leur garde-robe. N'est-ce pas génial ? J'espère que je la conserverai.

J'ouvre la porte. Un homme corpulent d'une cinquantaine d'années, vêtu d'un blazer bleu marine et coiffé d'une casquette, se tient à côté d'une berline rutilante. Mon chauffeur ! De mieux en mieux.

— Mademoiselle Bloomwood ?

— Oui.

Je lui adresse un grand sourire ravi. Ma main est presque sur la poignée de la porte, mais il y parvient avant moi, ouvre la portière d'un geste ample et se met au garde-à-vous en attendant que je pénètre dans la voiture. Une star de cinéma !

Je me retourne. Mon père et ma mère me regardent du perron, sidérés.

— Au revoir, à tout à l'heure !

J'adopte le ton désinvolte de celle qui circule toujours en voiture avec chauffeur.

— Becky, c'est toi ? demande Janice en surgissant de l'autre côté de la haie en robe de chambre.

Les yeux lui sortent de la tête. Elle se tourne vers ma mère qui hausse les épaules comme pour dire : « Je sais, c'est incroyable. »

— Bonjour Janice, dit mon père.

— Bonjour Graham. Becky ! Je n'ai jamais vu une chose pareille. Si Tom te voyait… Avez-vous pris des photos ?

— Non ! s'exclame ma mère consternée. Nous n'y avons pas pensé. Graham, vite ! Va chercher l'appareil.

— Prenons plutôt ma caméra, déclare Janice. J'en ai pour une minute. On filmerait la voiture débouchant dans l'allée et Becky allant à sa rencontre… Nous pourrions utiliser *Les Quatre Saisons* comme bande sonore, puis enchaîner directement sur…

— Non ! dis-je très vite, en surprenant le regard amusé du chauffeur.

Moi qui feignais si bien la désinvolture engendrée par une longue habitude.

— Nous n'avons pas le temps. Je dois arriver à l'heure aux studios.

— Bien sûr. Nous ne voulons pas te retarder. Ça démarre bien à 11 heures ? demande-t-elle, angoissée.

Elle consulte sa montre comme si elle craignait que l'émission ait déjà commencé.

— 11 heures précises, confirme mon père. Programmez l'enregistrement à moins 5, c'est ce que j'ai conseillé à tout le monde.

— Nous n'y manquerons pas. Je n'oserai pas aller aux toilettes de peur de rater l'émission.

Je monte en voiture, accompagnée d'un silence respectueux. Le chauffeur ferme la portière avec beaucoup d'élégance, puis fait le tour pour atteindre le côté conducteur. J'appuie sur le bouton pour abaisser ma vitre et souris à mes parents.

— Ma chérie, que feras-tu après ? Tu rentreras ici ou chez toi ?

Aussitôt mon sourire s'altère. Je baisse les yeux en prétendant tripoter les boutons de commande des vitres. Je n'ai pas envie de réfléchir à la suite.

Je ne l'imagine même pas. Je vais passer à la télé… Mes pensées s'arrêtent là. Le reste de ma vie est enfermé hermétiquement au fond de mon inconscient. Je ne veux plus en entendre parler.

— Je… je ne sais pas encore. Je verrai.

— Ils t'inviteront sans doute au restaurant, intervient mon père d'un air entendu. Ces gens du show-biz déjeunent toujours ensemble.

— Des repas bien arrosés, affirme la voisine en riant.

— Vous irez au Ivy. C'est bien là que les acteurs se retrouvent ? demande ma mère.

— Le Ivy, c'est dépassé ! réplique mon père. Ils l'emmèneront au Groucho Club.

— Le Groucho ! N'est-ce pas là où va Kate Moss ? s'exclame Janice en joignant les mains.

Cela devient ridicule.

— Allons-y, dis-je au chauffeur.

— Bonne chance, mon cœur, crie mon père.

Je remonte la vitre et m'appuie contre le siège. La voiture sort de l'allée en ronronnant.

Pendant un moment, nous roulons en silence. Je regarde par la fenêtre pour voir si l'on me jette des regards curieux (les gens pensent peut-être que je suis le nouveau personnage féminin de *EastEnders* ?). Mais, comme nous filons à toute allure sur la route à quatre voies, je ne suis sans doute qu'une masse confuse.

— Vous participez à *Morning Coffee* ? demande le chauffeur.

— C'est ça.

Aussitôt, mon visage s'illumine d'un sourire béat. Je dois contrôler cette réaction stupide. Je parie que Jeremy Paxman ne sourit pas bêtement chaque fois qu'on lui demande s'il passe dans *University Challenge*. Il émet sans doute un ricanement sarcastique signifiant : « Bien sûr que je suis dans *University Challenge*, petit imbécile… »

— Vous y allez pour quoi ?

Je suis sur le point de répondre : « Pour être célèbre et avoir des vêtements gratuits », mais je me ressaisis à temps.

— Un mic-mac financier. J'ai écrit un article dans le *Daily World*, les producteurs l'ont lu et m'ont invitée à l'émission.

— Vous êtes déjà passée à la télé ?

— Non, suis-je obligée d'admettre à contrecœur.

Nous nous arrêtons à un feu et le chauffeur se tourne vers moi pour m'examiner.

— Tant que vous n'aurez pas le trac, tout ira bien.

— Mais je n'ai pas le trac ! J'ai même hâte de me trouver sur le plateau.

— Alors tant mieux. Certaines personnes arrivent calmes et détendues, mais, en voyant la lumière rouge, elles réalisent que deux millions et demi de gens les regardent, et elles se mettent à paniquer. Allez savoir pourquoi.

— Ce ne sera pas mon cas !

— Parfait.

J'ai toujours su contrôler ma nervosité, ce n'est pas maintenant…

Deux millions et demi de téléspectateurs !

Mince alors ! Quand on y réfléchit, c'est beaucoup. Tous ces gens, assis chez eux, devant leur écran de télévision, observant mon visage, attendant mes réponses.

Mieux vaut ne pas y songer. Par ailleurs, j'ai un atout considérable : je suis parée. Hier soir, j'ai répété pendant des heures devant la glace et je connais mes répliques presque par cœur.

Je dois utiliser des mots simples et basiques car, comme me l'a expliqué Zelda, 76 % de l'audience de *Morning Coffee* est constituée de femmes au foyer s'occupant de leur bébé. Leur temps d'attention est très court. Elle n'a pas cessé de s'excuser à propos de ce qu'elle nomme « l'effet de nivellement par le bas », en disant qu'une spécialiste comme moi devait se sentir frustrée, et j'ai bien sûr abondé dans son sens.

Je suis soulagée. En ce qui me concerne, plus ce sera nivelé par le bas, mieux ça vaudra. Si écrire un article pour le *Daily World* avec toutes mes notes à portée de main est une chose, répondre à des questions difficiles en direct à la télé en est une autre. (C'est même une perspective effrayante, mais je n'en ai pas soufflé un mot à Zelda. Je ne veux pas qu'elle me croie stupide.)

J'attaquerai en déclarant : « Que choisiriez-vous entre une pendulette et vingt mille livres ? » Rory et Emma répondront : « Vingt mille livres, bien sûr ! » Et je répéterai : « Vingt mille livres. » Je marquerai ensuite une pause afin que ce chiffre s'inscrive bien dans l'esprit des téléspectateurs. Puis je poursuivrai : « Malheureusement, quand Flagstaff Life a offert à ses clients une pendulette pour les inciter à transférer leurs économies, ils ne les ont pas avertis qu'en agissant ainsi, ils perdraient un bénéfice de vingt mille livres. »

C'est parfait, vous ne trouvez pas ? Rory et Emma poseront quelques questions très basiques, du style : « Que faire pour se protéger ? » et je leur donnerai des réponses simples. Tout à la fin, pour rester sur une note légère, nous parlerons de ce que l'on peut s'offrir avec vingt mille livres.

J'attends ce moment-là avec impatience. J'ai déjà réfléchi à des quantités de choses. Saviez-vous qu'avec cette somme, vous pourriez acheter cinquante-deux montres Gucci et qu'il vous resterait assez d'argent pour un sac ?

Les studios de *Morning Coffee* sont situés à Maida Vale et à l'approche des barrières de l'entrée, familières à cause du générique de l'émission, je frissonne d'excitation. À moi les feux de la rampe !

Le planton nous adresse un signe de la main. Nous stoppons devant une énorme porte à double battant et le chauffeur vient m'ouvrir la portière. Je sors, les jambes tremblantes, mais je m'efforce de monter les marches d'un pas décidé et de maintenir cette belle assurance jusqu'au bureau de la réception.

— Je suis ici pour *Morning Coffee*.

J'étouffe un petit rire en réalisant ce que je viens de dire.

— Je sais, déclare la réceptionniste.

Elle cherche mon nom sur une liste et compose un numéro.

— Jane ? Rebecca Bloomwood est arrivée.

Puis elle m'indique une rangée de fauteuils.

— Une personne va venir vous chercher dans quelques instants.

Je me dirige vers la salle d'attente et m'assois face à une femme d'une cinquantaine d'années. Son abondante chevelure brune part dans tous les sens et sa gorge est ornée d'un gros collier d'ambre. Elle allume une cigarette, et, bien que je ne fume plus, j'en ai soudain envie.

Non que je sois nerveuse. Pas du tout. J'aimerais juste une cigarette.

— Madame, c'est une zone non-fumeur, lance la réceptionniste.

— Merde ! s'écrie la femme d'une voix rauque.

Elle aspire une grande bouffée, écrase la cigarette sur une soucoupe et me sourit d'un air complice.

— Êtes-vous une invitée de l'émission ?

— Oui et vous ?

Elle acquiesce.

— Je viens promouvoir mon nouveau roman, *Soleil sanglant*. Une histoire d'amour torride, de cupidité et de meurtres dans le monde impitoyable des blanchisseurs d'argent sud-américains.

— Mince alors ! Ça m'a l'air…

— Je vais vous en donner un exemplaire.

Elle fouille dans son sac et en sort un livre cartonné aux couleurs vives.

— Rappelez-moi votre nom.

Lui rappeler ?

— Rebecca. Rebecca Bloomwood.

« À Becca », déclare-t-elle à voix haute, tandis qu'elle griffonne sur la page de garde : « Avec toute mon affection. »

Elle signe d'un geste ample et me tend le livre.

— Merci… Elizabeth, dis-je en jetant un rapide coup d'œil à la couverture.

Elizabeth Plummer. Jamais entendu parler.

— Vous vous demandez certainement comment j'en suis venue à connaître un monde aussi violent et dangereux.

Elle me fixe de ses grands yeux verts.

— J'ai vécu avec un… blanchisseur trois longs mois. Je l'aimais. Il m'a tout appris… et je l'ai trahi.

Sa voix se réduit à un souffle.

— Je me souviens encore du regard qu'il m'a lancé quand la police l'a emmené. Il savait que j'étais son Judas. Mais, curieusement, je pense qu'il m'a aimée pour ça.

— Waouh, fais-je, impressionnée. Tout cela s'est passé en Amérique latine ?

— Non. À Hove. Vous savez, les blanchisseurs d'argent sont les mêmes partout.

— Rebecca ?

Je relève la tête. Une jeune femme aux cheveux lisses, vêtue d'un jean et d'un col roulé noir, s'avance vers nous.

— Je suis Zelda. Nous nous sommes parlé hier au téléphone.

— Zelda ! s'exclame Elizabeth en se levant, les bras tendus. Comment vas-tu, mon chou ?

— Désolée. Nous sommes-nous… ?

Ses yeux tombent sur mon exemplaire de *Soleil sanglant*.

— Vous êtes Elizabeth Plummer, bien sûr. On vient vous prendre dans une minute. En attendant, n'hésitez pas à vous servir de café.

Elle lui adresse un sourire éblouissant, puis se tourne vers moi.

— Rebecca, vous êtes prête ?

— Oui.

(Je suis flattée que Zelda soit descendue me chercher, car elle n'a pas l'air d'appliquer ce régime de faveur à tout le monde.)

— Ravie de vous rencontrer, dit-elle en me serrant la main. Nous sommes enchantés que vous participiez à l'émission. Comme d'habitude, nous sommes débordés. Alors, si vous êtes d'accord, nous allons nous rendre directement au salon de coiffure et au maquillage, nous discuterons en chemin.

— Excellente idée !

Salon de coiffure et maquillage ! Le rêve !

— Un léger changement de programme est survenu. Rien d'inquiétant… Bella n'a pas rappelé ? demande-t-elle en passant devant le bureau d'accueil.

308

La réceptionniste hoche la tête de façon négative et Zelda marmonne un truc du style : « Pauvre conne ! »

— Aujourd'hui, c'est encore plus dingue que d'habitude. Une assistante nous a laissés tomber et il y a eu un accident dans la cuisine...

Elle pousse des portes battantes et nous empruntons un vaste couloir couvert d'une moquette verte qui grouille de monde.

— De plus, comme nous avons les Heaven Sent 7 sur le plateau aujourd'hui, le standard croule sous les appels des fans et nous devons trouver l'espace nécessaire, sept loges, pour caser leurs sept ego monumentaux.

— Je vois, dis-je avec désinvolture.

Mais soudain, je réalise. Les Heaven Sent 7 ! Mais ils sont archiconnus ! Et je vais les rencontrer ! Peut-être irons-nous boire un verre et deviendrons-nous de grands amis. Ils sont plus jeunes que moi, mais qu'importe ! Je jouerai le rôle de leur grande sœur.

À moins que je ne sorte avec l'un d'eux. Avec Nathan, par exemple, le brun supermignon. (Ou est-ce Ethan ?) Après le show, il m'invitera à dîner sans les autres dans un petit restaurant. Au début, notre relation sera tenue secrète, mais les journalistes ne tarderont pas à découvrir le pot aux roses. Nous deviendrons l'un de ces couples célèbres courant toutes les premières et je porterai...

— Nous y sommes, annonce Zelda.

Nous nous trouvons à l'entrée d'une pièce tapissée de miroirs et de spots. Assises devant les glaces, trois personnes revêtues de capes sont maquillées par des filles au look branché. Une autre se fait faire un brushing. De la musique passe en arrière-fond, les gens bavardent amicalement et dans l'air flottent des parfums de laque, de poudre de riz et de café.

Voilà comment j'imaginais le paradis. Zelda me conduit vers une fille rousse.

— Chloé va vous maquiller, ensuite nous ferons un saut à la garde-robe. O.K. ?

— D'accord, dis-je, incapable de dissimuler ma joie en découvrant les produits de maquillage.

La table est jonchée de pinceaux, de pots et de tubes, tous de grandes marques comme Chanel et Mac.

Quel boulot génial ! Voilà le métier que je devrais exercer : maquilleuse professionnelle.

— À propos de l'émission, poursuit Zelda. Comme je viens de vous le dire, nous avons changé le format initial...

— Zelda ! Bella au téléphone ! crie une voix masculine.

— Merde ! Rebecca, il faut que je prenne cet appel, mais je reviens aussitôt après, entendu ?

— Super !

Chloé drape une cape autour de moi et tire mes cheveux en arrière à l'aide d'un bandeau en éponge. La radio joue une chanson de Lenny Kravitz. Ma préférée. Tout est parfait.

— Je vais nettoyer, tonifier puis appliquer une base. Veuillez fermer les yeux...

Elle commence à masser mon visage à l'aide d'une crème onctueuse et fraîche. C'est la sensation la plus délicieuse du monde. Je resterais bien ici toute la journée.

— Que faites-vous dans cette émission ? demande Chloé.

— Heu... Une intervention sur la finance.

Je suis si détendue que j'ai du mal à me rappeler la raison de ma présence.

— Ah ! oui. J'en ai entendu parler. Alors vous êtes experte en la matière ? dit-elle en prenant une palette de fards à paupières.

Elle mélange deux couleurs, puis choisit un pinceau.

— Vous savez...

— Je ne comprends rien à ces histoires de finances, déclare Chloé en maquillant mes paupières.

— Moi non plus ! s'écrie une fille brune à l'autre bout de la pièce. Mon comptable a essayé de m'expliquer, mais il a laissé tomber. Dès qu'il prononce le mot « exercice fiscal », je fais un blocage.

Je suis à deux doigts de répondre : « Moi, c'est pareil », quand je réalise que cela risquerait de jeter un froid. Après tout, je suis invitée en qualité d'experte financière.

— Pourtant, c'est plutôt simple, dis-je en souriant avec assurance. Si vous comprenez les trois principes de base...

— Ah bon ! lesquels ? interroge la fille brune en arrêtant son séchoir à cheveux.

— Le premier consiste à...

Mon esprit est complètement vide.

— Désolée de vous interrompre, Rebecca. Pour les lèvres, je suggère un rouge framboise. Qu'en pensez-vous ?

Absorbée par la conversation, je n'ai pas suivi le travail de Chloé. Je me contemple dans la glace et reste bouche bée. Mes yeux sont immenses, mes pommettes spectaculaires... J'ai l'air d'être une autre personne. Je devrais me maquiller comme ça tous les jours.

— C'est fantastique !

— Vous êtes très calme, alors c'est plus facile, fait remarquer Chloé en fouillant dans un vanity-case noir. Certaines personnes tremblent de nervosité. Même des célébrités. Nous avons un mal fou à les maquiller.

— Pas possible !

Je m'enfonce confortablement dans mon siège, prête à écouter des potins captivants, quand surgit Zelda.

— Désolée, Rebecca. Comment ça va ? Bien, à ce que je vois. Le maquillage est super. Et les cheveux ?

— La coupe est bonne, commente Chloé en élevant des mèches qu'elle fait retomber. Un brushing suffira pour leur donner de l'éclat.

— Parfait, dit Zelda en s'installant dans un fauteuil pivotant à côté du mien.

Elle jette un coup d'œil sur son bloc-notes.

— Parlons de votre intervention, Rebecca.

— Je l'ai préparée selon vos instructions. Des phrases très simples et directes.

— Eh bien... Nous avons eu une discussion à ce sujet lors de la réunion d'hier et vous allez être ravie d'apprendre que nous avons changé d'avis. Désormais, vous pouvez employer tous les termes techniques de la profession ! Des graphiques... des chiffres...

— C'est... c'est génial. Mais je maintiendrai le niveau assez bas.

— Nous devons éviter de nous adresser aux téléspectateurs de manière infantile. Ce ne sont pas des crétins !

Zelda poursuit à voix basse :

— En plus, nous avons eu hier les résultats d'un récent audimat. 80 % de nos auditeurs trouvent que la plupart des émissions adoptent un ton condescendant à leur égard. Nous devons relever le niveau. Nous avons donc changé l'émission du tout au tout. Au lieu d'une interview, nous avons pensé à un débat de haut niveau, conclut-elle, le visage rayonnant.

— Un débat ? dis-je, alarmée.

— Tout à fait ! Nous voulons une discussion passionnée, des idées qui fusent, le ton qui monte...

Des idées ? Mais je n'en ai aucune.

— Ça ira ? Vous semblez un peu...

— Je vais très bien.

Je me force à sourire.

— J'ai hâte de me lancer dans la bataille. Un débat ! Super ! Et... qui sera mon interlocuteur ?

— Un porte-parole de Flagstaff Life, annonce Zelda, triomphante. Nez à nez avec l'ennemi. Un grand moment de télévision en perspective !

— Zelda ! Bella en ligne !

— Bon Dieu ! Rebecca, je reviens tout de suite.

— Profitons de son absence pour mettre ce rouge à lèvres, dit Chloé avec entrain.

Je suis chacun de ses gestes dans le miroir en m'exhortant au calme. Mais j'ai des palpitations et ma gorge est si serrée que je n'arrive pas à avaler ma salive. Je n'ai jamais eu aussi peur de ma vie.

Comment puis-je participer à un débat de haut niveau ? C'est impossible. Je n'ai aucune opinion et mon ignorance est sans bornes.

Pourquoi ai-je voulu passer à la télé ?

— Rebecca, vos lèvres tremblent. Essayez de rester tranquille, me demande Chloé, les sourcils froncés.

— Excusez-moi.

Elle a raison. Je tremble de la tête aux pieds. C'est affreux. Il faut que je sois zen. Que je pense à des choses gaies.

Afin de me distraire, je concentre mon attention sur les reflets dans la glace. À l'arrière-plan, je vois Zelda téléphoner dans le couloir. Elle a l'air furieuse.

— D'accord. Mais Bella, nous t'avons payé un acompte afin que tu sois disponible. Qu'est-ce que je fais maintenant ? O.K., je comprends que…

Elle lève les yeux. Une femme blonde et deux hommes surgissent dans le couloir. Elle les salue d'un signe de tête. Je ne vois pas leur visage, mais ils sont vêtus d'élégants pardessus et munis d'attachés-cases. L'un des hommes porte un dossier bourré de papiers. Le manteau de la femme est magnifique. Et j'adore son sac Fendi en poulain. Qui cela peut-il bien être ?

— O.K. Si vous êtes en mesure de suggérer un autre sujet d'émission au cours de laquelle les auditeurs interviennent par téléphone…, continue Zelda au téléphone.

La femme blonde se retourne pour regarder une affiche sur le mur. Mon cœur cesse de battre.

C'est Alicia. Alicia, de Brandon Communications. Cinq mètres à peine nous séparent.

La situation est d'une telle absurdité que j'ai envie de rire. Que fait-elle ici, nom d'un chien ?

Un de ses compagnons se retourne vers elle pour lui parler. Je crois le reconnaître. Il travaille aussi pour Brandon C. Son visage est poupin. C'est le type même du jeune loup aux dents longues.

Que se passe-t-il ? Ne me dites pas…

Non !

— Luke ! s'écrie Zelda dans le couloir. Je suis contente que vous ayez pu vous libérer. Nous aimons tant vous avoir à cette émission. J'ignorais que vous représentiez Flagstaff Life jusqu'à ce que Sandy…

Dans la glace, je me vois blêmir.

C'est un cauchemar. Je vais me réveiller.

— La journaliste qui a écrit l'article est déjà arrivée. Je viens de la mettre au courant. Nous tenons là un grand moment de télévision. Vous deux, face à face, argumentant à bâtons rompus !

Elle avance dans le couloir suivie d'Alicia et du jeune loup. Le deuxième homme apparaît enfin et, malgré l'angoisse qui m'oppresse, je ne peux m'empêcher de me retourner.

Nos yeux se rencontrent et pendant quelques secondes, nous nous toisons. Puis, il détourne la tête et s'éloigne à grandes enjambées.

Je reste seule, face à mon reflet dans la glace, impuissante et désespérée.

Points à retenir pour l'interview de la télévision
Conseils financiers simples

1. Choix entre une pendulette ou 20 000 £ ? Évident.
2. Flagstaff Life a escroqué d'innocents clients. Faites attention. Heu… heu…
3. Soyez toujours prudent avec votre argent.
4. N'investissez pas la totalité au même endroit. Diversifiez.
5. Ne le perdez pas par erreur.
6. …

Choses que l'on peut acheter avec 20 000 £

1. Une belle voiture, par ex. une petite BMW.
2. Un collier de perles et de diamants de chez Asprey plus une grosse bague en diamant.
3. 3 robes du soir haute couture, par ex. de chez John Galliano.
4. Un piano à queue Steinway.
5. 5 splendides canapés en cuir de chez Conran Shop.
6. 52 montres Gucci et un sac.
7. Des fleurs livrées tous les mois pendant quarante-deux ans.
8. 55 chiots labradors avec pedigree.
9. 80 pulls en cachemire.
10. 666 Wonderbras.
11. 454 pots de crème hydratante Helena Rubinstein.
12. 800 bouteilles de champagne.
13. 2 860 pizzas Fiorentina.
14. 15 384 paquets de chips Pringles.
15. 90 909 paquets de bonbons à la menthe Polos.
16. ...

20

À 11 h 25, je me retrouve dans le foyer des artistes. Je suis vêtue d'un tailleur bleu nuit Jasper Conran, chaussée d'une paire de hauts talons en daim et des collants très fins mettent mes jambes en valeur. Le maquillage et le brushing complètent à la perfection ma tenue. Je n'ai jamais été aussi élégante. Mais je n'en retire aucun plaisir. Une seule pensée accapare mon esprit : dans quinze minutes, je devrai discuter de haute finance avec Luke Brandon, en direct, à la télévision.

Je suis tiraillée entre le rire et les larmes. On dirait une blague de mauvais goût. Luke Brandon, le génie au QI phénoménal et à l'excellente mémoire visuelle, contre… moi. Il va me battre à plates coutures, me massacrer.

— Prenez un croissant, mon chou, me conseille Elizabeth Plummer. Ils sont sublimes. Chaque bouchée est un rayon de soleil.

— Non merci, je n'ai pas faim.

Comment fait-elle pour manger ? J'ai l'impression que je vais vomir d'un moment à l'autre. Pas étonnant que les gens qui passent à la télé tous les jours soient aussi minces !

Nous tournons la tête en même temps vers le téléviseur placé dans un angle de la pièce. Sur l'écran apparaît l'image d'une plage au coucher du soleil.

— Comment peut-on vivre avec un gangster, risquer sa vie puis le trahir ? Notre prochaine invitée a écrit un roman explosif d'après sa propre et dangereuse expérience... Ensuite, nous aborderons une nouvelle série de débats, des débats qui n'auront pas peur d'aller au fond des choses, poursuit Emma.

Une pluie de pièces de monnaie se met à tomber.

— *Morning Coffee* braque les feux de l'actualité sur un scandale financier, en compagnie de deux experts de premier plan qui s'affronteront en direct, sur notre plateau.

Elle parle de moi. Je refuse d'être un expert de premier plan. Je veux rentrer à la maison et boire une tasse de thé.

— Mais, d'abord, retrouvons Scott Robertson dans sa cuisine, annonce Emma avec gaieté.

L'image fait place à un homme souriant coiffé d'une toque de cuisinier et brandissant un chalumeau.

Je le regarde un moment, puis baisse les yeux, en crispant mes mains sur mes genoux. Je n'arrive pas à réaliser que je serai bientôt sur cet écran, assise sur le canapé de *Morning Coffee*, à me creuser la cervelle pour trouver des idées intelligentes.

Je déplie ma feuille de papier A4 pour la millième fois et relis mes notes dérisoires. Pourquoi envisager le pire ? me dis-je, pleine d'espoir tandis que les phrases se bousculent devant mes yeux. Je m'inquiète peut-être pour rien. Nous resterons au niveau de la conversation amicale. Après tout...

— Bonjour Rebecca.

Je redresse la tête. Luke Brandon se tient dans l'embrasure de la porte. Il est vêtu d'un costume sombre impeccable, ses cheveux brillent et son visage maquillé paraît bronzé. Sa mâchoire est contractée et ses yeux durs rencontrent les miens sans ciller. Je peux mettre une croix sur son amabilité.

Je sens mes joues s'enflammer sous le maquillage. Prenant mon courage à deux mains, je déclare d'une voix posée :

— Bonjour Luke.

Un silence suit son entrée dans la pièce. Elizabeth le considère, intriguée.

— Je vous connais. Vous êtes acteur, c'est ça ? Vous jouez Shakespeare. Je vous ai vu dans le *Roi Lear*, il y a trois ans.

— Je ne pense pas, réplique Luke d'un ton sec.

— Vous avez raison ! C'était dans *Hamlet*. Je m'en souviens très bien. La souffrance désespérée, la culpabilité, la tragédie… Je n'oublierai jamais votre voix. Chaque mot tombait comme un coup de poignard.

— J'en suis désolé. Rebecca…

— Luke, voici les chiffres définitifs, crie Alicia en se précipitant dans la pièce, une feuille de papier à la main.

Elle m'adresse un regard narquois.

— Salut Rebecca. En forme ?

— Oui. En très grande forme, dis-je en réduisant ma feuille de papier en boule.

— Ravie de l'entendre. Ce débat s'annonce passionnant.

— Sans aucun doute.

Quelle idiote !

319

— Je viens d'avoir John, de Flagstaff, au téléphone, ajoute-t-elle à voix basse pour Luke. Il tient beaucoup à ce que vous mentionniez les nouveaux plans d'épargne Foresight. Bien sûr, je lui ai répondu...

— Nous sommes ici pour limiter les dégâts, pas pour faire de la pub. Il devrait déjà s'estimer heureux si...

Il s'interrompt. Je détourne la tête comme si je n'étais pas concernée et jette un coup d'œil à ma montre. Je sursaute. Il ne reste plus que dix minutes.

— Elizabeth, c'est à vous, annonce Zelda en pénétrant dans la pièce.

— Merveilleux ! s'écrie-t-elle en prenant une dernière bouchée de croissant. Comment me trouvez-vous ? demande-t-elle en se levant.

Des tonnes de miettes tombent de sa jupe.

— Vous avez un morceau de croissant dans les cheveux, dit Zelda en le lui enlevant. À part ça...

Nos regards se croisent et j'ai une envie irrésistible de pouffer de rire.

— Luke ! crie le jeune loup au visage poupin en se précipitant, un portable à la main. John Bateson en ligne. Et les plis viennent d'arriver...

— Merci Tim.

Alicia prend les enveloppes et les ouvre. Elle en retire des papiers qu'elle lit rapidement en les annotant. Entre-temps, Tim s'assoit, ouvre un ordinateur portable et commence à taper.

— Oui, John, je comprends ce que vous voulez dire, déclare Luke d'une voix tendue. Mais si vous consentiez à m'écouter ne serait-ce...

— Tim, pouvez-vous vérifier le rendement du fonds de retraite Flagstaff sur les trois, cinq et dix dernières années ? demande Alicia.

— Tout de suite, répond-il en tapant de plus belle.

— Tim, il faudrait m'imprimer l'avant-projet du dossier de presse Flagstaff sur les plans d'épargne Foresight. Merci, dit Luke en retournant à sa conversation téléphonique.

Ma parole ! Ils ont installé un véritable bureau de Brandon Communications dans les locaux de *Morning Coffee* : ordinateur, fax, téléphones… avec pour seul et unique adversaire ma feuille de papier roulée en boule.

Je n'arrive pas à détacher mes yeux des pages qui sortent de l'imprimante. Au fur et à mesure, Alicia les tend à Luke. Regardons les choses en face : je ne fais pas le poids. Mieux vaut laisser tomber tout de suite, leur dire que je suis malade, rentrer à la maison et me cacher sous la couette.

— Tout le monde va bien ? C'est à vous dans sept minutes, annonce Zelda en passant sa tête dans l'embrasure de la porte.

— Parfait, dit Luke

— Rebecca ! J'allais oublier. Il y a un colis pour vous.

Elle me tend une grande boîte carrée.

— Merci.

Le cœur soudain léger, je déchire l'emballage. J'ignore le contenu et la provenance de cet envoi, mais pas de doute, il va m'être d'une aide précieuse. Eric Foreman m'adresse peut-être une information de dernière minute, un graphique ou une série de chiffres que je sortirai au moment crucial. Ou s'agit-il d'un document secret dont Luke ne soupçonne pas l'existence ?

Du coin de l'œil, je remarque que tous les Brandonites ont stoppé leurs activités pour m'observer. Ça leur apprendra ! Ils ne sont pas les seuls à avoir des ressources et à recevoir des colis dans le foyer des artistes. Je viens à bout du ruban adhésif et écarte les rabats du paquet.

Sous les regards attentifs de l'assemblée, un gros ballon rouge marqué d'un énorme « Bonne chance » s'envole vers le plafond. Une carte est attachée à la ficelle. Je l'ouvre, gênée.

Je le regrette aussitôt.

— « Bonne chance, bonne chance pour tout ce que tu entreprendras », chante une voix électronique.

Je referme la carte d'un geste sec. De l'autre bout de la pièce me parviennent des rires étouffés. Alicia, un sourire narquois aux lèvres, chuchote quelques mots à l'oreille de Luke dont le visage prend une expression amusée.

Il se moque de moi. Ils se moquent tous de Rebecca Bloomwood et de son ballon. Je suis mortifiée. J'ai l'impression d'étouffer. Dans le genre experte-finan-cière-de-

premier-plan, on a vu mieux !

J'entends un commentaire malveillant d'Alicia suivi d'un rire étranglé et, tout au fond de moi, quelque chose se dénoue. Qu'ils aillent au diable ! Ils sont jaloux, voilà tout. Eux aussi aimeraient avoir un ballon.

D'un geste de défi, j'ouvre de nouveau la carte pour lire le message.

La petite voix électronique poursuit sa chanson :

« Qu'il pleuve ou qu'il vente, tu t'en sortiras, nous le savons. Garde la tête haute, tu as tenté ta chance, c'est ce qui compte. »

À Becky,

Avec toute notre affection et nos remerciements pour ton aide merveilleuse. Nous sommes fiers de te connaître.

Tes amis Janice et Martin.

Je lis et relis ces quelques lignes, au bord des larmes. Janice et Martin sont des amis depuis des années. Leur fils me tape sur les nerfs, c'est sûr, mais ils m'ont toujours témoigné de l'affection, même quand je leur ai donné des conseils catastrophiques. Je leur dois bien ça. Pas question de les laisser tomber.

Je prends une inspiration profonde et regarde Luke Brandon droit dans les yeux.

— Ce sont des amis qui m'adressent leurs meilleures pensées.

Je pose avec soin la carte sur la table basse en m'assurant qu'elle reste ouverte pour continuer à chanter, puis rattrape le ballon et l'attache au dossier de ma chaise.

— Luke et Rebecca. Vous êtes prêts ? C'est à vous, annonce Zelda.

— Plus prête, tu meurs, dis-je en passant devant Luke.

21

Nous nous dirigeons vers le plateau en silence. Du coin de l'œil, je remarque que le visage de Luke s'est encore durci.

Pas de problème. Moi aussi, je peux la jouer coriace et impitoyable. Je redresse la tête et marche à grandes enjambées comme Alexis Carrington dans *Dynasty*.

— Vous vous connaissez ? demande Zelda.

— Oui, répond Luke d'un ton cassant.

— Dans un cadre strictement professionnel. Luke s'évertue à promouvoir des produits financiers minables et je m'évertue à éviter ses coups de fil, dis-je sur le même ton.

Zelda a un rire approbateur tandis que Luke me foudroie du regard. Je m'en fiche : plus il est en colère, mieux je me sens.

— L'article de Rebecca dans le *Daily World* n'a pas dû vous plaire.

— C'est exact.

— Il m'a téléphoné pour se plaindre, incroyable, non ? Il est difficile d'affronter la vérité et de découvrir ce qui se cache sous le vernis des relations publiques, n'est-ce pas, Luke ? Vous devriez peut-être changer de boulot.

Je me retourne pour le regarder. Il a l'air si furieux que j'ai l'impression qu'il va me battre. Il se ressaisit et déclare d'une voix glaciale :

— Nous allons régler cette mascarade sur le plateau.

Zelda me jette un coup d'œil inquisiteur. Je lui adresse un sourire rayonnant. Je n'ai jamais vu Luke aussi énervé.

— Nous y sommes, déclare Zelda. Veuillez parler à voix basse quand nous entrerons.

Elle pousse la porte et l'espace d'un instant je perds mon sang-froid. La peur me tétanise sur place comme Laura Dern dans *Jurassic Park* quand elle voit les dinosaures pour la première fois. Le voilà. En vrai. Le plateau de *Morning Coffee*, avec le canapé, les plantes vertes et tout le reste, éclairé par des spots éblouissants.

Tout paraît irréel. Combien de fois ai-je regardé cette émission à la télé ? Et, maintenant, je vais y participer. Incroyable !

— Il reste quelques minutes avant les pubs, indique Zelda en nous guidant à travers un plancher couvert de câbles. Rory et Emma sont encore sur le plateau de la bibliothèque avec Elizabeth.

Elle nous installe de part et d'autre d'une table basse. Le canapé est plus dur que je ne l'imaginais et d'une certaine façon… différent. Tout est différent. C'est bizarre. Les lumières trop vives m'aveuglent et je ne sais comment m'asseoir. Une assistante fixe un micro sur le revers de mon chemisier. Mal à l'aise, je lève la main pour rejeter mes cheveux en arrière. Zelda se précipite aussitôt vers moi.

— Essayez de ne pas trop bouger, Rebecca. Il faut éviter les bruissements.

— Désolée.

J'ai perdu ma voix. Un tampon d'ouate semble obstruer ma gorge. Je regarde la caméra la plus proche et découvre, horrifiée, qu'elle zoome dans ma direction.

— Rebecca, une autre règle d'or : ne jamais fixer la caméra, d'accord ? Soyez naturelle.

— Oui.

Fastoche !

— Trente secondes avant le bulletin d'information, annonce Zelda en consultant sa montre. Luke, tout va bien ?

— Très bien, déclare-t-il d'une voix calme.

Il a l'air comme un poisson dans l'eau. C'est normal.

Je remue sur mon siège, tire sur ma jupe et lisse ma veste. Si, comme on le dit, la télévision grossit, mes jambes vont ressembler à des poteaux. Peut-être devrais-je les croiser d'une autre façon. Ou ne pas les croiser du tout ? Mais elles risquent alors de paraître encore plus fortes.

— Bonjour, lance une voix haut perchée.

Je relève la tête. Emma March en chair et en os se dirige droit sur moi ! Elle porte un tailleur rose. Rory, qui la suit de près, a la mâchoire encore plus carrée que d'habitude. C'est étrange de rencontrer des célébrités. Elles ont l'air irréelles.

— Alors, c'est vous les experts financiers, déclare-t-elle d'un ton jovial en s'asseyant. Zut ! J'ai une de ces envies de faire pipi ! Combien de temps dure ce débat, Zelda ?

— Bonjour Roberta, dit Rory en me serrant la main.

— Elle s'appelle Rebecca, corrige Emma. Ce garçon est un cas désespéré. Nom d'un chien, j'ai vraiment besoin d'aller aux toilettes, couine-t-elle en se trémoussant sur le canapé.

— C'est trop tard, l'avertit Rory.

— Mais c'est mauvais de se retenir trop longtemps ! Nous avons traité ce sujet. Tu te souviens de cette auditrice bizarre qui a téléphoné pour raconter qu'elle n'y allait qu'une fois par jour ? Et le docteur James a dit... Qu'a-t-il dit déjà ?

— Je n'en ai aucune idée. Ces coups de fil me passent complètement au-dessus de la tête.

Il se tourne vers moi.

— Rebecca, je vous signale que je ne comprends rien à ces trucs financiers. C'est beaucoup trop pointu pour moi, affirme-t-il avec un grand sourire.

— Plus que dix secondes ! crie Zelda.

La musique du générique de *Morning Coffee* retentit, annonçant la fin des pubs.

— Qui commence ? demande Emma en jetant un coup d'œil sur le téléprompteur. C'est moi.

Cette fois, ça y est. Je suis morte de peur. Je ne sais pas dans quelle direction regarder ni à quel moment je prendrai la parole. Mes mains sont crispées sur mes genoux qui tremblent, les spots m'éblouissent et, sur ma gauche, une caméra fait un zoom que je suis censée ignorer.

— Bienvenue ! lance Emma. Si vous deviez choisir entre une pendulette et vingt mille livres, que décideriez-vous ?

Quoi ? Mais c'est mon texte !

— La réponse est évidente, poursuit-elle allégrement. Nous choisirions tous les vingt mille livres.

— Tout à fait ! intervient Rory, en souriant.

— Mais, lorsque les souscripteurs de Flagstaff Life ont reçu une lettre les invitant à transférer leurs économies, ils ne savaient pas qu'en agissant ainsi ils perdraient un bénéfice de vingt mille livres. Rebecca Bloomwood est la journaliste qui a dévoilé cette affaire. Rebecca, pensez-vous que ce genre d'escroquerie est une pratique courante ?

Tous les regards se tournent vers moi dans l'attente de ma réponse. Les caméras sont braquées sur mon visage, le plateau est silencieux.

Deux millions et demi de téléspectateurs !

J'ai du mal à respirer.

— Pensez-vous que les investisseurs devraient se méfier ? enchaîne Emma.

— Oui, c'est nécessaire, dis-je d'une voix blanche.

— Luke Brandon, vous représentez Flagstaff Life. À votre avis...

Merde ! C'était pitoyable ! Qu'est-il arrivé à ma voix et à toutes les réponses préparées avec soin ?

Il faut que j'écoute Luke. Allez Rebecca ! Du nerf ! Concentre-toi.

— Gardez bien présent à l'esprit que personne n'a *droit* à un bénéfice exceptionnel. Il ne s'agit pas d'un cas d'escroquerie ! Quelques souscripteurs cupides ont eu les yeux plus gros que le ventre, voilà tout. Ils croient avoir été lésés et racontent des horreurs sur la compagnie. Par ailleurs, des milliers de personnes ont reçu des sommes importantes de Flagstaff Life.

De quoi parle-t-il ?

— Je vois, commente Emma. Selon vous...

Je l'interromps.

— Un instant ! M. Brandon, vous venez de qualifier les souscripteurs de « cupides » ?

— Pas tous, mais quelques-uns, oui.

Je le regarde, consternée. Je pense à Janice et Martin, si doux et inoffensifs. La colère me rend muette.

— La vérité, continue Luke, c'est que la plupart des clients de Flagstaff Life ont bénéficié d'excellents rendements sur les cinq dernières années. C'est ça qui est important. Un placement de bonne qualité et non pas des bénéfices qui ne représentent qu'un feu de paille. N'oublions pas qu'au départ Flagstaff Life a été créé pour assurer...

— Luke, corrigez-moi si je me trompe... Au départ, Flagstaff Life était une mutuelle, créée pour assurer le bien-être de tous ses adhérents, n'est-ce pas ? Son but n'était certainement pas d'en privilégier certains au détriment d'autres.

— Tout à fait, répond-il sans ciller. Mais cela ne donne pas droit à chaque souscripteur de recevoir un bénéfice exceptionnel de vingt mille livres.

— Je suis d'accord. Cependant, cela leur donne assurément le droit de penser qu'ils ne seront pas trompés par une compagnie dans laquelle ils ont placé leur argent depuis quinze ans. Janice et Martin Webster ont fait confiance à Flagstaff Life. Ils ont fait confiance au conseil qui leur était donné. Et voyez où cette confiance les a conduits !

— Les placements sont un jeu. Parfois vous gagnez...

— La chance n'a rien à voir là-dedans ! dis-je, furieuse. Êtes-vous en train d'affirmer que c'est par pure coïncidence qu'on leur a conseillé de transférer leurs fonds deux semaines avant l'annonce du bénéfice ?

— Flagstaff leur a proposé ce transfert en pensant que leurs clients augmenteraient de cette façon la valeur de leur portefeuille. Ils m'ont assuré qu'ils avaient agi dans la seule intention d'avantager leurs adhérents. Ils m'ont aussi assuré...

— Si je vous comprends bien, Flagstaff qui a conseillé ses souscripteurs en toute bonne foi s'est planté de façon lamentable. Cette compagnie est donc incompétente.

La lueur de colère qui traverse ses yeux me donne des ailes.

— Je ne vois pas...

— Nous pourrions débattre sans fin sur ce sujet, intervient Emma. Mais nous allons passer à...

— Allez, Luke ! Il faut savoir. Ou bien c'est une société incompétente, ou bien Flagstaff a délibérément essayé d'économiser de l'argent. Dans les deux cas, elle a tort. Les Webster qui étaient des clients fidèles auraient dû recevoir cet argent. À mon avis, Flagstaff leur a conseillé ce transfert afin de les empêcher de recevoir ce bénéfice. C'est évident.

Je cherche des yeux le soutien de Rory qui me regarde d'un air absent.

— Tout cela est très technique pour moi. Un peu compliqué, déclare-t-il en riant.

— Prenons les choses autrement. Imaginez... Imaginez que je suis dans un magasin de vêtements. Je viens de choisir un magnifique manteau en cachemire de Nicole Farhi. Vous me suivez ?

— Oui, acquiesce Rory.

— J'adore Nicole Farhi ! s'écrie Emma, ragaillardie. Sa ligne de tricots est splendide.

330

— C'est vrai. Bon. Je fais la queue à la caisse quand un vendeur arrive et me dit : « Pourquoi n'achetez-vous pas ce manteau à la place ? Il est de meilleure qualité et je vous offre en prime une bouteille de parfum gratuite. » Je n'ai aucune raison de mettre sa parole en doute. Merveilleux ! me dis-je, et j'achète le manteau qu'il m'a proposé.

— Je vous suis toujours, dit Rory.

— Mais, une fois dehors, je découvre que ce manteau n'est pas un Nicole Farhi et qu'il n'est pas en cachemire, non plus. Je retourne dans le magasin et ils refusent de me rembourser.

— Vous avez été arnaquée ! s'exclame Rory comme s'il venait de découvrir les lois de la pesanteur.

— Absolument. J'ai été arnaquée. Comme l'ont été des milliers de clients de Flagstaff. On les a convaincus d'abandonner leur investissement initial au profit d'un autre fonds de placement, les privant ainsi de vingt mille livres. Peut-être la compagnie Flagstaff n'a-t-elle pas violé la loi. Peut-être n'a-t-elle enfreint aucun règlement. Mais elle a piétiné les principes élémentaires du droit. Ces clients, fidèles à Flagstaff depuis de nombreuses années, méritaient ces bénéfices. Et, si vous êtes honnête, Luke Brandon, vous *savez* que c'est la vérité.

Je termine ma tirade, haletante. Luke m'observe, impassible. Redoutant le pire, j'essaie de détourner mon regard. En vain. Nos yeux sont comme aimantés.

— Luke, qu'avez-vous à répondre ? demande Emma.

Il reste muet et nous continuons ce ballet silencieux.

— Luke ? répète la présentatrice, pensez-vous...

— Je pense... Je pense que vous avez raison, Rebecca, finit-il par lâcher.

331

Un silence stupéfait suit cette déclaration.

J'ouvre la bouche, mais ne parviens à émettre aucun son.

Rory et Emma s'adressent des coups d'œil perplexes.

— Excusez-moi, Luke, voulez-vous dire…

— Elle a raison. C'est tout.

Il prend son verre, s'appuie contre le dossier de son siège et bois une gorgée d'eau.

— Je suis convaincu que ces clients méritaient ce bénéfice. J'aurais vraiment aimé qu'ils touchent cet argent.

Je n'en crois pas mes oreilles ! Luke Brandon est d'accord avec moi.

— Je vois, déclare Emma. Vous avez donc changé d'opinion ?

Luke contemple son verre, pensif. Puis il redresse la tête.

— Ma société est payée par Flagstaff pour assurer sa publicité. Mais cela ne signifie pas que j'approuve ce qu'ils font ou que je sois au courant de tous leurs agissements. À vrai dire, avant de lire l'article de Rebecca dans le *Daily World*, j'ignorais tout de cette affaire. Je tiens d'ailleurs à souligner que cet article est un excellent papier d'investigation. Félicitations !

J'en ai le souffle coupé. Quel coup de théâtre ! Je souhaiterais tout arrêter, enfouir la tête dans mes mains et analyser calmement ce qui vient de se produire. Impossible hélas ! Je passe en direct à la télévision. Deux millions et demi de téléspectateurs me regardent.

J'espère que mes jambes ne sont pas affreuses.

— Si j'étais un adhérent de Flagstaff, je serais furieux, poursuit Luke. Il existe des règles élémentaires de conduite envers les clients telles que la fidélité et la franchise. Et j'ose espérer que mes clients, tous ceux que je représente, respectent ces deux principes.

— Voilà un sacré revirement de situation ! commente Emma en se tournant vers la caméra. Luke Brandon, venu ici représenter la compagnie Flagstaff, affirme désormais qu'elle a tort. Avez-vous quelque chose à ajouter, Luke ?

— Je ne crois pas que je continuerai à représenter Flagstaff.

— Ah bon ! Pourquoi ? demande Rory.

— Franchement, Rory ! s'impatiente Emma.

Soudain, nous éclatons tous de rire de manière un peu hystérique. Luke m'observe d'un drôle d'air et je me sens légère comme une plume. La présentatrice est la première à se ressaisir.

— Bien, déclare-t-elle en souriant à la caméra. Suite à ce débat financier, et juste après la page de publicité, place à la mode avec le retour des minishorts dans les défilés…

— … et aux crèmes contre la cellulite. Sont-elles efficaces ? enchaîne Rory.

— Sans oublier nos invités exceptionnels : les Heaven Sent 7 qui chanteront en direct de nos studios.

La musique de *Morning Coffee* éclate dans les haut-parleurs et Rory et Emma se lèvent d'un bond.

— C'était un débat passionnant, mais, désolée, je dois foncer aux toilettes, dit Emma en se précipitant dehors.

— Je n'ai rien compris, mais nous avons vécu un grand moment de télévision, ajoute Rory.

Il donne une tape dans le dos de Luke, m'adresse un signe d'adieu et disparaît.

Voilà. C'est terminé. Nous restons face à face, Luke et moi, sous les spots éblouissants, les micros toujours fixés au revers de nos vestes. Je suis sonnée.

Est-ce bien réel ?

— Bon...

— Bien joué, dit Luke.

— Merci.

Je suppose qu'il va au-devant de gros problèmes. Pour un homme de relations publiques, attaquer un de ses clients en direct à la télévision doit être l'équivalent pour une vendeuse de dissimuler des vêtements.

Est-ce moi ou mon article qui l'a fait changer d'avis ?

Je n'ose pas aborder le sujet.

Il me faut rompre ce silence qui s'épaissit de plus en plus.

— Avez-vous...

— J'étais...

Nous avons parlé en même temps.

— Continuez, je vous prie. Je n'avais rien de... Allez-y.

— Je voulais vous demander si vous accepteriez de dîner avec moi ce soir ?

Qu'entend-il par là ? Désire-t-il...

— Pour discuter affaires. J'ai beaucoup aimé votre idée de promotions de Sicav pendant les soldes du mois de janvier.

Quelle idée ?

Oh ! Ça ! Il ne s'agissait que d'une de mes remarques stupides n'engageant à rien.

— Je pense que cela ferait une excellente publicité pour l'un de mes clients. Consentiriez-vous à être consultante sur ce projet ? Sur une base de free-lance, bien sûr.

Pas possible ! Il est sérieux.

— Je vois. Je crois... Je crois que je suis libre ce soir.

— Bien. Que diriez-vous du Ritz ?

— Comme vous voulez, dis-je avec désinvolture, comme si j'y allais tout le temps.

— Parfait. Je m'en réjouis d'avance.

— Et Sacha ? Elle n'avait rien de prévu avec vous ce soir ?

À peine ai-je prononcé cette phrase que je me sens rougir jusqu'à la racine des cheveux. Non, mais ! Qu'est-ce qui me prend ? Je voudrais disparaître dans un trou de souris.

— Sacha m'a quitté, il y a une semaine.

— Oh ! Zut !

— Sans prévenir. Elle a fait sa valise et elle est partie. Ç'aurait pu être pire, poursuit-il, pince-sans-rire. Quand je pense que j'ai failli lui offrir le fourre-tout assorti !

Je réprime à grand-peine mon envie de pouffer.

— Je suis désolée.

— Moi pas, déclare-t-il d'une voix grave en me regardant droit dans les yeux.

Mon cœur bondit dans ma poitrine.

— Rebecca ! Luke !

Nous tournons la tête en même temps et voyons Zelda arriver, un bloc-notes à la main.

— C'était fabuleux ! Exactement ce que nous voulions. Luke, vous avez été parfait. Et Rebecca...

Elle s'assoit à côté de moi et tapote mon épaule.

— Nous vous avons trouvée si merveilleuse que nous pensions... Aimeriez-vous répondre aux appels des auditeurs en tant que spécialiste financière pour notre émission ?

— Mais... C'est impossible. Je ne suis pas une spécialiste !

— Elle est bien bonne ! s'exclame Zelda en riant. Rebecca, vous savez vous mettre à la portée des gens et ça n'a pas de prix. Vous connaissez votre sujet à fond, tout en gardant les pieds sur terre. Vous demeurez accessible. Bref, l'expert dont tout le monde rêve. Qu'en pensez-vous, Luke ?

— Rebecca est faite pour ce job. Mais je pense aussi que je dois me sauver, dit-il en me souriant. À plus tard, Rebecca. Au revoir Zelda.

Tandis qu'il se fraie un chemin entre les câbles je le suis des yeux en espérant qu'il se retourne une dernière fois.

— Occupons-nous de vous maintenant, déclare Zelda en me pressant la main.

22

J'étais faite pour la télévision. C'est indéniable.

Nous sommes de nouveau installés sur le canapé, Rory, Emma et moi. Nous avons en ligne Anne, domiciliée à Leeds, qui reconnaît d'une voix mal assurée qu'elle n'a jamais renvoyé sa feuille d'impôts.

Je souris à Emma qui m'adresse un clin d'œil. Je fais partie de l'équipe. Je suis aux anges.

Chose étrange, quand j'étais interviewée, la peur et la nervosité me pétrifiaient ; à présent que je suis passée de l'autre côté, je me retrouve dans mon élément. Je pourrais rester sur ce plateau toute la journée. Les lumières aveuglantes ne me gênent plus, elles me semblent normales. Et, en m'exerçant devant la glace, j'ai trouvé la position la plus flatteuse pour mes jambes (genoux rassemblés, jambes croisées aux chevilles).

— J'ai commencé à travailler comme femme de ménage et je n'y ai plus repensé, poursuit Anne. Aujourd'hui mon employeur me demande si je suis imposable. Cela ne m'avait jamais traversé l'esprit.

— Vous voilà dans une situation délicate, déclare Emma en me lançant un coup d'œil.

— Anne, dis-je d'une voix rassurante, vous devez savoir deux choses : la première est que, selon vos revenus, vous n'êtes peut-être pas imposable. La seconde est qu'il vous reste encore beaucoup de temps pour renvoyer votre feuille d'impôts et régulariser votre situation.

Curieusement, j'arrive à répondre à toutes les questions. Je m'y connais en plans d'épargne, en assurances vie, en retraites… Tout à l'heure, Kenneth, résidant à St. Austell, a demandé quelle était la défiscalisation annuelle maximale pour un ISA et j'ai répondu cinq mille livres sans réfléchir. Une partie de mon esprit semble avoir emmagasiné toutes ces informations avec soin. À présent, je n'ai plus qu'à m'en servir. Demandez-moi n'importe quoi ! Comment fonctionnent les impôts sur les plus-values pour les propriétaires, par exemple. Allez, n'hésitez pas !

— À votre place, Anne, je contacterais votre Centre des impôts et leur demanderais conseil. N'ayez pas peur.

— Merci beaucoup, Rebecca.

— Eh bien, j'espère que cela vous aidera, Anne, enchaîne Emma en souriant à la caméra. Davina va nous présenter les informations et la météo, mais ensuite, comme le standard croule sous les appels, nous nous retrouverons pour *Vous et votre argent*.

— Vous êtes nombreux à vouloir exposer vos problèmes financiers, poursuit Rory.

— Absolument, reprend Emma. Et nous voulons vous aider. Alors n'hésitez pas à appeler Rebecca au 0333 4567.

Elle se fige puis, dès que la lumière s'éteint, s'appuie contre le dossier de son siège pour se détendre.

— Tout se passe à merveille ! Tu ne trouves pas, Zelda ? dit-elle, tandis que la maquilleuse se précipite sur elle pour la repoudrer.

— C'est super ! La dernière fois que le standard a reçu autant d'appels, c'était pour « J'aimerais rencontrer une Spice Girl ». Rebecca, avez-vous suivi des cours pour être présentatrice ? demande-t-elle, intriguée.

— Non. Mais… J'ai beaucoup regardé la télé.

Elle éclate de rire.

— C'est une bonne réponse ! O.K., retour à l'antenne dans trente secondes.

Emma me sourit et consulte ses papiers devant elle. Rory contemple ses ongles. Ils me traitent d'égal à égal, me dis-je avec joie.

Je n'ai jamais été aussi heureuse. Jamais. Même pas la fois où j'ai trouvé un bustier Vivienne Westwood à soixante livres dans les soldes de Harvey Nichols. (Tiens, je me demande où il est passé. Je devrais le porter un de ces jours.) Ce que je vis en ce moment bat tous les records. C'est parfait !

Détendue et comblée, je parcours des yeux le studio lorsqu'une silhouette familière retient mon attention. Je regarde plus attentivement et sens mes cheveux se dresser sur ma tête. Je dois halluciner, car l'homme qui se tient dans la pénombre du plateau ressemble trait pour trait à…

— Merci de rester avec nous ! lance Rory. Cette matinée est consacrée aux problèmes financiers. Notre invitée, Rebecca Bloomwood, est là comme conseillère pour répondre à vos appels. Notre prochaine auditrice en ligne s'appelle Fran et habite Shrewsbury. Fran ?

— Bonjour Rebecca.

— Bonjour Fran. Quel est votre problème ?

— Je suis dans une situation épouvantable. Je… je ne sais pas quoi faire.

— Êtes-vous endettée, Fran ? demande Emma avec douceur.

— Oui. Je suis à découvert, avoue-t-elle dans un souffle. Je dois de l'argent sur toutes mes cartes de crédit, j'ai emprunté de l'argent à ma sœur… Et je ne peux pas m'empêcher de dépenser. Je… J'adore acheter des choses.

— Quelles sortes de choses ? s'enquiert Rory, intéressé.

— Des vêtements pour moi, pour les enfants, des bricoles pour la maison, des bêtises. Les factures arrivent… Et je les jette.

Emma se tourne vers moi.

— Rebecca, à votre avis, que devrait faire Fran pour s'en sortir ?

— Fran, avant tout, vous devez vous montrer courageuse et affronter votre problème. Appelez votre banque et exposez-leur la situation. Ce ne sont pas des monstres ! Ils vous aideront.

Je plante mes yeux dans la caméra.

— Fuir ne résoudra rien, Fran. Plus vous tarderez, pire ce sera.

— Je sais que vous avez raison. Mais… ce n'est pas facile.

— Je sais. Restez en ligne, Fran.

— Rebecca, reconnaissez-vous là un problème courant ? demande Emma.

— Je crains que oui. Malheureusement, de nombreuses personnes négligent la gestion de leur budget alors qu'il s'agit d'une priorité.

— C'est tout à fait regrettable, commente Emma d'un air consterné.

— Toutefois, il n'est jamais trop tard pour se ressaisir. Il suffit de faire face à ses responsabilités pour qu'une vie nouvelle démarre.

En accompagnant cette phrase d'un geste ample et assuré de la main, je balaie du regard le studio. Et… Je le vois.

Je n'hallucine pas.

C'est bien lui. Appuyé à un pilier, dans l'angle, un gobelet en plastique à la main, Derek Smeath arbore un badge du service de sécurité comme s'il travaillait pour *Morning Coffee*. Une dizaine de mètres à peine nous séparent.

Derek Smeath de la banque Endwich.

Incroyable !

Il est pourtant bien là, en chair et en os.

Bon sang ! Il me regarde, droit dans les yeux.

Mon cœur s'emballe comme un cheval au galop. Je m'efforce de respirer calmement pour garder mon sang-froid.

— Rebecca ?

Je dois concentrer mon attention sur l'émission. Quel était le problème de cette auditrice, déjà ?

— Vous pensez donc que Fran devrait prendre rendez-vous avec son banquier ?

— Je… oui, c'est exact.

Que faire ? Il ne me quitte pas des yeux. Impossible de m'échapper.

— Vous croyez que si Fran regarde la réalité en face, elle reprendra sa vie en main ?

— Sans aucun doute.

341

Je lance à Emma un sourire éblouissant. Mais, en mon for intérieur, ma joyeuse assurance s'est envolée. Derek Smeath rôde.

Avec lui, tous les événements de ma vie, refoulés avec soin, resurgissent sournoisement. Je voudrais les chasser, mais ils s'échappent comme des serpents visqueux. Ma dispute avec Suze. Mon désastreux dîner avec Tarquin.

— Eh bien, espérons que Fran suivra les excellents conseils de Rebecca. Nous avons à présent en ligne John, de Luton. John ?

— Bonjour Rebecca. Quand j'étais petit, mes parents ont souscrit pour moi une police d'assurance mais j'ai perdu tous les papiers. Maintenant j'aimerais bien toucher l'argent.

Ma carte Visa annulée. Ma carte Octagon confisquée devant tout le monde. Quelle humiliation !

Assez ! Reporte ton attention sur le show.

— Ce cas de figure se présente souvent. Vous souvenez-vous du nom de la compagnie ?

— Non. Aucune idée.

Mon compte en banque. Des milliers de livres de dettes. Le rendez-vous à la banque.

J'ai un haut-le-cœur.

— Vous devriez être capable de retrouver cette compagnie. Pourquoi ne pas vous adresser à un organisme spécialisé dans ce genre de recherche ? Je peux le vérifier pour vous, mais il en existe un qui s'appelle…

Toute ma vie est un désastre et j'y suis empêtrée comme au centre d'une immense toile d'araignée. La dure réalité n'attend que la fin de cette émission pour me sauter à la gorge.

— Le temps presse. Nous allons devoir rendre l'antenne, dit Emma dès la fin de mes explications. Merci à Rebecca Bloomwood, notre experte financière, dont nous ne manquerons pas de suivre les conseils avisés. Après la pub, nous retrouverons les Heaven Sent 7, en direct pour *Morning Coffee*.

La lumière s'éteint et tout le monde se détend.

— Très bon travail, Rebecca, déclare Rory, enthousiaste.

— Zelda ! Il faut que je te parle, lance Emma. Rebecca, tu as été parfaite, ajoute-t-elle en partant. Parfaite !

Voilà. Ils ont tous disparu. Je me retrouve seule sur le plateau, exposée et vulnérable, fuyant désespérément le regard de Derek Smeath.

Et si je m'esquivais par l'arrière ?

À moins que je reste sur ce canapé jusqu'à ce qu'il craque. Il ne va tout de même pas oser venir sur le plateau !

Je pourrais aussi prétendre être quelqu'un d'autre. Pas bête ! D'ailleurs, avec tout ce maquillage, je suis méconnaissable.

Soudain, une idée me traverse l'esprit : sa présence ici n'a rien à voir avec moi. Peut-être participe-t-il à l'émission ? Je vais passer devant lui de mon pas le plus assuré et tout ira bien.

— Excusez-moi, ma belle. Il faut que je déplace ce canapé, annonce un technicien en jean.

— Je vous en prie, dis-je en sursautant.

À ce moment-là, je rencontre par hasard le regard de Derek Smeath. Il me dévisage. Il m'attend.

Arrrgh.

Du calme. Il suffit de feindre de ne pas le reconnaître.

343

Je me lève, prends une inspiration profonde et commence à traverser le plateau à grandes enjambées. Les yeux braqués sur la porte à double battant, je maintiens mon allure, le visage impassible. Tout se déroule à merveille. Encore quelques pas…

— Mademoiselle Bloomwood.

Sa voix claque comme un fouet et, l'espace d'un instant, j'envisage de l'ignorer et de foncer vers la sortie. Mais Zelda et Emma qui se tiennent juste à côté ont dû l'entendre m'appeler. Impossible d'y couper.

Je me retourne et lui adresse un regard stupéfait, comme si je le voyais pour la première fois.

— Oh ! C'est vous ! Quelle surprise !

Le preneur de son nous fait signe de baisser la voix et Derek Smeath me conduit d'une main ferme hors du plateau, jusqu'à une loge. Il me considère en silence et je lui souris d'un air assuré. Peut-être en resterons-nous à une discussion courtoise ?

— Mademoiselle Bloomwood…

— Le temps est merveilleux, vous ne trouvez pas ?

— Mademoiselle Bloomwood, notre rendez-vous.

Je pensais qu'il avait oublié.

— Notre rendez-vous… C'est demain, si je ne m'abuse ? dis-je, poussée par une inspiration subite.

J'ai l'impression qu'il va exploser.

— Ce n'est pas demain ! C'était lundi matin.

— Ah ! Vous voulez parler de ce rendez-vous là. Désolée. Je voulais y aller. Mais… mais…

Je ne trouve aucune excuse plausible car je les ai toutes épuisées. Comme une sale gamine, je mords ma lèvre, les yeux baissés.

— Savez-vous depuis combien de temps je vous écris des lettres ? Savez-vous depuis combien de temps je m'évertue à vous faire venir à la banque ?

— Je… je ne sais…

— Six mois ! Six longs mois d'excuses et de faux-fuyants. Je voudrais que vous réfléchissiez à ce que cela signifie pour moi. Cela veut dire un nombre de lettres incalculable, des dizaines de coups de fils, des heures et des heures prises sur mon temps et celui de mon assistante, Erica. Du temps qui, soit dit en passant, serait mieux employé à autre chose.

Il fait un geste brusque avec son gobelet en plastique et quelques gouttes de café tombent par terre.

— J'arrive enfin à vous coincer pour un rendez-vous béton. Je pense que vous prenez votre situation au sérieux… et vous ne vous présentez pas. Vous disparaissez. Je téléphone chez vos parents pour savoir où vous êtes et suis accusé de façon fort désagréable d'être une sorte de désaxé !

— Désolée. C'est mon père. Il est un peu bizarre.

— J'avais perdu tout espoir. Et ce matin, en passant devant un magasin de télévisions, qui je vois ? Sur six écrans, Rebecca Bloomwood, la disparue, conseillant le bon peuple. Et le conseillant sur quoi ?

Il se met à rire nerveusement.

— La finance ! Vous ! En conseillère financière !

Je le regarde, vexée. Ce n'est pas si drôle que ça.

— Écoutez. Veuillez m'excuser. Je me trouvais dans une situation difficile à ce moment-là. Mais si vous pouviez fixer un autre rendez-vous…

— Fixer un autre rendez-vous ? répète-t-il comme si je plaisantais.

Il ne me prend pas au sérieux. Je veux un rendez-vous, c'est la vérité, et il n'en croit pas un mot.

Normal ! souffle une voix intérieure. Réfléchis à ton comportement et à la manière dont tu l'as traité. C'est un miracle qu'il soit toujours poli.

Il aurait pu se montrer beaucoup plus méchant à mon égard : bloquer ma carte depuis longtemps, m'envoyer les huissiers, ou me frapper d'interdit bancaire. Il a vraiment été très correct.

— S'il vous plaît, accordez-moi une autre chance. Je désire payer mes dettes et combler mon découvert, mais j'ai besoin de votre aide. Aidez-moi, monsieur Smeath, je vous en prie.

Il cherche un endroit où poser sa tasse. Puis il sort un mouchoir de sa poche et s'éponge le front. En le remettant en place, il me lance un regard pensif.

— Vous êtes sincère ? finit-il par demander.

— Oui.

— Vous allez faire un effort ?

— Oui. Et je vous suis très reconnaissante pour votre patience.

Je suis au bord des larmes. Je veux sincèrement que tout rentre dans l'ordre.

— D'accord. Voyons… Présentez-vous demain à mon bureau à 9 h 30 précises. Nous discuterons de tout ça.

— Merci beaucoup. J'y serai. Je le jure.

— Vous avez intérêt. Fini les excuses bidon. Au fait, vous vous en sortez très bien. Vos conseils sont très judicieux.

— Merci. Je… je me demandais comment vous étiez entré ici ? On m'avait dit que leurs règles de sécurité étaient très strictes.

— C'est exact. Mais ma fille travaille à la télévision. Elle a d'ailleurs participé à cette émission.

Incroyable ! Derek Smeath a une fille. Il a sans doute toute une famille. Et une femme.

— Il faut que j'y aille, dit-il en vidant son gobelet de café. Ce détour était imprévu. Je vous attends demain, conclut-il, le visage sévère.

— À demain. Et merci encore.

Je m'effondre dans un fauteuil. Je n'arrive pas à croire que je viens d'avoir une conversation agréable avec Derek Smeath. Il a l'air adorable. Il s'est montré si gentil avec moi... et sa fille travaille à la télévision. Je risque de la rencontrer. Qui sait ? Je deviendrai amie avec toute la famille. Ne serait-ce pas génial ? J'irai dîner chez eux et sa femme me serrera fort dans ses bras. Je l'aiderai à préparer la salade et...

— Rebecca !

Zelda se dirige vers moi, son éternel bloc-notes à la main.

— Tout va bien ?

— Super.

Elle attire une chaise vers elle et s'assoit.

— Il faut que nous parlions. Nous trouvons que vous vous en êtes extrêmement bien tirée aujourd'hui. J'ai discuté avec Rory, Emma et notre producteur en chef et tous souhaiteraient vous revoir dans l'émission.

— Vous voulez dire...

— Pas chaque semaine. Mais de façon assez régulière. Nous pensions à trois fois par mois. Votre travail vous permettra-t-il de vous libérer ?

— Je... je ne sais pas. Je suppose que oui, dis-je, décontenancée.

— Parfait. On pourrait donner un coup de pouce publicitaire à votre magazine. Cela leur fera plaisir.

Elle griffonne quelques mots sur son bloc.

— Vous n'avez pas d'agent. Je dois donc traiter votre contrat directement avec vous. Les honoraires par émission s'élèvent à...

23

Je mets la clef dans la serrure et ouvre lentement la
porte de l'appartement. Avec l'impression de l'avoir
quitté depuis une éternité. Je me sens tout à fait différente : j'ai grandi, ou changé. En tout cas, il s'est passé
quelque chose.

L'appartement est plongé dans le silence.

— Bonjour. Y a quelqu'un ? dis-je en posant mon
sac par terre.

— Bex ! s'écrie Suze en surgissant du salon.

Elle porte un caleçon noir et tient à la main un cadre
en jean à moitié terminé.

— Où étais-tu passée ? Que faisais-tu ? Je t'ai vue
à *Morning Coffee* et je n'en croyais pas mes yeux ! J'ai
essayé de te joindre, mais ils m'ont dit qu'il fallait
que j'aie un problème financier à t'exposer. Alors j'ai
répondu : « D'accord. Comment dois-je investir un
demi-million de livres ? » Là, ils m'ont expliqué que
ce n'était pas vraiment...

Elle s'interrompt.

— Bex ? Raconte !

Je ne réponds pas tout de suite. Je regarde les lettres
sur la table, des enveloppes blanches administratives

ou marron, à fenêtre. Certaines sont barrées d'un menaçant « DERNIER AVERTISSEMENT ». La pile de lettres la plus effrayante qui soit.

Mais elles ne semblent plus aussi redoutables.

— J'étais chez mes parents. Puis à la télévision.

— J'ai téléphoné à tes parents ! Ils m'ont soutenu qu'ils ignoraient où tu étais.

— Je sais. Ils... ils me protégeaient d'un désaxé.

Suze me dévisage, ahurie. Il y a de quoi.

— J'ai laissé un message sur le répondeur te disant de ne pas t'inquiéter, que j'allais bien, dis-je sur la défensive.

— C'est toujours ce qui arrive dans les films, quand les méchants ont attrapé l'héroïne et qu'un pistolet est pointé sur sa tempe. J'étais persuadée que tu étais morte ! Découpée en morceaux, quelque part.

Elle ne plaisante pas. Elle s'est fait un sang d'encre. Je n'aurais jamais dû disparaître de cette façon. C'était maladroit, égoïste et irresponsable.

— Je suis désolée, dis-je en me précipitant pour la serrer fort dans mes bras.

— C'est bon, répond-elle en m'étreignant à son tour. Quand je t'ai vue à la télévision, je ne me suis plus affolée. Tu étais super !

— Tu le penses vraiment ?

— Oui. Bien meilleure que cet enfoiré de Luke Brandon. Quelle arrogance !

— C'est vrai, mais il s'est montré très sympa avec moi, après l'émission.

— Grand bien lui fasse. En tout cas, tu as été géniale. Un café ?

— Avec plaisir.

Suze disparaît dans la cuisine. Je parcours mon courrier. Autrefois, ces lettres et ces factures m'auraient plongée dans la panique la plus totale et je les aurais directement jetées à la poubelle. Mais vous savez quoi ? Je n'ai plus peur. Comment ai-je pu me comporter de façon aussi lâche et stupide ? Désormais, j'affronterai mes problèmes financiers. Je vais m'asseoir avec mon carnet de chèques et mes derniers relevés bancaires pour mettre mes comptes à jour.

Je me sens soudain mûre, responsable même. Prévoyante et raisonnable. Dorénavant, je veillerai à ce que mes finances soient en ordre. Mon attitude envers l'argent a changé de manière radicale.

De plus...

Je ne voulais pas en parler. Mais *Morning Coffee* me fait un pont d'or. Vous n'allez pas le croire, mais chaque fois que je participe à une émission, je gagne...

Disons... un maximum !

Depuis qu'ils me l'ont annoncé, je plane, radieuse. Je vais pouvoir régler toutes mes factures, ma carte Visa, ma carte Octagon, l'argent que je dois à Suze, tout !

— Alors, raconte-moi ! Pourquoi t'es-tu évanouie dans la nature ? demande Suze en revenant de la cuisine. Qu'est-ce qui n'allait pas ?

— Rien de précis. Il fallait que je prenne du recul. J'étais désorientée.

— À cause de Tarquin ?

Je me raidis avec appréhension.

— En partie. Pourquoi, il a...

— Je sais que tu n'es pas folle de lui, poursuit-elle, mélancolique. Mais il t'aime toujours beaucoup. Il est passé l'autre soir et a laissé cette lettre pour toi.

Elle indique une enveloppe crème, coincée dans la glace. Je la prends, les mains tremblantes. Que me veut-il ? J'hésite, puis l'ouvre. Un billet tombe par terre.

— C'est pour l'opéra ! s'écrie Suze en le ramassant. Une place pour ce soir. Quelle chance que tu sois rentrée aujourd'hui !

Ma chère Rebecca,

Pardonne-moi de ne pas t'avoir contactée plus tôt.

Mais, plus le temps passe, plus je réalise combien j'ai apprécié la soirée passée ensemble. J'aimerais tant la renouveler !

Je joins un billet pour Die Meistersinger *à l'opéra. De toute façon, j'y serai et si tu peux m'y rejoindre, j'en serai ravi.*

Ton dévoué,

Tarquin Cleath-Stuart.

Je relis la lettre, déconcertée. Tarquin ne m'a peut-être pas vue feuilleter son chéquier. Ou alors, il a décidé de me pardonner. À moins qu'il ne soit schizo.

— Bex, tu dois y aller, sinon tu lui porteras un coup terrible. Il t'adore.

— C'est impossible. Ce soir, j'ai un dîner d'affaires.

— Tu n'as qu'à l'annuler.

— Je… je ne peux pas. C'est très important.

— Zut ! Ce pauvre Tarkie. Il va passer sa soirée à t'attendre, tout excité…

— Vas-y à ma place.

— Tu crois ?

Elle a une petite moue.

— Pourquoi pas ? J'aime bien l'opéra. Avec qui as-tu rendez-vous ?

— Avec... Luke Brandon.

Je fais de mon mieux pour parler d'un ton détaché, mais je sens mes joues s'empourprer.

— Luke Brandon ?... Bex ? Non ! Tu n'es pas...

— Il s'agit d'un dîner d'affaires, un point c'est tout, dis-je en évitant son regard. Un tête-à-tête purement professionnel.

Sur ce, je me précipite dans ma chambre.

Tenue pour un dîner d'affaires... Voyons un peu.

Je sors tous les vêtements de ma penderie et les pose sur le lit. Tailleur bleu, tailleur noir, tailleur rose. Impossible. Le rayé ? Un peu exagéré. Le crème... Il fait trop mariage. Le vert... Je crois que cette couleur porte malheur.

— Comment vas-tu t'habiller ? demande Suze dans l'embrasure de la porte. Vas-tu acheter quelque chose de nouveau ? Si nous allions faire les magasins ?

— Les magasins... Peut-être.

En temps normal, bien sûr, j'aurais sauté sur l'occasion. Mais aujourd'hui... Je me sens trop tendue. Trop surexcitée. Je ne parviendrais pas à y consacrer toute mon attention.

— As-tu entendu, Bex ? Je viens de dire : « Si nous allions faire les magasins ? »

— Je sais. Ce sera pour une autre fois, dis-je en examinant un haut noir d'un œil critique.

— Tu ne veux pas faire de shopping ?

— Non.

Un lourd silence s'établit.

— Je ne comprends pas. Tu es si bizarre, tout à coup !

— Je ne suis pas bizarre ! Je n'ai pas envie, point.

— Tu ne vas pas bien. Je le savais ! Es-tu malade ?

Elle fait un pas dans la chambre et pose une main sur mon front.

— Tu as de la température ? As-tu mal quelque part ?

— Non, dis-je en riant, pas du tout !

— As-tu reçu un coup sur la tête ? Combien de doigts ? s'enquiert-elle en agitant sa main devant mon visage.

— Suze, je vais bien, dis-je en la repoussant avec douceur. Je ne suis pas d'humeur à courir les magasins. Que penses-tu de ce tailleur gris ?

— Tu m'inquiètes, répond-elle en hochant la tête. Tu devrais faire un bilan de santé. Tu es si... différente. C'est effrayant.

— Peut-être ai-je changé, finis-je par déclarer en prenant un chemisier blanc, un grand sourire aux lèvres.

Je passe tout l'après-midi à choisir ma tenue. Après avoir essayé, mélangé, assorti ou redécouvert des vêtements (je dois porter ce jean violet un de ces jours), j'opte pour la simplicité. Mon plus beau tailleur noir (soldes de Jigsaw, il y a deux ans), un T-shirt blanc (M&S) et des bottes montantes en daim noir (Dolce & Gabbana. J'avais dit à ma mère qu'elles venaient de BHS. Erreur fatale ! Car elle voulait les mêmes et j'ai dû raconter qu'il ne leur en restait plus.)

Une fois habillée, je noue mes cheveux en un chignon et me regarde dans la glace.

— Parfait, approuve Suze. Très sexy.

— Sexy ? Ce n'est pas le but ! Je veux avoir l'air professionnelle.

— Tu ne peux pas être les deux en même temps ? Professionnelle et sexy ?

— Non. Surtout pas.

Pour être plus exacte : il n'est pas question que Luke Brandon s'imagine que je me suis habillée pour lui. Cette fois-ci, il n'y aura pas de malentendu. La raison de notre rendez-vous est claire.

Une vague d'humiliation monte tout à coup en moi au souvenir de cet affreux moment chez Harvey Nichols. Bon sang ! Pourquoi avoir accepté cette invitation ?

— Je dois paraître très sérieuse, dis-je en fronçant les sourcils.

— Je sais ce qu'il te faut. Tu as besoin d'accessoires, affirme Suze.

— Comme un Filofax ?

— J'ai une idée. Ne bouge pas.

J'arrive au Ritz à 19 h 35, cinq minutes après l'heure convenue. En arrivant devant les portes du restaurant, j'aperçois Luke confortablement installé, sirotant ce qui semble être un gin-tonic. Je remarque qu'il a changé de costume et qu'il porte à présent une chemise vert foncé. Il est... Eh bien, très séduisant.

Et pas dans le genre homme d'affaires.

À la réflexion, ce restaurant, avec ses chandeliers, ses guirlandes dorées, ses chaises rose pâle, son plafond merveilleux aux motifs de fleurs et de nuages, ne constitue pas vraiment un cadre professionnel. Tout étincelle de lumière. Cet endroit est...

Le mot qui surgit dans mon esprit est
« romantique ».

Les nerfs à vif, je jette un rapide coup d'œil à mon
reflet en passant devant une glace. Comme prévu, je
porte le tailleur noir de chez Jigsaw, le T-shirt blanc et
les bottes en daim. Mais j'ai aussi le *Financial Times*
sous le bras, des lunettes à monture d'écaille perchées
au sommet de mon crâne, mon vieil attaché-case dans
une main et dans l'autre – la pièce de résistance de
Suze – un Mac portable.

Peut-être ai-je un peu trop forcé la note.

Je songe à retourner sur mes pas pour laisser
l'attaché-case au vestiaire (ou l'abandonner sur une
chaise) quand Luke relève la tête, me voit et me sourit.
Me voilà obligée d'avancer sur le tapis somptueux,
l'air détendue, alors que j'ai un bras complètement
crispé pour empêcher le *FT* de tomber par terre.

— Bonjour Rebecca, fait Luke en se levant pour
m'accueillir.

Je réalise alors que je suis dans l'impossibilité de
lui serrer la main à cause de l'ordinateur. Troublée, je
dépose l'attaché-case par terre, fais passer le portable
d'une main à l'autre en retenant le *FT* de justesse et,
les joues brûlantes, je tends la main à Luke.

Une lueur d'amusement passe dans ses yeux tandis
qu'il me serre la main avec gravité. D'un geste, il
m'indique un siège et m'observe poser mon ordinateur
sur la table.

— C'est une machine impressionnante. Très... high
tech.

— Oui. Je l'utilise souvent lors de mes rendez-vous
professionnels.

— Je vois. Vous êtes très organisée.

355

Il attend manifestement que je l'allume. J'appuie donc sur la touche « retour » qui, selon Suze, le met en route. Résultat : néant.

Je réitère l'opération. Toujours rien. Quel fiasco ! Pourquoi j'écoute les conseils de Suze ?

— Il y a un problème ?

— Non ! dis-je en rabattant le couvercle. En définitive, je ne l'utiliserai pas aujourd'hui.

Je fouille dans mon sac à la recherche d'un carnet.

— Je préfère prendre des notes sur mon bloc.

— Bonne idée. Aimeriez-vous du champagne ?

— Heu… D'accord.

— Parfait. Je pensais que cela vous ferait plaisir.

Il lève les yeux et un serveur au visage radieux se précipite avec une bouteille. Mince alors ! Du Krug.

Toutefois, je ne suis pas là pour sourire ou m'amuser. La froideur et le professionnalisme sont de rigueur. Je ne prendrai qu'un verre et ensuite je passerai à l'eau plate afin de garder les idées claires.

Pendant que le serveur remplit ma coupe, j'écris dans mon carnet : « Rendez-vous entre Rebecca Bloomwood et Luke Brandon. » Je considère ce titre d'un air appréciateur puis le souligne d'un double trait. Voilà. Cela fait très sérieux.

— Aux affaires, dis-je en levant mon verre.

— Aux affaires, répète Luke. Ou à ce qu'il en reste.

— Que voulez-vous dire ?

Soudain, je comprends.

— C'est à cause de vos propos à *Morning Coffee* ? Vous avez des ennuis ?

Il acquiesce et j'éprouve un élan de sympathie vers lui.

Suze a raison, Luke est arrogant. Mais il a manifesté un sacré courage en déclarant publiquement ce qu'il pensait de Flagstaff Life. Si cette prise de position le mène à la ruine, c'est odieux.

— Avez-vous tout perdu ?

Il sourit.

— Je n'irais pas jusque-là. Mais cet après-midi, nous avons ramé dur pour rassurer nos clients. Je dois reconnaître que débiner l'un des plus importants en direct à la télévision n'est pas une pratique courante pour une agence de relations publiques.

— Au contraire, ils devraient vous respecter pour avoir exprimé le fond de votre pensée. C'est si rare aujourd'hui. Cette attitude pourrait devenir la devise de votre société : « Chez Brandon Communications, priorité à la vérité. »

Je bois une gorgée de champagne. Luke me regarde d'un air étrange.

— Rebecca, vous avez le chic pour faire mouche. C'est exactement ce qu'un de nos clients nous a dit : que nous nous étions donné un label d'intégrité.

— Tant mieux. Vous n'êtes donc pas ruiné.

— Non. J'ai juste un peu de plomb dans l'aile.

Un serveur, surgi de nulle part, remplit de nouveau ma coupe.

— Vous savez, Rebecca, vous êtes très perspicace. Vous avez le don de remarquer ce que les autres ne voient pas.

— Avez-vous entendu Zelda ? Je suis un gourou de la finance sachant me mettre à la portée des gens.

Nous éclatons de rire ensemble.

— Cultivée, mais accessible.

— Spécialiste, mais réaliste.

— Intelligente, charmante, brillante…, poursuit Luke en contemplant son verre.

Il lève les yeux.

— Rebecca, je désirais vous faire des excuses depuis un moment, déjà. Ce déjeuner… Vous aviez raison. Je ne vous ai pas montré tout le respect que vous méritiez.

Je regarde la nappe, furieuse. C'est bien beau de déclarer ça maintenant. C'est bien joli de réserver une table au Ritz et de commander du champagne en espérant que je passe l'éponge. Malgré le ton léger et gai de la conversation, je suis toujours profondément blessée par cet épisode. De plus, mon succès à *Morning Coffee* m'a mise d'humeur combative.

— Mon article dans le *Daily World* n'avait rien à voir avec cet incident. Rien. Et quand vous avez insinué…

— Je sais, m'interrompt Luke en soupirant. C'était idiot. J'étais en colère. Il faut dire que vous nous avez pris au dépourvu.

— À ce point ? dis-je, un sourire fendu jusqu'aux oreilles.

— Vous plaisantez ? Une pleine page dans le *Daily World* sur l'un de nos clients qui tombe de manière totalement imprévisible !

J'aime cette idée. Brandon C. plongé dans le désarroi à cause de Janice et Martin Webster.

— Et Alicia ?

— Elle courait aussi vite que ses Manolo le lui permettaient. Plus vite encore quand j'ai su qu'elle vous avait eue au téléphone la veille.

Ha, ha, ha !

— Parfait.

Je regrette aussitôt cette réaction puérile. Les femmes d'affaires importantes ne jubilent pas en apprenant que leur ennemie s'est fait incendier.

J'aurais dû me contenter d'acquiescer ou de prononcer un « ah ! » éloquent.

— Et vous ? Vous ai-je aussi pris au dépourvu ?

Luke me dévisage avec gravité.

— Depuis le début, Rebecca.

Pendant quelques secondes qui paraissent une éternité, ses yeux ne quittent pas les miens, puis il les baisse sur le menu.

— Si on commandait ?

Le dîner semble durer toute la nuit. Nous parlons, mangeons, bavardons, et mangeons encore. La cuisine est si savoureuse que je suis incapable de m'arrêter et le vin si délicieux que j'ai abandonné l'idée de n'en boire qu'un verre pour passer à l'eau. Quand je termine du bout des lèvres un millefeuille au chocolat avec de la glace au miel de lavande et des poires caramélisées, il est presque minuit et ma tête commence à dodeliner.

— C'est bon ? demande Luke en finissant une bouchée de gâteau au fromage blanc.

— Très ! dis-je en poussant l'assiette vers lui. Mais la mousse au citron était meilleure.

J'ai l'impression que je vais exploser. Comme je n'arrivais pas à choisir un dessert, Luke a décidé que nous devions commander ceux qui nous attiraient. Nous les avons donc presque tous goûtés. Mon ventre a la taille d'un pudding de Noël et il est tout aussi lourd.

Comment vais-je arriver à me lever ? Ma chaise est hyperconfortable, je me sens merveilleusement bien, tout ici est ravissant. Ma tête qui tourne un peu ne me donne pas la moindre envie de bouger. De plus...

je ne veux pas que la soirée se termine. Je me suis amusée comme une folle. Luke est très drôle. Moi qui l'imaginais sérieux, ennuyeux et intellectuel... Je me trompais complètement. Nous n'avons pas évoqué une seule fois cette histoire de Sicav.

Un serveur débarrasse nos nombreuses assiettes à dessert, puis nous apporte un café. Je m'appuie contre le dossier de mon siège, ferme les yeux et bois à petites gorgées. Je resterais bien ici toute ma vie. Le sommeil m'engourdit peu à peu : la nuit dernière, j'étais si surexcitée à cause de *Morning Coffee* que j'ai à peine dormi.

— Il faut que je rentre, finis-je par dire en m'efforçant d'ouvrir les yeux. Que je rentre à...

Où est-ce que j'habite déjà ?

— À Fulham.

Luke pose sa tasse. Comme il tend le bras pour prendre du lait, sa main effleure la mienne et s'immobilise. Aussitôt, tout mon corps se raidit.

O.K., j'avoue, ma main ne se trouvait pas là par hasard.

Je l'y ai mise pour voir ce qui se passerait. Il peut retirer la sienne s'il le désire, non ?

Mais il n'en fait rien. Très lentement, il la referme sur la mienne.

Son pouce commence à tracer des cercles sur mon poignet et, pour la première fois, je sens la chaleur et la douceur de sa peau. Prisonnière de ses yeux sombres et de son emprise, je suis clouée sur place.

— Ce garçon avec lequel je vous ai vue chez Terrazza, représente-t-il...

— Ce n'est qu'un... un de ces multimillionnaires.

J'essaie de rire de façon désinvolte, mais n'émets qu'un son ridicule tant je suis nerveuse.

Il détourne brusquement son regard.

— Très bien, déclare-t-il comme pour clore le sujet. Je devrais peut-être vous appeler un taxi.

Je dissimule ma déception de mon mieux.

— À moins que…, reprend-il.

Je retiens ma respiration.

— Je connais bien cet hôtel. Si nous voulions… Je pense que nous pourrions rester.

Une décharge électrique traverse mon corps.

— Aimeriez-vous rester ?

Incapable de parler, j'incline la tête en guise d'assentiment. Voilà la chose la plus excitante que j'aie jamais faite !

— Attendez-moi ici. Je vais voir s'ils ont des chambres.

Il se lève et je le suis des yeux, glacée.

Des chambres. Chambres. Au pluriel.

Il n'a pas envie…

Qu'est-ce qui cloche avec moi ?

Dans l'ascenseur manœuvré par un liftier impeccable, nous n'échangeons pas un mot. Je jette des coups d'œil à Luke de temps à autre, mais il regarde droit devant lui, impassible. En fait, depuis qu'il s'est rendu à la réception, il n'est guère loquace. J'espérais presque qu'ils n'auraient pas de chambres libres. Mais il semblerait qu'il y ait eu une annulation ce soir et il s'avère surtout que Luke est un excellent client du Ritz. Quand j'ai dit que je les trouvais adorables avec nous, il a haussé les épaules et déclaré qu'il logeait souvent ses relations d'affaires ici.

Ses relations d'affaires. C'est ce que je suis ? Tout cela est absurde. J'aurais dû rentrer à la maison.

Nous marchons le long d'un couloir somptueux dans le silence le plus complet, puis le garçon d'étage ouvre une porte et nous introduit dans une chambre extraordinairement belle, meublée d'un grand lit double et de fauteuils splendides. Il pose mon attaché-case et mon ordinateur sur le porte-bagages. Luke lui glisse un billet et il s'esquive sans bruit.

Je n'ai jamais été aussi gênée de ma vie.

— Eh bien, voilà.

— Merci pour le dîner. Il était délicieux.

Nous nous conduisons comme de parfaits inconnus.

— Bon, dit Luke en consultant sa montre. Il est tard. Vous avez sans doute envie de...

Il s'interrompt. Un silence pesant s'établit.

Je tords mes mains nerveusement, les yeux baissés.

— Je ferais mieux d'y aller, finit-il par déclarer. Je vous souhaite une bonne...

— Ne partez pas, dis-je en rougissant comme une pivoine. Ne partez pas tout de suite. Nous pourrions... parler un peu.

Je redresse la tête et croise son regard. Ses yeux sombres et décidés me rendent tout à coup craintive. Il me trouble et m'intimide à la fois. Il s'avance vers moi, à pas lents. Maintenant, il me fait face. Je sens le parfum de son after-shave et j'entends le bruissement de sa chemise accompagnant chacun de ses gestes. Je meurs d'envie de le toucher, mais je n'ose pas.

— Nous pourrions parler un peu, répète-t-il en prenant mon visage entre ses mains.

Et il m'embrasse.

Sa bouche ouvre mes lèvres en douceur et je frissonne de la tête aux pieds. Ses mains courent le long de mes reins, puis il m'attire contre lui.

Manifestement, nous n'allons pas beaucoup parler.

24

Bonheur suprême absolu.

Allongée dans le lit le plus confortable du monde, je laisse la lumière du soleil matinal jouer sur mes paupières, j'étire les bras au-dessus de ma tête, puis m'écroule, heureuse, sur un monceau d'oreillers. Je suis si bien. Je me sens… comblée. La nuit dernière était absolument…

Disons qu'elle était…

Allez ! Vous n'avez pas besoin de le savoir. Ne pouvez-vous pas utiliser votre imagination ? Bien sûr que si !

J'ouvre les yeux, je m'assois et tends le bras pour prendre la tasse de café apportée par le garçon d'étage. Luke est sous la douche, je suis donc seule avec mes pensées. Sans vouloir paraître prétentieuse, cette journée est déterminante.

Il y a Luke, et cette nuit… plutôt incroyable. Il sait comment…

Bon, là n'est pas la question. Je ne veux pas non plus parler de mon nouveau job à *Morning Coffee* (même si chaque fois que j'y songe, j'ai envie de sauter de joie).

Non, c'est plus subtil. Je me sens transformée : j'ai l'impression d'avoir grandi, d'avoir mûri. Je démarre une nouvelle étape de ma vie, avec un autre regard sur le monde et des priorités différentes. Quand je repense à la Rebecca d'avant, à sa frivolité, j'ai envie de rire. La nouvelle Rebecca est plus sérieuse, plus pondérée. Beaucoup plus responsable. C'est comme si j'avais soudain recouvré la vue et que je distinguais ce qui est important de ce qui ne l'est pas.

La nuit dernière, nous avons discuté politique, Luke et moi, et je bouillonnais d'idées intéressantes. Pourquoi ne pas envisager une carrière dans cette voie ? Je serais une jeune députée intello donnant son avis à la télévision sur des sujets d'actualité. Je me spécialiserais dans la santé ou l'éducation. Peut-être les affaires étrangères.

Je prends la télécommande et j'allume la télé pour regarder les informations. Je zappe à la recherche de BBC 1, mais le téléviseur semble réglé sur les bêtises du câble. J'abandonne et je laisse une chaîne appelée QVT ou un truc de ce genre. Je m'adosse contre les traversins.

Tout compte fait, je suis très sérieuse, me dis-je en buvant une gorgée de café. C'est sans doute la raison pour laquelle Luke et moi nous entendons si bien.

Luke. Je me demande ce qu'il fabrique.

Je pense aller le surprendre dans la salle de bains quand une voix de femme à la télévision attire mon attention.

« Offre spéciale d'authentiques lunettes de soleil NK Malone. En écaille ou bien à monture noire ou blanche, avec le logo caractéristique NKM en chrome brossé. »

J'ai toujours eu envie de lunettes de soleil NK Malone.

« Achetez les trois paires et payez non pas quatre cents livres, ni trois cents. Mais deux cents livres ! Une économie d'au moins 40 % sur les prix pratiqués habituellement. »

Je regarde l'écran, fascinée.

Pas possible ! Savez-vous combien coûte une paire de lunettes de soleil NK Malone ? Au moins cent quarante livres ! Cela représente donc une économie de...

« N'envoyez pas d'argent maintenant, poursuit la présentatrice. Il vous suffit d'appeler ce numéro... »

Le cœur battant, je cherche à tâtons le bloc-notes sur ma table de chevet et griffonne le numéro de téléphone. C'est le rêve ! Trois paires de lunettes de soleil NK Malone ! Je n'aurai plus jamais besoin d'en acheter. Les gens m'appelleront « la fille aux lunettes de soleil NK Malone ». (Les Armani que j'ai achetées l'an dernier sont complètement démodées.) Cet achat est un véritable investissement.

Les mains tremblantes, je compose le numéro et l'obtiens sur-le-champ. Moi qui pensais que la ligne serait occupée non-stop ! Cette affaire est si exceptionnelle ! Je donne mon nom et mon adresse, remercie beaucoup la femme au bout du fil, puis raccroche, enchantée. Cette journée est parfaite. Et il n'est que 9 heures du matin.

Ravie, je me blottis sous les couvertures et ferme les yeux. Peut-être allons-nous passer toute la journée ici, dans cette chambre sublime. Nous commanderons des huîtres et du champagne. (J'espère que non car je déteste les huîtres.) Nous...

9 heures, interrompt une voix intérieure. Je fronce les sourcils, puis me retourne pour chasser cette pensée. Mais elle persiste, empoisonnant mon esprit.

9 heures.

Je me redresse soudain dans le lit, droite comme un I.

Mon Dieu !

9 h 30.

Derek Smeath.

J'ai promis d'y être. J'ai promis ! Il ne me reste plus qu'une demi-heure et je suis au Ritz, à l'autre bout de la ville. Que faire ?

J'éteins la télé et plonge la tête dans mes mains en m'obligeant à réfléchir calmement. En partant tout de suite, je peux y arriver. Il suffit que je m'habille à toute vitesse et que je coure prendre un taxi. Fulham n'est pas à des kilomètres, et si j'ai un quart d'heure de retard, ce ne sera pas un drame. Le rendez-vous aura lieu comme prévu.

En théorie, c'est possible.

— Bonjour ! lance Luke en passant sa tête par la porte de la salle de bains.

Il est enveloppé dans une serviette blanche. Des gouttes d'eau brillent sur ses épaules. Je ne les ai même pas remarquées la nuit dernière. Elles sont supersexy ! De toute façon, l'un dans l'autre, il est vraiment...

— Rebecca, ça va ?

— Oui. Tout est génial. Et devine quoi ? Je viens d'acheter les plus merveilleuses...

Pour une raison ou une autre, je m'interromps.

— Je prends mon petit déjeuner. Il est délicieux, dis-je à la place, en indiquant le plateau.

Luke me considère, perplexe, puis disparaît dans la salle de bains. Vite. Que vais-je faire ? M'habiller et me rendre au rendez-vous ?

Mais, comme mue par une volonté autonome, ma main se tend pour prendre mon sac, en sort une carte de visite et compose un numéro de téléphone.

Après tout, ce rendez-vous est-il indispensable ?

De toute façon, je n'y arriverai pas. Il est trop tard.

Derek Smeath a probablement des choses beaucoup plus importantes à faire. Si ça se trouve, il ne s'en rendra même pas compte.

— Allô ?

Je ressens un frisson de plaisir tandis que Luke, debout derrière moi, commence à caresser ma nuque.

— Je désire laisser un message pour M. Smeath.

BANK OF HELSINKI
Helsinki House
124 Lombard St
Londres EC2D 9YF

Rebecca Bloomwood
c/o William Green Recrutement
39 Farringdon Square
Londres EC4 7TD

Le 5 avril 2000

Hyvä Rebecca Bloomwood,

Saanen jälleen kerran onnitella teitä hienosta suorituksestanne – tällä kertaa **« Morning Coffee »** – ohjelmassa. Arvostelukykynne ja näkemyksenne tekivät minuun syvän vaikutuksen ja uskon, että teistä olisi suurta hyötyä täällä Helsingin Pankissa.

Olette todennäköisesti saanut lukemattomia työtarjouksia – teidän lahjoillanne voisi hyvin saada minkä tahansa toimen **« Financial Timesista »**. Pyydän teitä kuitenkin vielä kerran harkitsemaan vaatimatonta yhtiötämme.

Parhaiten teille ehkä sopisi viestintävirkailijan paikka, joka meillä on tällä hetkellä avoinna. Toimen edellinen haltija erotettiin hiljattain hänen luettuaan töissä **« Playboyta »**.

Parhain terveisin

Ystävällisesti

Jan Virtanen

Mademoiselle Rebecca Bloomwood
Apt 2
4 Burney Rd
Londres SW6 8FD

Le 7 avril 2000

Chère Rebecca,

J'accuse réception de cent trente-six cadres (style « Sherborn », bleu). Je vous remercie pour votre excellent travail. Veuillez trouver, ci-joint, un chèque de 272 £ ainsi qu'un formulaire de demande pour l'expédition d'un prochain kit.

Notre directrice de contrôle qualité, Mme Sandra Rowbotham, tient à vous informer qu'elle a été extrêmement impressionnée par ce premier envoi. En effet, les débutants sont rarement à la hauteur des critères de qualité exigés par notre société. De toute évidence, vous avez un don inné pour l'encadrement.

Je vous invite donc à présenter votre technique lors de notre prochain salon des encadreurs qui se tiendra à Wilmslow le 21 juin. C'est l'occasion pour la grande famille des Beaux Cadres de se réunir et d'échanger des tuyaux et des anecdotes sur les encadrements. Croyez-moi ! On s'amuse bien.

Dans l'attente d'avoir de vos nouvelles très rapidement, je vous prie d'agréer, Mademoiselle Bloomwood, l'expression de mes salutations distinguées.

Joyeux encadrement !
Malcolm Headley
Directeur

P.-S. : Êtes-vous la Rebecca Bloomwood qui donne des conseils à *Morning Coffee* ?

ENDWICH BANK
Fulham Branch
3 Fulham Road
Londres SW6 9JH

Mademoiselle Rebecca Bloomwood
Apt 2
4 Burney Road
Londres SW6 8FD

Le 10 avril 2000

Chère Mademoiselle Bloomwood,

Merci pour le message du 9 avril que vous avez laissé sur mon répondeur.

Je suis désolé d'apprendre que vous souffrez toujours d'agoraphobie aiguë.

Vu l'état relativement sain de votre compte, je suggère que nous repoussions notre rendez-vous.

En tout cas, soyez assurée que je surveille votre situation de près et que je n'hésiterai pas à vous contacter si elle se modifiait d'une façon ou d'une autre.

Cordialement,

Derek Smeath
Directeur

P.-S. : J'ai beaucoup aimé votre intervention à *Morning Coffee*.

ENDWICH – PARCE QUE NOUS PRENONS SOIN DE VOUS

Remerciements

Je tiens à remercier Patrick Plonkington-Smythe, Linda Evans et l'équipe de Transworld, Celia Hayley, Mark Lucas et tout le personnel de LAW, Nicki Kennedy, Jessica Buckman, Valerie Hoskins, Rebecca Watson et Brian Siberell de CAA.

Merci mille fois à Samantha Wickham, Sarah Manser, Paul Watts, Chantal Rutherford-Brown et à ma merveilleuse famille, en particulier Gemma, qui m'a initiée au shopping.

"Révolution dans la jet-set"

Même Superwoman a appris à voler
Saskia Mulder

À vingt-huit ans, Chloé a décidé de changer de vie : finis les cocktails branchés, les voyages en jet privé et autres fêtes désenchantées, désormais elle veut connaître l'existence de « madame Tout-le-Monde ». Car il faut le dire, Chloé fait partie de ces personnes pour qui une carte de crédit signifie solution à tous vos ennuis. Déterminée à changer, elle élabore son plan d'attaque : primo, gagner sa vie, secundo, se faire des amis « normaux », enfin tertio, pourquoi pas trouver un homme – un vrai – avec lequel passer ses jours et ses nuits… ?

(Pocket n°12025)

Il y a toujours un Pocket à découvrir

"Amour, gloire et méfiance"

Avis de grand frais
Isabel Wolff

Faith, miss météo sur une chaîne câblée, fête dans l'allégresse ses quinze ans de mariage avec Peter, éditeur à succès. Pourvus de deux enfants charmants, exerçant chacun un métier passionnant, ils jouissent d'une union placée sous le double signe du bonheur et de l'amour. Mais Peter semble trop élégant, trop nerveux, trop attentionné pour être honnête. à force de se voir reprocher ce qu'il n'a pas encore fait, il va être tenté par l'adultère...

(Pocket n°11627)

"Comment séduire"

T'as pas quelqu'un à me présenter?
Rosine Bramly & Annick Lanoë

Vous cherchez l'amour ? Vous allez le trouver. Mais séduire, ça s'apprend, ça se cultive. Rosine Bramly et Annick Lanoë sont aux commandes : bilan de compétence amoureuse, changement de look, choix d'une stratégie, première rencontre, approches diplomatiques, premier tête-à-tête, sexe, elles vous guident jusqu'au coup de fil du lendemain ! Et donnent, surtout, des conseils précis sur ces étranges êtres que sont hommes et femmes les uns pour les autres.

(Pocket n°11931)

Achevé d'imprimer sur les presses de

BUSSIÈRE
GROUPE CPI

à Saint-Amand-Montrond (Cher)
en mai 2004

POCKET - 12, avenue d'Italie - 75627 Paris Cedex 13
Tél. : 01-44-16-05-00

— N° d'imp. : 42330. —
Dépôt légal : mai 2004.

Imprimé en France